新　潮　文　庫

呪　わ　れ　た　腕

—ハーディ傑作選—

トマス・ハーディ
河　野　一　郎　訳

新　潮　社　版

10516

目次

呪われた腕
―ハーディ傑作選―

The Withered Arm : Selected Short Stories

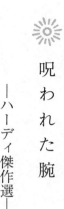

妻ゆえに

To Please His Wife

I

ヘイヴンプール・タウンにある聖ジェイムズ教会の堂内は、重苦しくたれ込めた冬の午後の雲のたたずまいに、しだいにその暗さをましていた。おりしも日曜日で、礼拝がたったいま終わり、説教壇に立った牧師は両手に顔を埋《うず》め、解放された喜びにほっとひと息ついた会衆は、帰り支度《じたく》をしようとこもごも立ち上がりかけていた。

しばらくのあいだ会堂内はしんと静まりかえり、遠く砂洲《さす》のあたりに砕ける波の音さえ耳にひびいてきた。と、やがてその静けさも、いつものように会衆の出口をあけに西側の扉口《とぐち》へゆく教会の書記の足音で破られた。しかしまだ書記が扉口までゆきつかぬうちに、掛け金が外からはずされ、船乗りの服装をした男の黒い影が、あかりを背にうけて戸口に立った。

書記が脇《わき》へのくと、船乗りは静かに扉を後ろ手にしめ、本堂の中をずっと前のほうへ歩いてゆき、内陣の階段のところに立った。教区の信者たちのために数々の祈りを捧《ささ》げたあと、自身のためにもささやかな祈りを捧げていた牧師は、立ち上がって、この闖入者《ちんにゆうしや》の姿をまじまじと見つめた。

「ごめんくださいまし」と船乗りは、会衆一同の耳にもはっきりと聞こえる声で牧師に話しかけた――

「実は船が難破したのを、あぶないところで助けていただいたんで、そのお礼にまいりましたんで。そうするもんだと聞いとりましたが、いかがなもんでございましょう?」

牧師はしばらく黙っていたが、やがてためらうように答えた――「もちろん、さしつかえありません。ただ普通ですと、そういうご希望は礼拝の前に申し出ていただくことになっております。そうすれば一般感謝祈禱《きとう》の中に、しかるべき言葉を入れられますからね。しかしお望みとあれば、海上で時化《しけ》にあったあとで捧げる祈禱の型がありますから、それでも読んでさし上げましょうか」

「ええ、どうなとよろしくおねがいいたします」

船乗りは祈禱書の中で感謝の短禱《コレクト》がのっているページを書記に教えられ、やがて牧師が読みはじめると、その場にひざまずき、一語一語はっきりした声で牧師のあとをつけて読んだ。身じろぎもせず事のなりゆきをあぜんと見守っていた人たちも、彼にならって機械的にひざまずいたが、内陣の階段の中央にひとり離れて、じっとひざまずいているその船乗りの後ろ姿から目を放さなかった。彼は祭壇のほうを向き、帽子をそばに置き、両手を組み合わせたが、会衆の目に自分がどう映っているかにはまるで気づかぬ様子だった。

やがて感謝の祈りが終わると、船乗りは立ち上がった。会衆も立ち上がり、一同はうちそろって教会堂を出た。外へ出た船乗りの顔のおもてに、残り少なになった陽の光がさっと落ちかかってきた——すると古くからこの町に住んでいる人びとは、この男がここ数年来ヘイヴンプールから姿を消していた若者、シェイドラック・ジョリフにほかならぬことに気づきはじめた。この町の生まれだったが、幼いころに両親《ふたおや》を亡《な》くしたため、年若くして船乗りになり、ニューファウンドランド相手の貿易に従事していた男だった。

彼は歩きながらも町のだれかれと言葉を交わし、何年か前にこの生まれ故郷を出て以来、小さな沿岸航路の二檣帆船《ケッチ》の船主兼船長をつとめていたが、たまたま今度の嵐《あらし》に巻き込まれ、天の佑《たす》けで無事に船ともども助かった経緯《いきさつ》を話して聞かせた。やがて彼は、自分の先に立って教会の境内を出ようとしている二人の娘に追いついた。この二人は、男が先ほど会堂へ入ってきたとき本堂にい合わせ、その動作を興味ぶかく見守っていたが、今つれ立って教会を出ながらも、しきりと彼の噂《うわさ》をし合っていた。一人はほっそりした、おとなしそうな娘で、もう一人のほうは背の高い、大柄な、落着いた態度の娘だった。ジョリフ船長は娘たちのふさふさした巻毛や背や肩を、踵《かかと》の先まで、しばらくあかずに眺めていた。

「あの二人はどこの娘さんですかね？」と、彼は小声でそばの人にたずねた。

「小づくりのほうはエミリー・ハニング、大きいほうはジョアンナ・フィッパードですよ」

「そうか！　それで思い出した」

彼は娘たちのそばまで近寄ってゆくと、やさしいまなざしでそっと二人のほうをぬすみ見た。

「エミリー、おれのことをおぼえちゃいないかい？」──船乗りは、喜色にあふれた鳶色《とびいろ》の目を娘のほうに向けて言った。

「ええ、おぼえてますわ、ジョリフさん」エミリーははにかんで答えた。

つれの娘はその黒い瞳《ひとみ》で、じっと彼を見つめた。

「ジョアンナさんのお顔は、どうもよく思い出せないな」と、彼は言葉をつづけた──「だけど、あんたのちっちゃいころのことや、あんたの身内のことならよく知ってるよ」

三人は並んで歩きながらいろいろ話をし合った。ジョリフは、つい先ごろあやうく命びろいをした模様をくわしく話して聞かせたが、いつしか一行はエミリー・ハニングの家のあるスループ小路《レイン》の角まで来ていた。エミリーはにっこり笑ってうなずいて見せ、二人から別れて行った。まもなく船乗りはジョアンナとも別れたが、別にこれという用も約束もなかったので、もう一度エミリーの家のほうへ引き返した。彼女のところは自分で会計士と称している父親との二人暮らしだったが、父親のあまり当てにならない職業の不足をおぎなう手段として、エミリーの手でささやかな文房具店を出していた。ジョリフが入ってゆくと、父娘《おやこ》はちょうどお茶をはじめようとしているところだった。

「おや、もうお茶の時間でしたか。そいじゃ、よろこんで一杯ご馳走《ちそう》になるとしますか」

ジョリフは上がり込んでお茶を飲み、船乗り生活の話などをいろいろしながら腰をすえてしまった。彼の話を聞こうとして隣近所の人たちも何人か顔を出し、中へ招じ入れられた。こうしてエミリー・ハニングはその日曜日の夜、知らず知らずこの船乗りに心を奪われてしまい、やがて一、二週間もたつうちに、ふたりのあいだには暗黙の了解がなりたっていた。

その翌月の、ある月の明るい夜のことであった。シェイドラックは長いまっすぐな通りを東のほうへ、町からはずれて歩いていた。ちょうどいくらか気のきいた家の並ぶ小高い郊外にさしかかったとき――と言っても、本当に気のきいたと言えるようなものがこの古い港町あたりにあろうはずもなかったが――彼はふと前を歩いている人影に気づいた。ちらとふり返ったその様子からして、どうやらエミリーのように思えた。しかし追いついてみると、それはジョアンナ・フィッパードだった。彼はていねいに挨拶《あいさつ》をすると、いっしょに並んで歩いた。

「先へいらして、でないと、エミリーが妬《や》いてよ！」

しかし彼は先にゆく気にならないらしく、そのまま並んで歩いて行った。

この散歩のあいだにどんなことを話し合い、どんなことをしたのか、シェイドラック自身にもはっきりと思い出せなかったが、いつのまにかジョアンナは、自分より年も若くおとなしい競争相手《ライバル》から、うまうまと彼を引き離してしまっていた。このことがあって以来、ジョリフはもっぱらジョアンナ・フィッパードの尻《しり》を追いまわし、エミリーのほうにはあまり寄りつかなくなった。海から帰ってきたジョリフ老人の息子はジョアンナと結婚するつもりらしいが、エミリーはひどく気を落としているようだという噂が波止場界隈《かいわい》に立ちはじめたのは、それからまもなくのことだった。

噂がひろまってまもなく、ジョアンナはある朝外出の身支度をすると、せまい横丁にあるエミリーの家へ出かけて行った。シェイドラックを失って、エミリーがすっかり沈んでいるという噂が彼女の耳にも届いたため、さすがに恋人を横取りしたことに良心がとがめたのだった。

ジョアンナは、この船乗りにすっかり満足していたわけではなかった。男からいんぎんをつくされるのはまんざらでもなかったし、結婚という晴れがましさに憧《あこが》れてもいたが、しかし決して心からジョリフを愛していたわけではなかった。ひとつには彼女は野心家であった——社会的地位からいっても、相手は自分ほど高くはなかったし、それに器量のいい女ならばいつでも玉の輿《こし》に乗れる機会があろうというものだ。もしエミリーがそれほど落胆しているなら、彼をまた返してやってもいいとは前々から考えていた。そのつもりで、今彼女はシェイドラックに宛《あ》てて婚約解消の手紙を書き、それを手にして出かけたのだった——自分の目でたしかめた上で、もしエミリーがほんとうに悲しんでいるようであれば、それを投函《とうかん》するつもりだった。

ジョアンナはスループ小路《レイン》の横丁へ入り、舗道より低くなっている文房具店へ降りて行った。エミリーの父親はいつもこの時刻には家にいたことがなく、それに呼んでも返事のないところをみると、エミリーも家をあけているようだった。めったに客もこなかったので、五分くらい店を留守にしてもたいしたことはなかったのだ。ジョアンナは小さな店先で彼女の帰りを待った。店にはエミリーがいかにも女らしく、もともとたいして値うちもない品を、仕入れの貧弱さをかくすように体裁よく並べていた。と、やがて飾り窓の外に、六ペンスの文庫本や、紙束や、糸にぶら下げた版画などに見とれているらしい人影のたたずむのが見えた。それはエミリーが一人かどうかたしかめようと、のぞき込んでいるシェイドラック・ジョリフ船長だった。ジョアンナは、エミリーの匂《にお》いの漂っているようなところで彼に会いたくない気持ちに駆られ、奥の居間に通じている戸口からそっと抜け出た。エミリーと親しくしていた彼女は、家じゅうどこへでも遠慮なく出入りしつけており、これまでにもたびたびそうしたことがあったのだ。

　ジョリフは店の中へ入ってきた。仕切りのガラスにかけてある薄い目隠し越しに、エミリーがいないのにがっかりしている彼の様子が見える。船長があきらめて出てゆこうとしたとき、用足しからいそいで帰ってきたエミリーの姿が戸口に現われた。ジョリフを見るとはっとして、もう一度外へ出てゆきそうにした。

「逃げるんじゃないよ、エミリー、逃げるんじゃ！　なんだってそうこわがるんだね？」

「こわがってなんかいませんわ、船長さん。ただ——ただあんまりとつぜんなんで——とび上がってしまいましたの！」その声は、体じゅうのどこよりも、彼女の心臓がとび上がったことを物語っていた。

「通りがかりにちょっと寄ってみたんだよ」とジョリフは言った。

「紙でもお入り用ですの？」彼女はいそいでカウンターの後ろへまわった。

「ちがうよ、エミリー。なんだってそんなとこへ隠れたりするんだね？　おれのそばにいたっていいじゃないか？　おれのことをうらんでるみたいだな」

「うらんでなんかいませんわ。うらむなんて、そんな」

「そいじゃ出ておいでよ、ちゃんと人間らしく話ができるようにさ」

エミリーは急にとってつけたように笑うと、彼の言うなりに店のあいたところまで出てきて、彼のそばに立った。

「それでいい娘《こ》だ」と彼は言った。

「そんなことおっしゃっちゃいけませんわ、船長さん。それはだれかほかの人におっしゃる言葉でしょ」

「そうか、いやわかってるよ。だけどエミリー、おれはほんとに今朝のけさまで、おまえがおれのことをちっとでも思ってくれてるとは気がつかなかったんだ。でなきゃ、あんなまねをするわけがないじゃないか。そりゃジョアンナにだって十分好意は持ってるさ、だけどあの娘は最初っから、友だちづきあい以上にはおれのことを考えてくれてなかった。やっとおれも今になって、女房になってくれと頼むべきだった相手がわかったってわけだ。なあエミリー、長い航海をおえて海から帰ってくると、男ってものは蝙蝠《こうもり》みたいに目が見えねえもんなんだ――女を見るとまるで見さかいがつかなくなるんだな。どの女もみなおんなじに見えるんだ、どいつもこいつもうっとりするような奴《やつ》にさ、そんで相手が自分を愛してくれてるかどうかとか、もっといい女にほれ込むかもしれんてなことは考えもしないで、たやすく手に入る手近な奴に飛びついちまうんだ。はじめっからおれはおまえが好きだったんだ。だけどおまえがあんまり内気で尻ごみばかりしてるんで、おれにつきまとわれるのがいやなんだろうと思って、そんでジョアンナのほうへいっちまったんだ」

「もうそれ以上おっしゃらないで、ジョリフさん、ね、おねがい！」エミリーは胸いっぱいになって言った。「だって来月ジョアンナさんと結婚するはずになっているのに、それにいけませんわ、そんな――そんな――」

「エミリー、かわいいエミリー！」彼はそう叫ぶと、彼女がそれと気づく間もなく、その小さな体をきつく両腕に抱きしめていた。

カーテンの陰のジョアンナは真っ青になり、目をそむけようとしたができなかった。

「おれの愛してるのはおまえだけなんだ――結婚する気でほんとに愛せるのは。それにジョアンナの口うらからすりゃ、あれは喜んでおれと別れてくれると思うんだ！　あいつはもっと身分の上の男のとこへゆきたいくせに、とんだ親切気からおれに色よい返事をしちまったのさ。しがない船乗りふぜいの女房にゃ、もともとあんなすらっとした美人は向いちゃいないんだ――おまえならりっぱにやってゆけるだろうがな」

シェイドラックは幾度も彼女に口づけした。エミリーのしなやかな体は、はげしい彼の抱擁にわななないた。

「でも――ほんとに――ジョアンナが別れてくれるかしら？　ね、それは大丈夫ですの？　だって――」

「そりゃあいつだって、おれたちを不幸にしようとは思わんだろう。きっと別れてくれるさ」

「ほんとに――ほんとにそうだといいけど！　でも、もうお帰りになって、船長さん」

それでもシェイドラックはまだぐずぐずしていたが、やがて客が一ペニーの封蝋棒《ふうろう》を買いにきたので、ようやく腰を上げた。

この光景を見て、ジョアンナの胸には青白い嫉妬《しっと》の炎が燃え上がった。彼女はあたりを見まわし、逃げ口を捜した。どうしても、自分の訪ねてきたことをエミリーに気どられずに逃げ出さねばならなかった。居間から廊下へそっと抜け出ると、そこから表口へまわり、足音をしのばせて通りへ出た。

ふたりの愛撫《あいぶ》を見てしまったジョアンナは、はじめの決心をすっかりくつがえした。もうシェイドラックを手放すわけにはゆかなかった。家に帰ると手紙を焼きすてて、もしジョリフ船長が訪ねてきても、体の具合が悪くてお目にかかれないから、と母親に言った。

しかしシェイドラックは訪ねてこなかった。彼はただ率直に自分の気持ちを述べた手紙をよこし、いつぞや彼女が、自分の気持ちは友情以上のものではないとそれとなく匂わせたことがあったが、どうかその言葉のように、婚約を取り消させて欲しいと頼んできた。

波止場やその向こうの島を眺めながら、シェイドラックはいっこうにこない返事を下宿で待ちわびていた。しかしつのってくる気がかりな気持ちに耐えられなくなり、日が暮れると本町通りへ出かけて行った。自分の運命のなりゆきを知るため、ジョアンナを訪ねないではいられなかったのだ。

母親が出てきて、娘は気分がすぐれないのでお会いできないと伝えたが、聞いてみると、実は彼から受け取った手紙がもとで、ひどく悲しんでいるという。

「どんな手紙かはたぶんご存じでしょうね、奥さん？」と彼は言った。

フィッパード夫人は知っていると答え、おかげで自分たち母娘《おやこ》の立場は非常につらいものになったとつけ加えた。そう言われてみると、シェイドラックは何かとほうもない罪でも犯したような気がして、もし自分の書いた手紙のためジョアンナが悩んでいるとすれば、それは何かの誤解で、自分としては彼女を安心させたいと思ってやったことだと弁解した。しかしそれが逆の結果になったとすれば、自分としてはあくまで約束は履行するつもりだから、あの手紙は最初からなかったものと考えて欲しい、とつけ加えた。

その翌朝、彼はジョアンナの伝言を受け取った。今晩ある会合の帰り道を、家まで送って欲しいというのである。彼は言われたとおりにした。公会堂から家まで歩いて帰る途中、ジョアンナは手を彼の腕にあずけて言った――

「あたしたちの仲はすっかり元どおりでしょ、ね、シェイドラック？　あのお手紙はまちがってお出しになったのね？」

「ああ、すっかり元どおりだよ」と彼は答えた——「おまえがそうしてくれというんならさ」

「あたしはそうして欲しいの」と、小声でささやいた彼女は、ふとエミリーのことを思い出して顔をこわばらせた。

シェイドラックは信心深い実直な男で、自分の約束を生命《いのち》のように大切にした。やがてほどなくして華燭《かしょく》の典があげられた。それに先立ち、ジョリフはエミリーにできるだけおだやかな調子で、自分がジョアンナの気持ちを冷淡なものと思い込んでいたのは考え違いだった旨《むね》を伝えた。

II

結婚後ひと月ほどで、ジョアンナの母親がこの世を去り、夫婦はごく所帯じみたことにまで気をくばらねばならなくなった。こうして両親に先立たれてしまうと、ジョアンナは夫をふたたび海へ出す気にはとてもなれなかった。だが問題は、家にいていったい彼に何ができるかということだった。けっきょく二人は、たまたま得意先と手持ちの商品つきで売りに出ていた、本町通りの食料品店を引きつぐことに決めた。シエイドラックは商売にかけてはずぶの素人《しろうと》だったし、ジョアンナも何も知らないにひとしかったが、なんとかやっているうちに習い覚えるつもりだった。

二人はこの食料品店の経営に全力をつぎ込み、そのあとも引きつづいて何年か店をつづけてみたが、たいして成功はしなかった。夫婦のあいだには二人の男の子が生まれ、母親はその子どもたちを目の中に入れても痛くないほどかわいがった。夫にはついぞ心からの愛情を注《そそ》いだことはなかったが、息子たちのこととなると、ありとあらゆる気苦労を惜しまなかった。だが店のほうはいっこうに繁盛《はんじょう》せず、せっかく息子たちの教育やその将来にかけていた大きな夢も、現実の前には色あせてしまった。受けさせた教育はごく普通のものであったが、家が海に近かったためか、やがて彼らはその年ごろの子どもたちの興味をそそるような航海術や冒険に、しだいに心を惹《ひ》かれていった。

こうした結婚生活を送っているジョリフ夫妻にとっての大きな関心は、身近な自分たちの家庭問題を別にすれば、エミリーの結婚のことだった。ところが目につきやすいものは見落とされ、思いがけない片隅にひそんでいたものが見出《みいだ》されるという、あの不思議なめぐり合わせによって、おとなしいエミリーはとある裕福な商人に見そめられることになった。エミリーよりはかなり年上の、しかしまだ働きざかりの男やもめであった。はじめのうち、どこのだれとも決して結婚しないと言いはっていたエミリーだったが、相手のレスター氏はじっと根気よく待ち、とうとうあまり気乗りのしない彼女から承諾をかちとったのだった。彼らのあいだにもまた二人の子どもが生まれ、その子どもたちがすくすくと成長してゆくのを見るにつけ、エミリーはこれほどしあわせになれようとは夢にも思わなかった、としみじみもらすのだった。

このりっぱな商人の家は、古風な町などに窮屈そうに場所をとっているのをよく見かける、どっしりとした大きな煉瓦《れんが》造りの邸宅であった。しかも本町通りに面し、ジヨリフ夫妻の店のほとんど真向かいに位置していた。いかに運命のめぐり合わせとはいえ、まったくのねたみから妻としての座を奪ってしまったその当の相手が、今ではかなり裕福な身分におさまり、埃《ほこり》にまみれた棒砂糖の塊や、乾《ほし》ぶどうの山や、茶筒などを並べて店番をしているこちらの見すぼらしい飾り窓を、向こうから見下ろしているのを目《ま》のあたりに見せつけられると、ジョアンナの胸は痛んだ。商売はすっかり左まえになっていたので、ジョアンナは自分から店に出て客の応対をしなければならず、けちな買物をしにくる客の意のままに店の中をてんてこ舞いしている姿を、道一つ向こうの大きな客間にすわったエミリー・レスターに見られているかと思うと、身を切られるようにつらかった。いくらくだらない客だと思っても機嫌よく迎えねばならなかったし、道で会えば会ったでお愛想の一つも言わねばならなかった。ところがエミリーは、子どもたちや家庭教師までを引きつれて町をねり歩き、つきあいの相手も町や近在の上流人種に限られていた。すべては、ろくに愛してもいなかったシェイドラック・ジョリフを、その恋人の手から奪ったむくいであった。

シェイドラックは人のよい律儀者《りちぎもの》で、気持ちの上でもまた行動でも妻に誠実をつくした。エミリーに対する愛の翼も時の流れに切り取られ、息子たちの母親である妻への献身にまぎれてしまった——あの若い日の激しい情熱もすっかり忘れ去られ、いつしかエミリーも彼の目には一人の友人としてしか映らなくなっていた。また彼に対するエミリーの気持ちも同じだった。もしエミリーのそぶりに少しでも嫉妬らしいものが見られたならば、ジョアンナも満足できたのであろうが、彼女のたくらんだ結果にエミリーもシェイドラックも頭から服従しているのを見ると、彼女の不満はますますつのるばかりだった。

シェイドラックには、数多い競争相手を向こうにまわして小売商売を伸ばしていくだけの、抜け目ない商才は生来そなわっていなかった。しつこい注文取りがむりやり仕入れさせた『驚異的代用卵』を、ほんとうにすすめるかどうか客に訊《き》かれると、「プディングに卵を入れないで卵の味を出そうってのは、どだいむりな話でね」と言うのが彼の答えであったし、この店の『本場モカ・コーヒー』というのは本物かとたずねられると、彼は渋い顔で、「ちっちゃい店じゃ、それで通ってんですがね」と言うのが常だった。

ある夏の日のことだった。真向こうの大きな煉瓦造りの邸《やしき》が、暑苦しい陽の照返しを店の中まで投げ込み、店には夫婦のほかにはだれもいなかった。ジョアンナは、金持ちらしい来客の馬車が先ほどからとまっているエミリーの家の玄関先を眺めていた。最近エミリーの態度には、この店の得意になってやろうというそぶりがありありと見えていた。

「ねえ、シェイドラック、ほんというと、あんたはやっぱり商人じゃないわね」と、彼の妻はがっかりしたようにつぶやいた。「商売をやるようしこまれたわけでもなし。それにあんたみたいに、途中からとび込んでやったんじゃ、とても身上《しんしょう》なんかできっこないわ」

何事も妻の言いなりになっていたシェイドラックは、ここでも彼女の言葉に同意した。

「だけどおれは、身上を作ろうなんて、これっぱかしも考えちゃいないのさ」と、彼は快活に言った。「今のままで何も言うこたあないし、それになんとかやっていけるんだからな」

瓶詰の漬物の並んだあいだから、ジョアンナはまた大きな邸を眺めやった。

「なんとかやっていけるって――そりゃね」彼女の口調は苦々しかった。「だけどごらんなさいな、どう、エミリー・レスターのあの羽ぶりのよさは。昔は食うや食わずだったくせに。あすこの息子はきっと私立中学へ行くわよ、それに引きかえ、うちの子はどう？――教区の慈善学校へやんなきゃなんないじゃないの！」

シェイドラックはエミリーの上に思いをはせていた。

「しかしおまえくらい、エミリーに親切をしてやったのはいないぜ」と、彼は機嫌よく言った。「だってさ、おまえがあのときエミリーをおれから遠ざけ、おれたちのくだらん真似《まね》をやめさせたおかげで、あの女もレスターが申し込んできたときはいいと言えたんだからな」

この言葉に、ジョアンナはかっと逆上せんばかりになった。

「昔のことは言わないでちょうだい！」彼女は悲しみに顔をこわばらせた。「ともかく考えてくださいな、あんたはそれでいいかもしれないけど、子どもたちやあたしのために、どうすりゃも少し金持ちになれるか」

「そうだな」と、彼も真剣な調子になって言った。「はっきり言うと、今まで言わんでおいたが、おれはつくづくこんな商売にゃ向いてないと思うんだ。おれはもっとのびのび手足の伸ばせるとこが欲しいんだ。こんなとこで仲間や隣近所に囲まれておせおせしてるよりか、思うぞんぶんあがきのとれる広いとこがな。おれだって自分に向いたことをやってりゃ、そこらの金持ちに負けんくらいかせげるさ」

「そうして欲しいわ！　で、あんたに向いたことって何をするの？」

「また船に乗り込むのさ」

なかば後家のような船乗りの妻の生活を嫌い、夫を家に引き止めたのは、ほかならぬジョアンナだった。だがその本能的な気持ちも、いま彼女の野心の前にはおさえられてしまった。

「きっとうまくいくものかしら？」

「やるとすりゃほかに方法はないさ」

「それで、あんたは行きたいの、シェイドラック？」

「何もおもしろずくで行くんじゃないよ、おまえ。海なんて何の楽しみもありゃしないさ、奥の居間でくつろいでるほうがどれほどいいか分かりゃしないよ、ジョアンナ。正直なとこ、なんでおれが海なんか好きなもんか。むかしっからな。だけどおまえや子どもたちのしあわせってことになりゃ、また話は別だ。おれみたいに生まれながの船乗りには、身代をつくるとなりゃ、やっぱし海へ出るより手がないもんな」

「長くかかるものなの、稼いでくるのは？」

「そうさな、そりゃ何ともいえないな。案外かからんかもしれんし」

その翌朝、シェイドラックは箪笥《たんす》の中から、以前海から帰ってきた当座何カ月か着ていた船乗り用のジャケットを引っぱり出し、衣魚《しみ》をはらうとそれを着込み、波止場のほうへ出かけて行った。もうひところほど盛んではなくなっていたが、それでも港はまだかなりニューファウンドランド貿易でにぎわっていた。

彼が全財産をつぎ込んで二檣帆船《ブリッグ》の共同所有権を買い、その船長に任じられたのは、それからまもなくのことだった。最初の数カ月間は沿岸貿易に従事していたが、そのあいだにシェイドラックは乾物屋時代に身についた陸《おか》の銹《さび》を払い落とし、やがて春になるのを待って、ニューファウンドランドに向けて船出した。

ジョアンナはあとに残り、息子たちと家を守っていたが、彼らももうたくましい若者に成長し、港や船着場のあたりでいろいろと働いていた。

「まあいいわ、ああやって少しくらい働かせておくのも」と、息子たちに甘い母親はひとりごちた。

「今は家計が苦しいから仕方がないけれど、シェイドラックが帰ってくるころだってまだあの子たちは十七と十八、そしたら港の仕事などはやめさせて、家庭教師をつけてみっちり教育をしてやろう。今にお金さえ手に入れば、うちの息子だって代数やラテン語を習って、エミリー・レスターのとこの大事な二人の息子に負けないだけの紳士になれるんだから！」

シェイドラックの帰る約束の日は近づき、やがてその日となったが、彼は姿を現さなかった。ジョアンナは、帆船はえてして到着予定の狂うことがあるから心配にはおよばないと慰められたが、事実その言葉どおり、予定の入港日から一カ月ほどたったある雨の降る夜遅く、船が港に近づいたという知らせが入った。やがて入り口にシェイドラックの船乗り特有の足音が聞こえたかと思うと、彼が姿を現わした。ちょうど息子たちは外へ出ていて父親の帰りに会えず、ジョアンナがひとり家の中にすわっていた。

再会の最初の感動が静まると、ジョリフは帰りが遅くなったのはちょっとした投機的な仕事を引き受けたためで、それが当たってうまい儲《もう》けになったと説明した。

「おまえをがっかりさせたくないと思ってね。どうだ、これでがっかりとは言わせないぜ！」

こう言いながら、彼はお伽話《とぎばなし》のジャックが殺した大男の金袋のように、ずっしりと丸くふくらんだ大きなズックの袋を取り出し、その口をほどくと、暖炉《だんろ》のそばの低い椅子《いす》に腰かけていた妻の膝《ひざ》の上に、中味をぶちまけた。一ポンド金貨やギニー金貨が（当時はまだギニー金貨が流通していたので）どさりといきなり彼女の膝の上に落ち、その重みで彼女の着ていた服が床まで垂れさがった。

「そうれ！」と、シェイドラックは得意げに言った。「どうだ、ちゃんと言ってたろう、きっとやってみせるって。どんなもんだ、ええ？」

だが、金を手にした最初の興奮がさめると、もう彼女の顔には先ほどのような輝きは見られなかった。

「ほんとにたくさんなお金ねえ。でも――これで全部なの？」

「これで？　何を言ってんだ、ジョアンナ、そのひと山で三百ポンドもあるんだぞ！一身代《ひとしんだい》じゃないか！」

「ええ――そうね。一身代だわ――海ではね、でも陸《おか》に持って上がったら――」

しかし彼女も、さしあたり金のことは考えないことにした。やがて息子たちも帰ってきた。そして次の日曜日、シェイドラックは神に感謝を捧げた――ただし今度は、一般感謝祈禱の中へ特に読み入れてもらうという普通のやり方をえらんだ。だがその後二、三日たって、その金をどう運用するかという問題が起こったとき、彼は妻に、どうもおまえはおれが思っていたほど満足していないようだと言った。

「だって、そうじゃないの、シェイドラック」と彼女は答えた。「うちじゃ百で数えるというのに、お向かいさんじゃ——」と通りの向こう側をうなずいて示しながら、「千で数えるんですもの。あんたが出かけてからは二頭立の馬車に乗りはじめたわよ」

「ふうん、そうかね」

「ねえ、シェイドラック、あんたって人は、世の中がどう動いてるかも分かんないのね。でもまあいいわ、なんとかこのお金でできるだけのことをしましょう。どうせお向かいは金持ち、こっちはいつになっても貧乏なんだから」

やがて一年が、なすこともなくあらかた過ぎ去ってしまった。彼女はふさぎ込んだ顔つきで家の中や店先をうろうろし、息子たちは相変わらず港の界隈で働いていた。

「ジョアンナ」と、彼はある日のこと、こう切り出した——「おまえの様子じゃ、あれでもまだ足りないみたいだな」

「あんなので足りるもんですか。いまにうちの息子たちは、レスター家の持ち船の舵《かじ》でも取って食べていかなきゃならなくなるわ。あたしはこれだって、昔はあんな女よりか身分が上だったのに！」

ジョリフは議論がましいことのきらいな男だった。彼はただ口の中で、もうひと航海やってみるか、とつぶやいただけであった。彼は何日か考え込んでいたが、ある日の午後波止場から帰ってくるなり、だしぬけに言った――

「なあ、おまえ、もうひと航海やりゃ、きっとおまえにもなんとかしてやれるんだがな、もし――もし――」

「何をしてくれるって言うの、シェイドラック？」

「おまえに百でなく、千で数えさしてやるのよ」

「でも、もしって、もし何ならよ？」

「もし、息子たちをつれてゆけたらさ」

彼女は顔色を変えた。

「何を言うの、あんた」と、彼女はあわてて答えた。

「どうしてさ？」

「そんなこと聞くのもいやよ！　海へだなんて、あんなあぶないとこへ。あたしは息子たちを紳士らしい人間にしてやりたいと思ってるのに、あぶないことなんかさせられるもんですか。命がけで海へ出すなんて、どんなことがあったってできるもんですか。そうよ、そんなことできるもんですか！」

「じゃ、いいさ、やめにすっから」

その翌日、しばらく黙っていたジョアンナが聞いた――

「ねえ、もしあの子たちがいっしょに行ったら、稼ぎはきっとうんと違うんでしょうね？」

「そりゃ、おれが一人でやるのにくらべりゃ、三倍は違うだろうな。おれの下で働かせりゃ、結構このおれがもう二人ふえたくらいのことはあるからな」

しばらくして、彼女はまた聞いた――「も少しくわしく話を聞かせてよ」

「うん、うちの息子たちはな、船を扱うことにかけちゃ、かけ値のないとこ船長格の腕を持ってるんだ。北海といったって、この港の砂洲ほどの難所があるわけでもなしさ、それに奴らはまだがきのじぶんからここできたえられてるんだ。腹もすわってるしな。奴らの倍も年とったおとなが六人寄ったたって、あれくらい腹のすわった、頼りになるのはいねえからな」

「でも、海って、とってもあぶないんでしょう？　それに戦争の噂だって立ってるし」

彼女は気づかわしげに聞いた。

「うん、そりゃ、危険だってあるだろうさ。だけど……」

万一の場合を気づかう不安はしだいに大きくふくれ上がり、そのため母親の胸は押しつぶされ、息づまるばかりになった。しかしエミリーは日ましにひいき風を吹かすようになり、どうにもがまんがならなかった。ジョアンナは夫をつかまえ、向かいの家にひきかえ自分たちのあまりに貧しいことをこぼさずにいられなかった。息子たちは父親に似て気立てがよく、冒険的な航海の話を聞かされると、ぜひやってみたいと言い出した。彼らも父親と同様、それほど海が好きなわけではなかったが、具体的な計画を聞くとすっかり乗り気になった。

今やすべては母親の承諾ひとつにかかっていた。彼女は長いあいだ承諾を出ししぶっていたが、とうとう、息子たちも父親といっしょに行っていいと許可を出した。シエイドラックはことのほか嬉《うれ》しそうだった——神はこれまでいつも自分を護《まも》ってくださった。そしてその感謝はきちんとしてきたのだ。神は信仰の厚い者をよもやお見捨てになるまい。

ジョリフ家の財産は、すべてこの事業のために注ぎ込まれた。店の商品も、いわゆる「ニューファウンドランド猟期」の終わるまで帰らぬ夫たちの留守中、ジョアンナがどうやら暮らしてゆけるだけの最小限度に切りつめられた。わびしいその歳月をどうやって耐えたものか、彼女にも分からなかった。なぜなら、この前のときには、息子たちがそばにいてくれたからだ。しかし彼女は、なんとかこの試練に耐えようと、われとわが身をはげました。

船には深靴や短靴をはじめ、既製服、釣具、バター、チーズ、索類、帆布やその他いろいろな商品が積み込まれ、帰りには油や、毛皮や、魚類、ツルコケモモなどのほか、何でも手に入った品を積んで帰ることになっていた。しかも往復の航海のあいだには、ほかの港も相手におおいに商売をやり、しこたま儲け込む手はずであった。

Ⅲ

船は春のある月曜日の朝、港を出た。だがジョアンナはその出発を見送らなかった。自分のわがままが招いた別れの光景を、見るに耐えなかったのだ。そのことを察してか、夫はその前の晩彼女に、出帆はあすの昼少し前だと話しておいた。したがって翌朝五時に目をさました時も、階下で彼らの忙しく立ち働いている気配を感じながら、彼女はいそいで降りてゆこうとせず、別れに涙を見せまいと横になったまま自分をはげましていた。彼女のつもりでは、今度も前の航海のときと同じように、九時ごろ出かけるのだろうと思っていたのだ。しかしやがて階下へ降りて行ってみると、事務机の斜面に白墨で書いた字が残っているばかりで、夫の姿も息子たちの姿も見えなかった。そこにはシェイドラックの走り書きの字で、いまさら改まって別れを告げたりしておまえを悲しがらせたくないので、このまま出発すると書いてあり、その下に息子たちが「お母さん、行ってまいります！」と書きそえていた。

彼女は取るものも取りあえず波止場へ駆けつけ、港をはるかな青い水平線の彼方《かなた》まで見やったが、ただジョアンナ号のマストと風にふくらんだ帆が見えるばかりで、人影は見えなかった。「このあたしなんだわ、あの人たちを行かせたのは！」彼女は狂おしげに口走り、泣きくずれた。家に戻ると、白墨で書かれた「行ってまいります！」の文字が、彼女の胸を引き裂かんばかりにした。しかしまた往来に面した部屋に入って通り向こうのエミリーの家を眺めやると、今にこの卑屈な奴隷《どれい》の境遇から抜け出せるのだと、彼女の痩《や》せた顔にも勝ち誇った輝きがさしてくるのだった。

実のところ公平に判断すれば、エミリー・レスターが身分をひけらかすような態度を見せるというのも、おおかたはジョアンナの思いすごしにすぎなかった。大商人の妻としての暮らし向きがジョアンナよりもぜいたくなのは、エミリーも隠すわけにはいかなかったが、それでも二人が顔を合わせるようなときにはいつも（と言っても、今ではめったに顔も合わせなかったが）、エミリーはできるだけ身分の差を見せないよう気をくばったものだった。

やがて最初の夏がすぎ去った。ジョアンナは店の上がりで細々と暮らしを立てていたが、店も今ではかろうじて飾り窓と勘定台を残しているにすぎなかった。実のところ、エミリーだけが唯一《ゆいいつ》の大きな得意先であった。ところがジョアンナにしてみれば、品物の良《あ》し悪しにはおかまいなく何でも買ってくれるレスター夫人の親切さが、かえって棘《とげ》をふくんで感じられた——保護者かそれとも施主《せしゅ》に近い鷹揚《おうよう》な態度だったからだ。長くわびしい冬が深まっていった。彼女は事務机の表を壁のほうへ向け、白墨で書かれた別れの言葉が消えないようにした。文字を拭《ふ》き消す気にはどうしてもなれず、ジョアンナはいくたびとなく涙ぐんだ目でそれを眺めた。りっぱに成長したエミリーの息子たちがクリスマスの休暇で帰ってきて、進学する大学のことなどが話題にのぼった。しかしジョアンナは、水にもぐった人間のようにじっと息を殺し、鳴りをひそめていた。もうひと夏、そうすれば「猟期」は終わるのだ。やがてその猟期も終わりに近づいたころ、エミリーはかつての幼な友だちを訪ねてみた。もう何カ月か、夫からも息子からも何の音沙汰《おとさた》もないので、ジョアンナが心配しはじめているという噂を聞いたからだ。ろくに口もきかずに招じ入れるジョアンナの耳に、せまい勘定台のところを抜け、店の奥の客間に入ってゆくエミリーの絹服が、さらさらと誇らしげな音を立てた。

「あなたは何から何まで結構ずくめ、このあたしはまるっきり逆よ！」とジョアンナは言った。

「でもどうしてそんなふうにお考えなの？　一身代作って帰られるって伺ってますわよ」とエミリー。

「ああ、ほんとに帰ってくるかしら？　とても女には耐えられない不安よ。考えてみてもちょうだい、三人が三人とも一つの船に乗って行ったのよ！　それに、もう何カ月も便りがないのよ！」

「でも、まだ期限がすぎたわけじゃありませんもの。そんなに取越し苦労をなさってはだめよ」

「どんなことをしてもらったって、あの人たちのいない悲しみはどうにもならないわ！」

「じゃ、どうして行かせておしまいになったの？　お店だってりっぱにやっておられたのに」

「このあたしがむりに行かせたのよ！」彼女はエミリーのほうへきっと向き直って言った。「そのわけを言ってあげるわ！　もとを言えば、あたしたちがあくせくその日暮らしをやってるのに、あんた方がとてもお金持ちで羽ぶりのいいのがしゃくだったのよ！　さ、これですっかり言ってしまったわ、憎むなり何なりしてちょうだい！」

「どうしてあなたを憎んだりするものですか、ジョアンナ」

彼女のこの言葉が嘘《うそ》でなかったことは、やがて明らかになった。秋も末となり、船はもうすでに入港していてよいはずだった。だが砂洲《さす》にはさまれた水路には、ジョアンナ号らしい船の影さえ現われなかった。いよいよ本当に気づかわねばならぬときがきたのだ。ジョアンナ・ジョリフは暖炉の火のそばにすわっていたが、風がうなりを立てて吹くたびに身ぶるいをした。もとから海をおそれ、海をきらってきた彼女にとって、海は女の悲しみを喜ぶ不実な、落着きのない、とらえどころのない生き物であった。「でも、きっとあの人たちは帰ってくるわ！」

彼女は、シェイドラックが出発前に言っていた言葉を思い出した――もし今度の遠征が首尾よく成功をおさめ、無事国へ帰れた暁《あかつき》には、かつて難船したときのように教会へゆき、息子たちといっしょにぬかずいて心から神に無事を感謝するというのだ。彼女は朝に夕にきまって教会へ出かけ、内陣の階段にもっとも近い一番前の席にすわった。彼女の目は、シェイドラックがまだ若々しい青年だったころひざまずいた段のところに、じっといつもそそがれていた。今をさる二十年の昔、彼がひざまずいた場所を、彼女は一インチとたがわずに覚えていた――膝をついた彼の後ろ姿も、かたわらの階段においた帽子も。神様は慈悲深くていらっしゃる。夫はきっとまたあそこにひざまずくに違いない、彼が言っていたとおり、息子を両脇《りょうわき》に一人ずつすわらせて——ジョージはそこに、ジムはこちらに。礼拝をしながらじっとその場所を見つめているうち、彼女には帰ってきた三人がそこにひざまずいているのが見えるような気がしてきた。息子たちのほっそりした後ろ姿が二つと、そのあいだにはがっしりした体つきの姿があり、祈りの手を合わせ、頭を東側の壁に向けているではないか。空想はしだいに高じて幻覚にかわり、疲れきった目を階段のほうに向けるたびに、きまってそこに三人の姿が見えるようになった。

だが彼らは帰ってこなかった。慈悲深い天の神も、まだ彼女の魂を救いたまわなかった。それは最愛の肉親をおのれの野心の奴隷とした女が、罪の償いに受けねばならぬ苦しみであった。しかしやがてそれも罪の償いを越えたものとなり、彼女の気持ちは絶望に近くなった。入港の予定の日からすでに数カ月がたっていたが、船は帰ってこなかった。

ジョアンナには一行の帰ってきた気配が、いつも目に見え、耳に聞こえていた。ひろいイギリス海峡が一望の下に見渡せる港の後ろの丘に立つと、果てしなくひろがる大海原を南に向かって切りひらいてゆく水平線上の小さな一点こそ、まぎれもなくジョアンナ号のメイン・マストの先端に違いないと思い込んだ。また家の中にいるときは、本町通りが波止場に終わっている町の倉庫の角あたりで、何かしら呼ばわる声やどよめきが聞こえでもすると、彼女ははっとつかれたように立ち上がり、「そら、あの人たちだわ！」と叫ぶのだった。

だが、それは彼らではなかった。三人の幻の姿は、毎日曜の午後内陣の階段にひざまずいたが、現実の姿はついに現われなかった。店は、いわば自分で自分を食いつぶしてしまった形だった。孤独と悲しみのあまり、すっかり無気力になってしまった彼女は、すでにわずかな商品の仕入れすらしなくなり、やがて最後の客まで追い返してしまった。

窮状を見かねたエミリー・レスターはできるかぎりの手をつくし、このみじめな女を助けようとしたが、きまってにべもなくはねつけられた。

「あんたなんかきらいよ！　あんたの顔なんか見るのもいやだわ！」エミリーが訪れ援助を申し出ると、ジョアンナはしわがれた低い声でこう言うのが常だった。

「でもわたし、なんとかあなたの力になって、慰めてあげたいのよ、ジョアンナ」とエミリーは言った。

「あんたにはお金持ちのご主人とりっぱな息子さんがあって、結構な奥様のご身分でしょ！　あたしみたいな死にぞこないの白髪ばばあに何の用があるのよ？」

「ジョアンナ、わたしはこうしていただきたいの――こんな陰気なところにこれ以上ひとりでいないで、うちへ来てわたしたちといっしょに暮らしてちょうだいな」

「それで、もしあの人たちが帰ってきて、あたしが家にいなかったらどうなるの？　あんたはあたしたちの仲に水を差そうってのね！　いやですよ、あたしはここにいます。あたしはあんたという人がきらいなのよ、いくら親切ごかしをやってくれたって、ありがたかないんだから！」

しかし月日のたつにつれ、何の収入もないジョアンナには、店と家の家賃も払えなくなった。シェイドラックと息子たちの帰ってくる望みはもうまったくないことをさとされ、ジョアンナはしぶしぶレスター家の世話になることを承知した。レスター家では三階に彼女だけの部屋を当てがわれ、家族のだれとも顔を合わさず、好き勝手に出入りすることができた。すでに髪にも白く霜をおき、額には深い皺《しわ》が刻まれ、体も痩せ細り腰も曲がってきていた。しかし彼女はまだ帰らぬ人たちを待ちわび、階段の途中などでエミリーと顔を合わすと、むっつりとした表情で言うのだった――「なんであたしをここへつれてきたか、ちゃんと分かってますよ！　あの人たちが帰ってきたとき、あたしが家にいないのにがっかりして、また出て行ってしまうようにってんでしょ。そうすりゃ、あたしがあんたからシェイドラックを横取りした腹いせができると思って！」

エミリー・レスターは、悲しみに打ちのめされた女の口から出るこうした非難に耐えていた。彼女もヘイヴンプールの町の人たちと同じように、シェイドラックとその息子たちは海底の藻屑《もくず》と消えたに違いないと思っていた。船が難破したものとあきらめてから、すでに何年もの歳月が流れていた。だがそれでもなお、夜中に何かの物音でふと目をさますと、ジョアンナは寝台から起き上がり、ちらちらゆれ動く街灯の明かりをたよりに、もしや彼らではあるまいかと通り向こうの店のほうをのぞいて見るのだった。

二本マストのジョアンナ号が出帆してから六年たった、あるしめっぽい十二月の夜のことであった。風が海から吹きつけ、磯《いそ》くさい霧を濡《ぬ》れたフランネルのように顔になでつけた。ジョアンナは帰らぬ人たちのために、最近たえて感じたことのなかったほどの熱意と確信を込めていつもの祈りを捧《ささ》げ、十一時ごろ眠りについた。と、夜中の一時から二時ごろだっただろうか、彼女ははっとして起き上がった。たしかに往来に人の足音が聞こえ、シェイドラックと彼女の息子たちが店の戸口で呼んでいるのだ。寝台から跳びおりた彼女は、身に何をまとったかも気がつかず、エミリーの邸の絨氈《じゅうたん》を敷いた大きな階段をころげるように駆けおり、玄関のテーブルに燭台《しょくだい》をおき、扉の桟《さん》と鎖をはずして往来へ走り出た。波止場から街路を吹き上げてくる霧のために、すぐ目と鼻の先の店が見えなかった。しかし彼女はたちまち通りの向こう側に行っていた。だが、どうしたというのだろう？　そこには人影ひとつなかった。みじめな女ははだしのまま、狂ったように通りを行きつ戻りつした――しかし人影はさらに見えなかった。彼女は引き返すと、かつてはわが家であった家の戸口を、力いっぱい叩《たた》いた――朝まで自分を驚かしたくないと思って、彼らは今夜はここに泊めてもらったに違いない。やがて数分後、新しくこの店を借り受けた若い男が二階の窓から顔を出してみると、ろくに服もまとわず立っている瘦せこけた人影が目に入った。

「だれか訪ねてはこなかったかえ？」とその人影は聞いた。

「おや、ジョリフのおかみさんでしたか、だれかと思いましたよ」はかない期待にささえられた彼女の思いつめた気持ちが、この男にも伝わったのであろうか、若い男はやさしく答えた。「いいえ、どなたもお見えになりませんでしたよ」

一八九一年六月

幻想を追う女

An Imaginative Woman

有名な海水浴場のあるアパー・ウェセックス地方のソレントシーで宿を物色したあと、ウィリアム・マーチミルは妻のいるホテルへ戻ってきた。ところが彼女は子どもたちをつれて海岸へ散歩に出かけたあとだったので、マーチミルは軍人のような顔つきの玄関番が教えてくれた方角へ、妻のあとを追って行った。

「やれやれ、ずいぶん遠くまできたじゃないか！　すっかり息がきれちまった」マーチミルは妻に追いつくと、少しいらだたしげに言った。彼女は歩きながら何か本に読みふけっており、三人の子どもたちは乳母といっしょに、ずっと先のほうまで行ってしまっていた。

マーチミル夫人は思わず引き込まれていた本の世界から、はっとわれに返った。

「そうね、だってずいぶん長くおかかりでしたもの。あんな退屈なホテルにじっとしているのがたまらなくなってしまって。ごめんなさい、何かご用でしたの？」

「うん、なかなか気に入ったのがなくて苦労した。風通しがよくていい部屋だというふれ込みで見に行ってみると、息のつまりそうなひどいところなんだ。ぼくの決めてきたので気に入るかどうか、行って見てくれないか？　どうももひとつ広くないんだが、ほかにいいのも見つからんし。町じゅうもう避暑客でいっぱいなんだな」

子どもたちと乳母をそのまま散歩させておき、夫婦はつれ立って先に帰った。

年格好も釣り合い、外見までもよく似合って、なに不自由ない家庭生活を送っている夫婦ではあったが、気質の点では二人は相容《あいい》れないものを持っていた。もっとも夫のほうが、鈍重とは言えないまでも容易に動じない性質だったため、ひどく神経質で多血質の妻とのあいだにも、あまり衝突らしい衝突はなかった。しかしもっとも些細《ささい》なことでありながらもっとも重大な、夫婦の趣味とか嗜好《しこう》という点で、二人のあいだにはいわば公分母がなかった。夫のマーチミルは妻の好みや性癖をどことなくばかげていると思い込み、また妻のほうでは、彼の好みを下品で物質的だと考えていた。彼女の夫は、北部のある繁華な都会で銃器の製造にたずさわっており、いつも心は仕事のことでいっぱいだった。これに対して夫人のほうは、陳腐な文句ではあるが例の「詩魂の信奉者」という上品な言葉が、もっともよくその気質を表わしていた。ものに感じやすく、すぐにも胸をときめかすたちの女であるエラは、夫の作っているものがすべて生命《いのち》の破壊を目的としたものであることを思い出すたびごとに、人道的な気持ちから、とても夫の仕事をくわしく知ろうという気にはなれなかった。ただ、夫の作る武器の中にも、弱者に対して残忍にふるまうという、まるで人間たちと同じようなことをしているいまわしい害鳥や害獣を絶やすために使われるものも、とにかくいくつかはあるのだと自分に言い聞かせ、かろうじて心の平静を取り戻すことができたのだ。

このような職業が、彼を夫として持つ上でなんらかの支障になろうとは、エラは結婚前には考えたこともなかった。事実、世の善良な母親のだれもが基本道徳として教える、ともかく身を固めてしまう必要にせかされ、彼女はウィリアムの求婚に応じ、蜜月《みつげつ》をすごし、やっと落ち着いて生活をふり返ってみる時期に達するまで、そんなことを考える余裕もなかった。そして今エラは暗闇《くらやみ》で何かにつまずいた人間のように、いったい自分はどんなものを拾い込んだのだろう——珍しいものだろうか、ありふれたものだろうか？　含まれているのは金だろうか、銀だろうか、鉛だろうか？　邪魔物だろうか、土台石だろうか？　自分に大切なものだろうか、それとも役立たずのものだろうか？　と心の中でそのまわりを歩きまわり、値ぶみしてみた。

エラはおぼろげながらある結論に達した。そしてそれ以来、彼女はもっぱら夫の愚鈍さやがさつさを憐《あわ》れみ、身の不運を憐れみ、その繊細で微細な感情のはけ口を、想像の世界や白日夢や夜半の溜《た》め息に求めて、気を引き立てていた。だが夫のウィリアムは、かりにそのことに気がついたとしても、さして気にしなかったに違いない。エラは小柄で品のいい華奢《きやしや》な体つきで、身のこなしには軽やかな、うきうきしたところさえあった。目は黒く、両の瞳《ひとみ》にはエラのような気質の持ち主にありがちな、おどろくほど明るい、うるんだ輝きが——しばしば取巻く男たちの胸を掻《か》き乱すもととなり、やがてはみずからも心を痛める結果となりかねない輝きが——秘められていた。夫は背の高い、面長の男で、茶色いひげを生やし、じっと思案するような目つきをしていた。そしてひとこと言いそえておかねばならないが、彼はふだんから妻にはやさしく、寛大であった。いかにも几帳面《きちようめん》な言葉づかいをし、武器を必要とする俗界の状態にすっかり満足しきっていた。

夫婦は捜していた目的の家までやってきた。海に面した高台の家で、風よけと塩気よけをかねた小さな常緑樹の庭が前にあり、石段が玄関までつづいていた。同じような造りの家がいくつか並んでいたが、ほかにくらべてかなり大きかったため、家主のおかみはコーバーグ荘と名づけて特に念入りに他と区別をしていた。もっとも世間ではみな、「新海岸通りの十三号」と呼んでいたようである。今でこそこのあたりは陽気で活気づいていたが、冬場は砂袋を戸口に積み重ねたり、鍵穴《かぎあな》に詰め物をして雨風を防がねばならなかった。激しい雨風にペンキなどはすっかり薄くなり、下塗りや節《ふし》がその下からのぞいて見えていた。

借り手の戻ってくるのを待ち受けていたおかみは、二人を入り口に迎え、部屋を案内して見せた。おかみは自分が未亡人で、技術屋だった夫にぽっくり死なれたため暮らしに困るようになったと身の上を語り、しきりとこの家の便利なことを述べたてた。マーチミル夫人は、場所も建物も気に入ったが少し手狭だから、部屋全部を使わせてもらえないと窮屈なようだと言った。

おかみはがっかりした様子で考え込んでいた。実はぜひあなた方に借りていただきたいのだが――と、彼女はまんざらお世辞でもないような言い方をして――あいにく二部屋だけはひとり者の男の方にずっとお貸ししてあり、別に季節相場の間代はいただいていないが、なにしろ一年を通して借りている人だし、それに手数のかからない、とても人のいいおもしろい青年なので、たとえ高い部屋代を出すという方があっても、ただ一カ月間だけの「間貸し」のために追い出すようなことはしたくない。しかし、ひょっとすると――と、おかみはこう言いそえた――しばらくなら空けてもいいと言ってくださるかもしれません。

マーチミル夫婦は辞退した。二人は周旋屋へ行ってもう少しほかを当たってみることに腹を決め、ひとまずホテルへ引き返した。ところが、お茶にしようと腰をおろすかおろさぬうちに、先ほどのおかみが訪ねてきた。部屋をお貸ししているうちの若い方が、新しい借り手を断わるくらいなら、自分が三、四週間部屋をあけるからと親切にも言ってくれたというのである。

「ご親切はほんとにありがたいのですけれど、その方にそんなご迷惑をおかけしたくありませんから」とマーチミル夫婦は答えた。

「いえ、迷惑だなんて、そんなことはございませんです、決して！」と、おかみは雄弁に述べたてた。「実はあの方は、世間のふつうのお若い方とは違って——何と申しますか、夢見がちで孤独な、まあ沈んだ方なんでございますよ。今時分のように客でにぎわう季節よりか、南寄りの西風が戸口にびゅうびゅう吹きつけたり、波が遊歩道《パレード》を洗ったりして、人っ子ひとり姿を見せない時分のほうがお好きでしてね。それで実は今度も、向こうの島にある小さな農家へ、気分を変えにしばらく行きたがってられるんです」そういうわけで、ぜひ彼らに来て欲しいというのだった。

　こうしてマーチミル一家はその翌日、件《くだん》の家を借り受けることになったが、住み心地はいたってよさそうに思えた。昼食を終えると、マーチミルは突堤のほうへ散歩に出かけてゆき、夫人は子どもたちを砂浜へ遊びに出してしまうと、やっと心からくつろいだ気分になり、あれこれ品物を手に取ってしらべてみたり、洋服だんすの扉についた鏡の映り具合をためしてみたりした。

ひとり者の青年が借りていた奥の狭い居間には、ほかの部屋よりもいっそう個人の趣味の感じられる調度がおいてあった。珍しい版というより、正確を期した版の、ぼろぼろになった本が、部屋のすみずみに妙に遠慮がちに積み重ねてあったが、避暑のために入り込んできた客に中までのぞかれようとは、この部屋の前の住人も思わなかったようだった。おかみは入り口のところにたたずみ、マーチミル夫人の気に召さないものがあればすぐにも模様がえをしようと待ち受けていた。

「ここをわたしの部屋にしますわ」とエラは言った。「ご本があってすてきですもの。でも、前にいらした方って、ずいぶんたくさん本をお持ちですのね。少し読ませていただいてもかまわないかしら、フーパーさん？」

「ええ、ええ、かまいませんですとも、奥さま。とにかく、本だけはこのとおりたくさんお持ちなんです。文学のほうをやっておいでですので。詩人で——ええ、ほんとに詩をお書きなんですの——いくらか収入もおありなんでございましょ、気楽に詩など書いてらっしゃいますわ、はでに暮らせるほどじゃないにしても」

「まあ、詩人ですって！　それは気がつきませんでしたわ」

エラは本を一冊手に取り、開いてみた——扉のところに持ち主の名前が記されていた。

「まあ！」と、彼女は言葉をつづけた。「この方のお名前ならよく知ってますわ――ロバート・トルーって――ええ、よく知ってますわ、お書きになったものも！　じゃ、わたしたちのお借りしたのはあの方のお部屋で、わたしたちが追い出してしまったのはあの方でしたのね？」

そのあとしばらくしてひとりになると、エラ・マーチミルは思いがけないめぐり合わせに驚きながら、ロバート・トルーのことを考えた。エラのこのような関心は、ここ数年来の彼女の経歴がもっともよく説明してくれるだろう。不遇な文士の一人娘として生まれた彼女は、痛ましくも閉じ込められてしまった感情に、何か自分なりの性分にあったはけ口を与えたいと思い、ここ一、二年ばかり詩作にふけっていた。持って生まれた彼女の明晰《めいせき》さや閃《ひらめ》きも、判でついたような日々の家事や、平凡な夫とのあいだに子どもをもうけたりする憂鬱《ゆううつ》さにすっかり沈滞してしまっていた。こうして書かれた詩は、男名前でいろいろな名もない雑誌に発表され、二度ばかりはかなり名の売れた雑誌に載《の》ったこともあった。そしてその二度目の場合には、小さな活字で彼女の詩が下段に載った同じページの上段に、同じ題材を歌ったほかならぬこのロバート・トルーの作品が数編、大きな活字で掲載されたのだった。二人とも実は、日刊新聞紙上に報道されていたある悲劇的な事件に心をうたれ、同時にそれから着想を得たのだった。編集者もわざわざ注釈の中でこの偶然の一致についてふれ、二つともすぐれた作品であったため、こうして並べて掲載することにした旨《むね》を述べていた。

　このことがあって以来、エラ、すなわちまたの名をジョン・アイヴィと名乗る彼女は、ロバート・トルーと署名のある詩がどこかに現われはしまいかと、しきりに気をつけていた。世の男性の常として、書き手の性別には無関心だったトルーは、女の変名を使おうなどと考えたことはなかった。だがエラの場合は、世の逆をゆくことにそれなりの理由を見出《みいだ》し満足していたのだった――せっかくの洗練された感情も、それが押しの強い商人の妻であり、また平凡な銃器製造業者を父に持つ三人の子の母親から出たものと分かれば、世間のだれが彼女の霊感など信じてくれるだろう。

　トルーの詩は巧妙というよりも熱情的であり、また垢《あか》ぬけしているというよりも華麗な点で、最近の群小詩人たちの作品とは類を異《こと》にしていた。象徴派でもなければデカダン派でもなく、もし厭世主義者《ペシミスト》という言葉が、人生での最悪の偶発事をも最もしあわせな出来事と同じように眺めるものに当てはまるならば、彼はまさにそのペシミストであった。内容を離れ、ただ形式やリズムだけがすぐれているような詩には魅力を感じなかった彼は、ときとして感興が詩的技巧より先走ってしまうときなど、押韻《おういん》のくずれたエリザベス朝風の十四行詩《ソネット》をものし、うるさい批評家の眉《まゆ》をひそめさせたこともあった。

悲しい、しょせんかなわぬ羨望《せんぼう》を抱《いだ》いて、エラ・マーチミルは自分の貧弱な作品よりもいつもはるかに力のこもったこの競争相手の詩を、何度もくり返し口ずさんだものだった。トルーの模倣をしてみたこともあったが、どうしても彼の水準にまで達することができず、すっかり気落ちするのがおちであった。こうして幾月かが過ぎ去ったが、やがてエラは出版社から出た目録で、トルーが今まで折にふれ書いてきた作品を一巻にまとめたということを知った。彼の詩集はほどなく出版され、評判は賛否まちまちであったが、それでも印刷の費用を十分にまかなえるだけの売行きがあった。

こうして彼に一歩先んじられると、ジョン・アイヴィも自分の作品をまとめてみたいという気になり、これまで活字になったわずかな作品にまだ原稿のままのものを多数つけ加えて（というのは、彼女の作品で活字になったのはまだそれほどなかったので）、一冊の詩集を編んでみようと思いついた。出版には莫大《ばくだい》な費用がかかった。二、三の評論雑誌が彼女のささやかな詩集に目をとめてくれたが、だれの話題にのぼることもなく、だれひとり買おうとする者もないまま、やがて二週間もすると、息を引き取るようにふっつり市場から消えてしまった——かりに一時《いっとき》でも息の通っていたときがあったにしても。

たまたまこのころ、三人目の子どもの生まれることが分かったので、この女流詩人の心はほかにそらされ、そのため詩集出版の失敗から受けた打撃も、家庭内のわずらわしさが何もなかった場合を考えると、比較的軽くてすんだ。出版社への支払いは、医者の払いといっしょに夫がすませてくれ、すべてはひとまずこうしてけりがついた。だが、現代を代表する詩人とまではいかずとも、やはりエラはただ単なる種族の増殖者ではなく、やがてまた以前の詩的霊感を感じはじめていた。そしていま不可思議なめぐり合わせによって、彼女はロバート・トルーの部屋に住まうことになったのだ。

エラは感慨深げに椅子《いす》から立ち上がると、同業にたずさわる者としての関心にひかれ、部屋の中をあちこち見まわしてみた。たしかにトルーの自作詩集が、ほかの本にまじって並んでいた。内容はすでによく知っていたが、それでも彼の詩が声を出して話しかけてくるような気がして、もう一度読み返してみた。それからちょっとした用にかこつけておかみのフーパー夫人を呼び、もう一度その青年のことを聞いてみた。

「そりゃ奥さま、まあお会いになってごらんなさいましな、とてもおもしろい方なんですよ。ただとても人見知りをなさるんで、会うといってもむずかしゅうございますがね」フーパー夫人は、この新しい借り主の前住者への好奇心を、むしろ喜んで満足させようとするふうであった。「ここには長くおいでかと？　そうでございますね、かれこれ二年になりますでしょうか。おいでないときも、ずっと部屋だけは借りておられるんです――この土地のさわやかな空気がお胸にいいとか、いつでも気が向いたときふらっと戻っておいでになれるのがお好きなようでして。たいてい書き物をしてらっしゃるか本をお読みかで、あまり人にもお会いになりませんが、ほんとにそりゃ気のいいやさしい方なんでございますよ、ですから一度お会いになりゃ、だれでもきっと喜んで近づきになりたいと思われますよ。気立てのやさしい方と申しても、当節そうざらにいるわけじゃございませんからね」

「そう、気立てのやさしい……いい方なんですの」

「ええ、もうそりゃ。このあたしがお願いすることだって、何でも喜んで聞いてくださいますしね。ときどきあたしが『トルーさん、なんだかお元気がないようですわね』って申しますと、『ええ、そうなんですよ、おばさん、でもよく分かりますね』っておっしゃいましてね、『ご旅行でもなさってはいかがですか』と申しますと、それから一日二日のうちに、パリか、ノルウェーか、どこかへ旅行に出かけるからとおっしゃるんです。そしてどうでしょう、旅行のおかげですっかり元気になってお帰りなんでございますよ」

「まあ、そう！　きっと神経質な方なのね」

「そうなんでございますよ。でも変わったところもおありでしてね、いつぞや夜遅くなって詩ができたときなんぞ、それを口ずさみながら部屋の中を行ったり来たりなさるんでございましょう、こう自分で申すのもなんですが、なにしろ安普請《ぶしん》の家で床板もごく薄いもんですから、あたしは二階《うえ》で寝つかれずじまい、おしまいにはいっそどこか遠くへ行ってしまってくれればいい――なんて思ったものでございますよ。でもまあ、とても気持ちよくおつき合いをさせていただいております」

　おかみとのこの話合いは、日がたつにつれて二人のあいだにかわされた新進の詩人についての噂話《うわさばなし》の、ほんのはじまりだった。ある日のこと、いつものように彼の噂が話題にのぼった折、フーパー夫人はそれまでエラの気づかなかったものを見せてくれた――それは寝台の頭のところにかかっているカーテンのかげの壁紙に、鉛筆で書きなぐった走り書きだった。

「まあ！　ちょっと見せてちょうだい」と、エラはその美しい顔を壁のほうへ近づけながら、こみ上げてくるうずくような好奇心を隠しきれずに言った。

「これはでございますね」と、フーパー夫人は万事心得顔で言った――「あの方の詩の原形と申しますか、最初に思いつかれた文句なんでございますよ。大部分消してしまわれたんですが、まだお読みになれますでしょう。おそらく夜中に詩の一節でも浮かんで目をさまし、朝までに忘れてしまわないようにそこの壁の上に走り書きなすったんでございましょう。ここに書いてある文句がそのまま、あとになって雑誌に出たのを見かけたこともございます。ごく最近お書きになったのもあるようですわ、ほら、これなどは今までに見かけませんでしたもの。きっと、ほんの二、三日前お書きになったんでございましょ」

「まあ、ほんとに！……」

エラ・マーチミルはわけもなく顔がほてった。そして聞きたいことを聞いてしまった今は、早く相手がいなくなってくれればいいという気がした。文学的な興味よりも、むしろなんとなく個人的な興味を抱《いだ》きかけていた彼女は、その走り書きを自分ひとりで読んでみたい気持ちに駆られ、ひとりのときに読めば受ける感激もひとしおであろうという気持ちから、その機会の訪れるのを待つことにした。

島の外へ出ると波が荒かったせいもあろうが、エラの夫は船に弱い妻をつれてゆくよりも、自分ひとりで船遊びをしてまわるほうが楽しいと思っていた。月明かりの下で舞踏会が開かれたり、船がどうかした拍子に傾くと、アベック客たちがこれをさいわいと抱き合ったりする安手な行楽客相手の船に自分ひとりで乗ることも、彼自身はまんざらいやでもなかった。事実たしかに、彼が言葉やさしく妻に言い聞かせていたように、妻と同伴で行くにはあまりにもえたいの知れぬ遊山客《ゆさん》たちでごった返していた。というわけで、この土地に滞在中、景気のよい実業家の夫が大いに避暑気分を味わい、海の空気を満喫しているいっぽうでは、エラの生活は少なくとも見かけの上では単調そのものであり、せいぜい日に何時間か水浴びをしたり、浜辺を散歩したりするくらいが関の山だった。しかし詩的な衝動がふたたび高まってきていたエラは、胸の中に燃え上がる炎の虜《とりこ》となり、自分の周囲の出来事にはほとんど気づかなかった。

トルーの新しい小詩集をすっかりそらんじるまで読みふけったエラは、何とか彼の詩に負けないものを書いてみようとかなりな時間を費やしてみたが、とうてい力のおよばぬことを悟って泣き伏してしまった。この身近にいながら近づきがたい師に思わず知らず惹《ひ》きつけられてゆくエラの気持ちには、知的な、抽象的なものより、個人的な要素がはるかにつよく働きかけているのが、彼女自身にも不可解に思えた。たしかに彼女は明け暮れ彼の住みなれた環境に取り囲まれ、そこでは文字どおりすべてが四六時中彼のことをささやきかけてきた。だがその相手は、いまだ顔すら合わせたことのない人間であり、彼女の心を動かしていたものはただ、対象を求めている感情に、手ごろなはけ口の訪れるのを待ち受けていた本能にすぎなかったのだが、もちろんエラがそのことに気づいていようはずはなかった。

文明がその実をあげるために作り出したあまりにも殺伐な環境のもとで、およそ世の情熱なるものがたどる筋書きどおり、エラに対する夫の愛情も、ときおり気まぐれな友情としての形をとるていどで、夫に対して抱いている彼女の側の愛情とおっつかっつか、ともすればそれ以下でさえあった。こうして、何かしら心のささえを必要とする情熱の持ち主であったエラは、偶然としてはあまりにもすばらしいこのめぐり合わせに、その情熱の火を燃え上がらせはじめた。

ある日のこと、押入れの中で隠れん坊をして遊んでいた子どもたちが、はしゃぎすぎ、中にかかっていた服を引っぱり出してしまった。フーパー夫人は、それはトルーさんの持ち物だと言って、またもとのように押入れの中にしまった。いつもの好奇心に取りつかれたエラは、午後おそくなってあたりにだれもいないのを見すますと、その押入れをあけ、かけてあった雨外套《あまがいとう》をはずし、防水頭巾《ずきん》のついたまま羽織ってみた。

「ヘブライの予言者が着ていたというマントみたいだわ！　これを着ているだけで、あの方に――あのすばらしい天才に――負けないような霊感がわいてくるといいのに！」

このような考えにとらえられるとき、いつも彼女の目は涙に曇ってきた。エラは鏡に向かい、自分の姿を映してみた。あの方の胸がこの外套の中で鼓動し、あの方の頭脳がこの頭巾の中で、とうてい彼女には届き得べくもない高邁《こうまい》な思索をめぐらしていたのだ。彼と並ぶと自分の才能の貧しさがはっきりと感じられ、エラの心は沈んだ。と、彼女がまだ着ていた外套をぬぎ終わらぬうちにドアが開き、夫が部屋に入ってきた。

「何だね、そりゃ――」

エラは顔を赤らめ、外套をぬいだ。

「この押入れの中に入ってましたの。ちょっと気まぐれに着てみたのよ。だって、ほかに何もすることがないんですもの。あなたはいつだってお留守だし！」

「いつだって留守？　ふん……」

その晩、エラはまたおかみをつかまえ、いろいろと話をしたが、自分から進んでトルーのことを熱心に話して聞かせるところをみると、おかみ自身この詩人に対してほのかな愛情を感じていたのかもしれない。

「そうれ、奥さまもトルーさんに興味をお持ちなんでございましょ」とおかみは言った。「実はつい先ほどあの方から便りがございましてね、もしあたしが在宅なら明日の午後、入り用な本を取りにきたいからと言ってこられたんですよ。奥さまのお部屋から本を持ち出してもよろしゅうございますか？」

「ええ、結構ですわ！」

「もしお望みでしたら、そのときうまくトルーさんにお会いになれますですよ」

エラは心ひそかに胸を躍らせながらおかみと打合わせをし、詩人のことを夢に描きながら床《とこ》についた。

その翌朝、夫がこう言い出した――「実はおまえに言われたことを考えてたんだがね、エル（訳注　エラの愛称）、ぼくひとり出歩いていて、おまえのことは放ったらかしにしておいたってことさ。たぶんそのとおりかもしれん。ひとつ今日は波もないようだから、ヨット乗りにつれてってやろうか」

こんなふうに夫から誘われて嬉《うれ》しくなかったのは、エラにとってはこれがはじめてだった。一応その場では受けておいたが、出かける時刻が近づき身支度にかかると、彼女はふと考え込んでしまった。今ではもうはっきりと恋をしているあの詩人にひと目会いたいという一念が、ほかの考えをすっかり押しのけてしまった。

「行きたくないわ」と、彼女はひとりごちた――「とても行く気にはなれない！　やはり行くのはよそう」

エラは気が変わったことを夫に伝えた。彼はいっこう気にもせず、ひとりでさっさと出かけて行った。

子どもたちが砂浜へ遊びに出かけてしまったので、そのあと家の中はひっそりと静まりかえっていた。塀の向こうの海から絶えまなく吹いてくるそよ風を受け、陽の光を浴びて、ブラインドがゆれていた。夏のシーズンだけ雇われてきた外国人のバンド、グリーン・シレジア楽団の奏《かな》でる音楽に、滞在客もそぞろ歩きの人びとも引き寄せられ、コーバーグ荘のあたりにはほとんど人の気配はなかった。と、表の戸をノックする音が聞こえた。

だれも召使が取次ぎに出ない様子に、エラはもどかしさを感じた。トルーが取りにくるという本は、いま彼女のすわっている部屋の中にあったのだ。だが、だれも上がってくる様子はない。彼女はベルを鳴らした。

「どなたか玄関にこられたようよ」とエラは言った。

「いいえ、奥さま、先ほどの方でしたらもうとっくに行ってしまわれました。あたしが出てみたんですけど」と女中が答え、それにつづいてフーパー夫人が入ってきた

――

「ほんとになんということでしょう！　トルーさんは、とうとうこないようですわ」

「でも、あの方のノックが聞こえたような気がしましたけど」

「いいえ、あれは家を借りたいとかで、まちがって訪ねてきた人なんでございますよ。お伝えするのを忘れておりましたが、実はお昼ちょっと前にトルーさんから手紙がまいりまして、本がいらなくなって取りにこないから、お茶の用意もしないでおいてくれというんでございます」

エラの気持ちはみじめだった。しばらくのあいだは『裂かれたいのち』というトルーの悲しい民謡風の詩さえ、読み返す気になれなかった。落ち着かぬ彼女の小さな胸は疼《うず》き、目には涙があふれていた。やがて子どもたちが靴下を濡《ぬ》らして帰り、その日のいろいろな冒険談を聞いてもらおうと駆け寄ってきたときも、彼女はいつもの半分ほども、子どもたちのことをかまってやる気になれなかった。

＊　　＊　　＊

「フーパーさん、写真をお持ちかしら？——前ここに住んでらした方の」エラはトルーの名を口にするのが奇妙に恥ずかしくなってきた。

「ええ、ございますとも。奥さまがお休みになってらっしゃるお部屋に暖炉《だんろ》飾りがございましょ、あの上の額に入れてございます」

「そうかしら、でもあの額は大公夫妻のお写真だけど」

「え、そうなんですが、その後ろに入れてございます。もともとあの方のを入れておく額縁で、そのために買ってまいったんですが、お出かけになるときに言って行かれたんでございますよ――おねがいだから、あとからくる人たちの目につかないようにしておいてくれ、知らない人にじろじろ見られたくないし、それにその人たちだって、ぼくなんかに見つめられたくないだろうからって。だもんですから、かりに大公夫妻のお写真を前に入れておいたんでございますよ。たまたま額もありませんでしたし、部屋の飾りとしては、身分のない若いお方のよりも、やはり皇族のほうが向いていると思いましてね。それをお取りになれば、下にあの方のが貼《は》ってございます。いえいえ奥さま、分かったたってトルーさんは気にはなさいませんですよ！　あの方もあとからこの部屋へ入ってこられるのが、奥さまのようにおきれいな方だとは思わなかったんでございましょ。でもなきゃ、自分の写真を隠そうなんて思わなかったでしょうし」

「おきれいな方ですの？」と、エラはおずおずと聞いた。

「ええ、あたしはそう思いますけど。そう思わない方もきっとございましょうね」

「わたしならどう思うかしら？」と、エラは真剣な面持《おもも》ちで聞いた。

「奥さまならきっときれいだとお思いでございましょ。人によっちゃ、きれいというより、こわいようだと言うかもしれません。目のギョロッとした、物思いに沈んだような方で、あたりをすばやく見まわされるときなんぞ、電気のように目が光るんですの。まあ、書いた詩を売ってそれで生活をどうこうというんでない詩人、いかにもそういった感じの方でございます」

「おいくつなんですの？」

「奥さまよりか、三つ四つ上でらっしゃいましょうか。たぶん、三十一か二といったところだと思いますが」

　実のところエラは三十を数カ月出ていたが、とてもそんな年には見えなかった。もともときわめてうぶな性格の彼女ではあったが、およそ感情的な女性ならば、最後の恋は初恋よりも激しいものだと感じはじめる年ごろにさしかかっていた。少なくともひときわ虚栄心の強い女たちなら、窓のほうに背を向けるかブラインドを半ば下ろしでもしないと男の客に顔を合わせるのをためらう、ひとしお物寂しい年格好に足を踏み入れるのも間近かった。彼女はフーパー夫人の言葉をいろいろ思い返し、それ以上年齢のことは話題にしなかった。

　ちょうどそのとき、一通の電報が届けられた。夫から来たもので、友人たちとヨットでバッドマスまで海峡を下ったので、翌日まで帰れない旨を知らせてきたのだ。

軽い夕食をすませてから、エラは何かこの世ならぬすばらしいものが訪れてきそうな平和な気持ちで、自分の部屋のまだあけてみない写真のことを胸に浮かべながら、子どもたちをつれて浜辺を散歩した。今夜は夫が帰ってこないと知ると、彼女はたちまち得意の空想の綾《あや》をあれこれ織りなし、今すぐ二階へ駆け上がって額縁をあけることはさし控え、自分ひとりになれるまで待つことにした。どぎつい午後の陽ざしで見るよりも、あたりが静まってからろうそくの光をたよりに、荘厳《そうごん》な海の響きを聞き星のまたたく下で見たほうが、よりいっそうロマンチックな色合いがそえられそうな気がしたのだ。

子どもたちはすでに寝かしつけ、まだ十時にもならなかったが、エラもつづいて寝る支度をした。情熱に燃えるその好奇心を満足させるため、まず下準備としてよけいな服をぬぎすてると化粧着に着換え、テーブルの前に椅子を置いて、トルーの真情にあふれた詩を数ページ読んでみた。それから額縁を明かりのほうへ持ってゆき、裏板をはずして写真を取り出し、自分の前に立ててみた。

それは見るだにどきりとするような風貌《ふうぼう》であった。詩人はりっぱな黒い口ひげとナポレオン三世ばりの皇帝ひげをたくわえ、前べりを垂れたソフト帽をまぶかにかぶっていた。おかみの話していた大きな黒い目は、不幸に耐え得る限りない力をたたえ、格好のよい眉の下から、宇宙の縮図ともいうべき相手の顔に全宇宙を読み取ろうとするかのようにじっと注がれ、目の前にくりひろげられる光景に必ずしも満足しきっていないように見えた。

エラはその低い美しい声にやさしい響きを込めてつぶやいた——「そう、あなたでしたのね、このわたしをあれほどむざんに打ち負かしたのは！」

じっとその写真を見つめているうちに、エラはいつしか物思いに沈み、やがてその目には涙があふれてきた。彼女は写真にそっと口づけすると、神経質に軽く笑い、涙を拭《ふ》いた。

夫もあり、三人の子の母親でありながら、恥知らずにもこうして見ず知らずの男に心を寄せるとは、なんというよこしまな女だろう——と思った。いや、しかし、トルーは見ず知らずの男ではないのだ！　彼の考えや気持ちはまるで自分の心の中のように、彼女にはよく分かっていたのだ。しかもそれは、彼女の考えや気持ちとまったく同じであり、明らかに夫には欠けているものだった。もっとも、家計をささえる義務のある夫にとっては、欠けていてかえってさいわいだったかもしれない。

「まだ一度もお目にかかったことはないけれど、けっきょく夫のウィルなんかよりあの方のほうがずっと本当のわたしに近いし、本当のわたしと密接なんだわ」と、エラはひとりごちた。

トルーの詩集と写真をベッドのそばの机に載せると、エラは枕《まくら》に頭を横たえ、かねてから印をつけておいた彼の作品の中でもっとも感動に満ち真実にあふれた詩を、もう一度読み返してみた。やがてそれをわきに置くと、掛布団《かけぶとん》の上に写真を立てかけ、横になったままじっとそれを見つめた。それから枕もとの壁紙に書かれた半ば消えかかっている鉛筆の走り書きを、ろうそくの光をたよりにふたたび口ずさんでみた。そこにはいろいろな句や、対句や、和韻や、各行の書出しの部分や真ん中の部分、あるいはシェリーの残した断片のような未完成の着想が書きなぐられていたが——その中のいちばんまとまりのないものでさえ、限りない力とやさしさにあふれ、読む者の心を動かさずにはおかず、あたかもその壁から、いまエラの枕辺を取り囲んでいるようにいくたびか彼の枕辺を囲んだその壁から、トルーの暖かくやさしい息吹《いぶ》きが彼女の頬に吹きつけてくるかのように思えた。あの方はよくこんなふうに手をのばされたに違いない——鉛筆を握って。そうだ、それに違いない、字がぜんぶ斜めになっている、こんなふうに腕をのばして書けば、こうなるに違いないのだ。

生命《いのち》ある人よりもなおまことなるもの

永遠《とわ》のいのちに育《はぐく》まるるものよ

詩人の住まう世界を文字に表わしたこれらの詩句は、冷酷な批評を恐れることもなく、ただ心のおもむくがままに歌える真夜中、おそらく彼の胸に浮かんだ思想であり、魂のあがきであったに違いない。おそらくは射し込む月の光やランプの灯、あるいは青白い夜明けの薄明かりをたよりにいそいで書きとめられたものであり、明るい昼日中に書かれたものではなかっただろう。そして今エラの髪は、詩人がうつろいやすい想《おも》いをとらえたとき腕を横たえていた個所に波打っているのだ。霊気《エーテル》のようにしみ込んでくる詩人の魂にひたり、詩人の本質にとけ込んで、彼女は詩人の唇の上に目を閉じているような気がした。

こうして夢見心地でどれくらいの時間がたっただろうか、ふと階段をのぼってくる足音がしたかと思うと、部屋のすぐ外の踊り場に、聞きなれた夫の重々しい足音が聞こえた。

「エル、どこにいるんだ?」

どうしたわけか自分にも分からなかったが、彼女は今までしていたことを夫に知られたくない気持ちを本能的に感じ、夫がドアを勢いよくあけるとほとんど同時に、写真を枕の下へ押し込んだ。様子からして、夫はかなり羽目をはずして飲み食いをしてきたようだった。

「やあ失敬、いたのか。頭痛でもするかね？　せっかく寝てたのに起こしてしまったかな？」

「いいえ、頭痛じゃありませんの。どうして急にお帰りでしたの？」

「うん、けっきょく今日じゅうにうまく帰れそうだということになってね、一日早く帰りゃ明日はまた別のところへ行けるんだから、一日つぶす気にはなれなかったんだ」

「階下《した》へまいりましょうか？」

「いや、いいんだ。やけにくたびれたし、腹いっぱい夕食をたべたもんだから、さっさと寝床に退却させてもらうよ。できれば明日は六時に出かけたいんだが……おまえを起こさないようにそっと抜けてゆくよ、おまえがまだ夜中の夢を見ているうちにね」そう言って、夫は部屋の奥へ入ってきた。

目で夫の動作を追いながら、エラは写真をいっそう目につきにくい所へそっと押しやった。

「ほんとに気分が悪いんじゃないだろうね？」彼は妻の上に身をかがめながら言った。

「ええ、ただちょっとすねてましたの」

「もうくよくよするんじゃないよ」彼は身をかがめ、妻に口づけをした。「今夜はおまえのそばにいたかったんだよ」

翌朝、マーチミルは六時に起こされた。エラは夫が目をさまし、あくびをしながらひとりごとをぶつぶつ言っているのを聞いた——「いったい何だろう、下でガサガサいってるのは？」妻がまだ眠っているものと思い込み、彼はあたりを探りまわり、何かを引っぱり出した。うす目をあけて見ていたエラには、それがトルーの写真であることが分かった。

「こいつめが、いまいましい奴《やつ》め！」

「どうかなさったの、あなた？」と、彼女は声をかけた。

「なんだ、起きてたのか？　いや、ばかばかしい話さ！」

「いったいどうなさったの？」

「どこぞの馬の骨の写真さ——ここのおかみの知合いかもしれん。どうしてこんなところへ入り込んだのかな？　ベッドをなおすときに、暖炉飾りの上からでもはたき落とされたんだろう」

「わたしがきのう見てましたの、きっとそのときに落ちたに違いありませんわ」

「なんだ、おまえの知合いかい？　なかなかいい男じゃないか！」

　自分が真心こめて崇拝している人物が、こうしてからかわれるのを聞くことはエラには耐えられなかった。「りっぱな方なんですのよ！」と彼女は、自分でもいささか過ぎたと思えるほどやさしい声をふるわせて言った。「いま売出しの詩人で——わたしたちが来る前にこの部屋を二つ借りておられた方ですの、まだお目にかかったことはありませんけど」

「よく知ってるね、会ったこともなくて」

「フーパーさんが写真を見せて、話してくれましたの」

「ふうん、そうかい。さあてと、もう起きて出かけなきゃならん。少し早目に帰ってくるよ。すまんが今日もつれてってやれないんだ。じゃ、子どもたちが溺《おぼ》れたりしないよう気をつけておくれ」

　その日エラは、トルーがまたいつか訪ねてくるだろうかと聞いてみた。

「ええ、おいでになりますよ」というフーパー夫人の答えだった。「来週の今日、すぐこの近くのお友だちのところへおいでになって、奥さまがたがお発《た》ちになるまでそこにおられるはずでございます。ですから、きっとここへも訪ねてこられますでしょう」

夫のマーチミルは、出がけに言っていたとおり、その日は早く帰宅し、留守のあいだに届いていた二、三通の手紙を開きながら藪《やぶ》から棒に、予定より一週間早く――つまりあと三日で、ここから引き上げようと言い出した。

「でもあなた、あと一週間ぐらいいたっていいじゃありませんの」と、エラは懇願するように言った――「わたし、ここが気に入ってしまって」

「ぼくは好かんな。だんだん鼻についてきた」

「それじゃ、わたしと子どもたちだけ残してらっしゃれば」

「エル、おまえも天邪鬼《あまのじやく》だな！　こんなとこにいたって、しようがないじゃないか。それに、また迎えにくるぼくの身にもなってくれよ。いや、やっぱり皆いっしょに帰ろう、そのかわりいずれ、北ウェールズかブライトンへでも行って埋合わせをすりゃいいだろう。それに、まだあと三日もあるんだから」

比ぶべくもないその詩才に絶望的な賞讃《しようさん》を捧《ささ》げ、また今はその人柄にもすっかり惹きつけられていた相手に、しょせん会えずに別れるのが彼女の宿命のように思えた。しかしエラは最後の努力をしてみる決心だった。おかみの話から、トルーが向かいの島のにぎやかな町からさほど遠くない、寂しい場所に泊っているという見当はついたので、彼女はその翌日の午後、近くの桟橋から連絡船で島へ渡ってみた。

だが、なんという無益な旅だっただろう！　めざす家のある場所を、エラはぼんやりとしか知らなかった。やっとのことでそれらしい家を見つけ、思いきって通りがかりの人をつかまえ、詩人がそこに住んでいるかどうかを聞いてみたが、知らないという返事しか得られなかった。またかりに彼がそこに住んでいたにしても、どうして女の身で訪ねてゆけよう？　中には、それくらいのことは平気でやってのける厚かましい女もいるだろうが、エラにはできなかった。どんなにかおかしな女だと思われるだろう。向こうから訪ねてきてくれるように、招くという手もあっただろう——だが、彼女にはその勇気さえなかった。絵のように美しい海辺の高台をもの悲しい気持ちでさまよい歩いているうちに、やがて町のほうへ戻って帰りの便船に乗り込む時刻がきてしまった。なんとか夕食までに帰りついた彼女は、姿の見えなかったのをさほど怪しまれずにすんだ。

いよいよロンドンへ引き上げるという間際《まぎわ》になって、夫は思いがけなく、彼女の希望でもあるし、迎えにこなくていいなら今週の末まで子どもたちと残っていてもかまわないと言い出した。滞在期間ののびた嬉しさをエラは顔に出さなかった。マーチミルはその翌朝、一人で先に帰って行った。

だが、トルーの訪ねてこぬままに、その週もすぎてしまった。

土曜日の朝、マーチミル家の残った者たちは、彼女にあれほどの情熱をかきたたせた土地を後にした。わびしい退屈な汽車の旅。暑苦しいクッションに埃《ほこり》だらけの光を投げかける太陽。ごみだらけの軌道。うらぶれた電線の列——こういったものだけがエラの道づれだった。窓ごしに見えていた紺碧《こんぺき》の水平線もやがて視界から消え去り、それとともに詩人の家も遠く消え去った。重い心をかかえ、本を読もうとしてみたが、彼女はただ泣けてきてしまった。

マーチミル氏の事業は順調だった。おかげで一家は、彼の事務所のある中部地方の都会から二、三マイル離れた、かなり広大な敷地に建つ大きな新しい邸《やしき》に住んでいた。とかく郊外での生活がそうであるように、ここでもエラの生活は——わけてもある季節には——わびしいものだった。したがって、抒情詩《じよじようし》や挽歌《ばんか》の詩作に没頭する時間は十分にあった。家に帰ってまもなく、彼女はいつも愛読している雑誌の最新号に、ロバート・トルーの作品が出ているのに気づいた。あの寝台わきの壁紙に鉛筆で書きつけてあり、フーパー夫人が新しいものだと言っていた対句がそのまま使われているところを見ると、エラがソレントシーを訪ねるほんの少し前に書かれたものに違いない。もはやこらえきれなくなったエラは、衝動的にペンを取り、ジョン・アイヴィの名を使って一詩人仲間として手紙を書き送り、同じ詩作にたずさわりながら、自分が四苦八苦の態《てい》であるのにくらべ、心を動かす思想をみごとに韻律化しリズムにのせる彼の手ぎわのよさを賞讃した。

この手紙に対して、数日後思いがけなく返事が届いた――返事といってもただ丁重な短い文面で、アイヴィ氏の作品にはまだあまり接する折がないが、大変有望な二、三の詩にその名前のついていたのを思い出したということ、また、こうして文通によって近づきになれて嬉しいこと、今後の作品を大いに期待していることなどがしたためられていた。

男名前で出した手紙にしては、どこか幼い、弱々しいところがあったに違いない、とエラは自分に言って聞かせた――トルーの返事には、年長者らしい、先輩ぶった口調があったからだ。しかし、それがなんだというのだ？　ともかく返事をくれたではないか。彼女もよく知っているあの部屋から、彼自身の手でこの手紙を書き送ってくれたのだ――もう今ごろはまたあの下宿に帰っておられるに違いない。

こうしてはじまった文通は二カ月あまりのあいだつづけられ、エラ・マーチミルは自作の中でいちばんよいと思うものを時おりいくつかトルー宛《あ》てに送ってみたが、彼のほうからは受け取ったという丁重な返事がくるだけで、たんねんに読んだとも言ってこなければ、お返しに自分の作品を送ってくるでもなかった。それもトルーが彼女のことを、男と思い込んでいるためと知らなかったならば、エラの心の痛手はいっそう深かったことだろう。

しかし、このような状態には、エラはとうてい満足できなかった。ひと目会ってくれさえすれば、もっとどうにかなるだろうに——とかすかな声がおもねるようにささやきかけてきた。とりあえずまず自分が女であることを率直に告白し、彼と会うきっかけを作るつもりだったが、さいわいその必要のなくなるようなことが持ち上がった。夫の友人で、この地方ではもっとも有力な新聞の主筆をしている男と、ある日夫妻が食事をともにした際、たまたま話題がこの詩人のことにおよぶと、その編集者は風景画家をしている自分の弟がトルーの友人で、今ちょうど二人でウェールズを旅行しているところだと話した。

エラは主筆の弟をいくらか知っていた。翌朝彼女はさっそく手紙を書き、旅の帰りにぜひ立ち寄ってくれるようにと招き、またつれのトルー氏とはかねがねお近づきになりたいと思っていたので、もしできることならごいっしょにおつれいただきたいと書きそえた。返事は数日後に届いた。当人もつれのトルーもともども、喜んでご招待に応じさせていただき、南へ下る途中、次の週のこれこれの日に伺うと書かれていた。

エラは嬉しさに小躍りせんばかりだった。計画が功を奏し、まだ会ったことのない恋しい人が訪ねてくるのだ。「ほら、あの方が塀の陰に立ち、窓辺をうかがい、もうお姿が格子《こうし》ごしに見えている」とエラは天にでものぼるような気持ちで考えていた――「そして見よ、冬はとく去り、雨もまた降りやみぬ。大地に花ひらき、鳥みなのさえずり歌う時来たり、やま鳩《ばと》の声地に満てり」(訳注 旧約聖書「雅歌」より)

しかし、彼を泊める用意や食事の心配など、こまごました準備のことも考えておかねばならなかった。エラは念には念を入れて準備を終え、その日とその時刻を心待ちにした。

入り口のベルが鳴り、玄関に主筆の弟の声が聞こえたのは、午後の五時ごろだった。女流詩人をもってみずから任じている彼女ではあったが、この日はお高くとまった服装はさけ、ギリシア人のゆったりした上着《キトン》にちょっと似たよい生地の流行の服を念入りに着こなしていた。芸術好きのロマンチックな婦人たちのあいだで当時はやっていたスタイルの服で、この前ロンドンへ行ったとき、ボンド街の買いつけの洋服屋で買ったものだった。客は応接間へ入ってきた。エラはその後ろへ目をやったが、ほかに誰も入ってくる様子はない。いったいロバート・トルーはどこにいるというのだろう?

「いや、申しわけありません」と画家は、型どおりの挨拶《あいさつ》がすむと言った。「トルーっていうのは風変わりな男でしてね、奥さん。ぜひ伺いたいと言っていたくせに、行かれないと言い出すんです。だいぶ埃まみれになってたものですから。リュックを背負って何マイルか歩いてきたもんで、そのままっすぐ帰りたくなったんでしょう」

「じゃ、あの方は――あの方はお見えにはなりませんの？」

「ええ、そうなんです。おわびを言っておいてくれとたのまれました」

「で、いつあの方と、お、おわかれになりましたの？」エラの下唇はわなわなとふるえはじめ、その声はトレモロがかったように響いた。この恐ろしく退屈な男からのがれて、思うぞんぶん泣いてみたかった。

「つい今しがた、向こうの街道で別れてきたばかりです」

「まあ！　それじゃうちの門の前をお通りになりましたのね？」

「ええ。お宅の門の前まで来ますと――ところで実にりっぱなご門ですね、あんなすばらしい近代的な鉄門は見たことがありません――で、まあ門のところまで来ますと、二人で立ち止まってしばらく立ち話をしてたんですが、そのうちさよならを言うと、さっさと行ってしまいましてね。実は彼は今のところ少々元気がなくて、だれにも会いたがらないんです。とても人のいい、暖かみのある友人なんですが、どうも少しお天気屋と申しますか、ときどきふさぎ込みましてね。むきになって考えすぎるんでしょうか。彼の詩もある種の好みの人たちには、あまりに恋だの情熱だのと強烈すぎるようです。ちょうど今度も、きのう出た『××評論』にひどく叩《たた》かれたばかりなんですよ。偶然駅でその雑誌を見てしまったんです。たぶんもうお読みになりましたでしょう？」

「いいえ」

「いや、あんなのはお読みにならないほうがいい。あんなのを気にしていたらきりがありません。編集者の注文で、売行きに関係のある偏狭《へんきよう》な読者層のご機嫌とりに書かれたものなんですから。ところが、あの男はすっかり気に病みましてね。彼が言うには、事実を曲げて伝えられているのがくやしいというんです。正々堂々と正面きっての攻撃なら耐えられるが、反駁《はんばく》も阻止もできないような捏造《ねつぞう》には耐えられないと言いましてね。そこがまあ、トルーの弱点でして、ともかくあんなふうに自分ひとりで閉じこもっている男ですから、社交界や実業界の騒々しい中でもまれている場合よりも、そんなことが必要以上にこたえるんでしょう。というようなわけで、こちらへも伺わないことになったんですが、お宅があんまり何もかも新しくて豪奢《ごうしや》に見えるからとか言いわけをしておりました――こんな失礼を申してなんですが」

「でも――あの方、ご存じのはずでしたのに――ここへお出《い》でになれば暖かい思いやりがお待ちしていることを！　で、こちらの住所から手紙がくるというようなことを何か？」

「そう、そう、そんなことを申してました、ジョン・アイヴィという方からくるとか――たぶんお宅の親戚《しんせき》の方で、ちょうどこちらへ来ておられるんだろうと考えていたようです」

「それであの方、アイヴィ――が好きだとはおっしゃってなかったでしょうか？」

「そうですね、特にそのアイヴィという方に関心を持っていたようにも見受けられませんが」

「じゃ、その詩には？」

「ええ、その詩にもです――わたしの知っているかぎりでは」

ロバート・トルーは、彼女の邸にも、その詩にも、またその書き手にも、なんらの関心を寄せていなかったのだ。その場をのがれると、エラはすぐに子ども部屋へゆき、やたらと子どもたちに口づけをし、高ぶった気持ちをまぎらそうとしたが、どの子も父親に似て、見るからに閃《ひらめ》きのない顔つきをしているのに気づくと、急に胸の悪くなるようなうとましさを覚えた。

勘の鈍い単純な風景画家は、エラの求めているのはトルーだけであり彼ではないということを、彼女の口ぶりからついに察することがなかった。彼はこの訪問を大いに楽しみ、エラの夫を相手に結構愉快に過しているようであった。夫のほうでもこの絵かきが大変気に入ったらしく、付近のあちこちを案内してまわりなどして、二人ともエラの気持ちには気がつかないでいた。
絵かきが去って一、二日後のある朝、ひとり二階の居間にすわっていたエラは、ロンドンから届いたばかりの新聞に目を通していたが、ふと次のような記事に目がとまった——

詩人　自殺か

昨今、新進気鋭の抒情詩人として名声をはせつつあったロバート・トルー氏は、昨土曜日夜、ソレントシーの下宿において自殺をとげた。同人は右のこめかみをピストルで射《う》ち抜いたものである。なおトルー氏は、最近「見知らぬ女《おみな》に捧ぐる歌」と題する情熱的な詩集を世に送り、とみに広範なる読書界の注目を集めつつあったが、本紙上においてもすでにその類《たぐ》いまれな感情の吐露は賞讃を博し、また同時に某評論誌の暴論に近い苛酷《かこく》な批評の対象となったことは、いまだ読者の記憶に新たであろう。件《くだん》の評論誌が故人の机上から発見されたという事実からして、この酷評がある程度このたびの悲劇の原因となったのではないかと考えられている。なお故人は、件の批評以来、幾分沈み気味であったと伝えられる。

その後には検屍《けんし》の模様が書かれてあり、遠方にいる友人に宛てた次のような遺書が発表されていた――

――君

この手紙が君の手にとどく前に、ぼくはもうこれ以上自分を取り巻くいろいろなものを見たり、聞いたり、知ったりするわずらわしさから解放されていることだろう。ぼくがこのような道を選ぶにいたった理由を、今さら君にくだくだしく述べようとは思わない。ただその理由が確かで、理にかなったものであることだけは、はっきりと言っておいていい。もしこのぼくに母親なり、姉なり、あるいはそれともやさしいこころを注《そそ》いでくれる女友だちでもいたなら、ひょっとしてこの世に生きながらえるだけの価値を見出せていたかもしれない。君も知ってのとおり、ぼくは長いあいだそのような手の届かぬ女性を夢に描きつづけてきた。そしてこのまだ見出し得ぬ、とらえ得ぬ女性が、ぼくの最後の詩集に霊感を与えてくれた。まったくの幻の女性なのだ。世間ではとやかく噂を立てているようだが、あの詩集の標題の陰に実在の女性はいないのだ。そしてついに最後まで、姿を見せず、会うこともなく、ぼくのものとなることもなく幻のままに終わるわけだ。ぼくを残酷につれなくあしらったためこうしてぼくが死を選ぶにいたったなどと、だれか実在の女性に非難の矛先が向けられないよう、特にこのことを書いておきたい。どうか下宿のおかみに、このような不愉快な目をかけて申しわけないと伝えてくれたまえ。だが、ぼくがここに住んでいたということも、やがて忘れ去られてしまうだろう。銀行にぼくの名義で、一切の費用をまかなうだけの預金がしてある。

R・トルー

エラはしばらくのあいだ、茫然《ぼうぜん》とただすわっていたが、やがて隣の部屋へ駆け込むと、寝台の上にうつぶしてしまった。

悲しみと苦悩がエラを千々に引き裂いた。彼女は一時間あまり、もの狂わしい悲嘆にさいなまれ横たわっていた。わななきの止まらぬその唇からは、ときおりとぎれがちの言葉がもれ聞こえた——「ああ、このわたしを知ってさえいてくださったら——わたしを、このわたしを！……。ああ、一度でもお目にかかれていたら——ただの一度でも。そしてあの方の熱い額に手をあて、口づけをして、どんなにこのわたしがお慕いしているかを分かっていただけてたら——あの方のためになら、恥もそしりも喜んで受け、生き死にもいとわなかったということを！　ひょっとしてあの方の大事なお命も救われていたかもしれないのに！……でもだめ、だめだわ——そんなことは許されないのだ！　神様は嫉妬《しっと》ぶかくて、そんなしあわせをあの方にもわたしにも、とうとう許されなかったのだわ！」

すべての望みは絶たれ、相まみえる機会は永遠に失われてしまった。しかしその願いは、現実にはかなえられぬ今となっても、まだエラの幻想の中ではほとんどそのままに息づいていた——

はかなきはこの世のさだめ
相知る折のめぐり来ぬまま
ともども抱《いだ》きし願いなれど

*　*　*

エラはソレントシーの宿のおかみに宛《あ》て、第三者の名を使いできるだけ感情をおさえた手紙を書き、一ポンドの郵便為替を同封して、マーチミル夫人が新聞紙上で詩人の死んだという悲しい記事を見たこと、そしてフーパーさんも気づいておられたように、夫人はコーバーグ荘に滞在中はトルー氏に一方ならぬ関心を抱いていたので、ご面倒でももし棺《ひつぎ》に入れる前に故人の髪の毛を少しばかり手に入れ、額に入っていた写真といっしょに、同氏の形見として送っていただければさいわいである旨《むね》を書き送った。

折り返し返事が届き、頼んだ品が入っていた。エラは写真を前にして泣きくずれ、それを大事に自分の引出しの中にしまい込んだ。髪の毛は白いリボンで結んで胸の奥深く納め、だれの目にもつかぬ物陰でときおり出しては口づけをした。

「どうした?」ふと新聞から目を上げた夫に、あるとき彼女はとうとう見とがめられた。

「何か見て泣いてるようじゃないか。髪の毛かい? そりゃだれのだい?」

「亡《な》くなってしまいましたの!」と、エラは小声で言った。

「だれがさ?」

「いまはお話ししたくありません、どうしてもというのでなければ」エラの声は、まだともすればしゃくり上げてきそうだった。

「まあいいさ、いいさ」

「わたしが言わないので気を悪くなさいます？　いつかお話ししますわ」

「いいんだよ、気にすることはないさ」

マーチミルは出まかせの節で口笛を吹きながら出て行ったが、町の工場に着くと、ふとまたこの問題が彼の頭に浮かんできた。

避暑先で借りたソレントシーの家で最近自殺のあったことは、彼も知っていた。また近ごろ妻が詩集を手にしているのを見かけ、間借りをしていた際おかみがトルーの噂《うわさ》をするのを小耳にはさんだこともあった彼は、思わずひとりごちた――「そうだ、てっきりあの男だ！……いったい女房の奴どうして知合いになったのだろう。女という奴はこれだから油断がならん！」

そしてそれきりその問題は忘れてしまい、彼はいつもの仕事に取りかかった。そのころ家では、エラはすでにある決心をしていた。遺髪と写真を送ってくれた時、フーパー夫人は葬儀の日取りも知らせてきていた。朝がすぎ、昼もしだいにすぎてゆくにつれ、トルーがどんな場所に葬《ほうむ》られたかを知りたいというおさえがたい欲求が、故人を慕う女ごころをとらえた。夫やまわりの者に自分の常軌を逸した行動をどう思われようと、今はもうどうでもいい気持ちで、彼女は夫に宛ててごく簡単に、午後から夜にかけて出かけるが翌朝には帰宅する旨を書置きした。この手紙を机の上にのせ、召使たちにも同じことを言い残して、彼女は歩いて家を出た。

午後早くマーチミルが帰宅してみると、召使たちは心配顔だった。乳母は彼をそっと脇《わき》へ呼び、ここ数日来奥さまはひどく悲しんでおられたので、ひょっとして身投げでもなさるおつもりではないだろうか——と匂《にお》わせた。マーチミルは考え込んだ。まさかそんなことはしていまいという気がした。どこへ行くとも言わず、先に寝てくれとだけ言い残して、彼もまた家を後にした。停車場まで馬車を走らせ、ソレントシーまでの切符を買った。

彼の乗った列車は急行であったが、それでもめざす町に着いたときはすでに日も暮れていた。妻が先にここへ来ていたにしても、普通列車に乗ったに違いないので、それほど前に着いたとは思えなかった。ソレントシーのにぎわう季節はすでに終わっていた——遊歩道《パレード》はさびれ、貸馬車の数もまばらで、料金も安くなっていた。彼は墓地への道をたずね、ほどなくそこについた。入り口の門はしまっていたが、番人が境内にはどなたもおられませんよと言いながら中へ入れてくれた。まだ時刻はさほど遅くはなかったが、はや秋の暮色が深ぶかとおりていた。その日に一つ二つ埋葬のあった場所へ通ずる番人に教えられた小道は、曲がりくねって辿《たど》るのに骨が折れた。芝草の中に踏み込んだり、杭《くい》につまずいたりしながら、彼はひょっとして星明かりに人影でも見えないかと、ときおり腰をかがめてみた。人の姿は見えなかった。と、やがて土の踏み固められたところまでくると、新しい墓のそばにうずくまっている姿が目にとまった。彼の足音を聞きつけ、立ち上がったのはエラであった。

「エル、何てばかな真似《まね》をしてくれるんだ!」彼は憤然として言った。「勝手に家を飛び出したり――こんなことってあるかね! むろん、この気の毒な男のことを妬《や》いてなんかいない。ただ夫もあり、三人も子どももあってしかも四人目が生まれようとしているおまえが、死んだ恋人のことでこんなに取り乱すなんていうのは、いくら何でもばかげてやしないかというんだ!……墓地の入り口がしまってしまったのを知ってるかい。ひと晩じゅう、ここから出られなくなるところだったじゃないか」

エラは答えなかった。

「その男とは深入りはしてなかったんだろうね、おまえ自身のためにも」

「そんなこと、あんまりですわ、ウィル」

「いいか、二度とこういうことは許さんからな、わかったかね?」

「ええ」

マーチミルは妻の腕を取り、墓地の外へつれ出した。もうその夜は帰宅することもできなかったし、みじめな様子を人に見られたくなかったので、駅前のみすぼらしい小さな喫茶店へ妻をひとまずつれ込み、翌朝早くこの町から発った。結婚生活には起こりがちな、言葉ではどうにもならない苦い出来事の一つだという気持ちを抱き、二人は車中ほとんど口もきかず、昼ごろ家へ帰りついた。

それから数カ月の月日が流れたが、夫婦は互いにどちらからもこの一件には触れようとしなかった。エラはしばしばもの悲しげな、落着きのない様子を見せ、思いわずらっているようにさえ見受けられた。やがて彼女にとっては四度目の産みの苦しみを味わわねばならぬ時が近づいてきたが、いっこうそのために気持ちを引き立てる様子もなかった。

「なんだか今度は無事にやりおおせそうにありませんの」と、ある日彼女は言った。

「ばかな！　子どもみたいなことを考えて。今度にかぎってうまくいかないなんてことがあるもんか」

エラは首を振った。「きっと死ぬような予感がしますの。それもかえって嬉しいんですけど、子どもたちさえいなければ――ネリーや、フランクや、坊やさえ、ね」

「それにぼくとだろう」

「あなたはわたしがいなくなっても、じきまた別の人が来てくれますわ」彼女は寂しそうに笑ってつぶやいた。「それに、当然そうなさっていいんですもの、ほんとうに」

「エル、おまえはまだ考えてるんじゃないだろうね——あの詩人の友だちのことを」

彼女は夫のこの追求を認めも否定もしなかった。「こんどは乗り切れないような気がしますの」と、彼女はくり返した。「虫の知らせというんでしょうか、そんな気がしますの」

よくあるように、この虫の知らせは不吉な前兆となり、事実それから六週間ほどたって五月に入ると、彼女は脈もたえだえに、血の気も失《う》せ、かすかにひと息ひと息つく力さえほとんどなく自室に横たわっていた。生まれた赤ん坊は元気いっぱいで丸々としていたが、その無用な生命のために、エラ自身の命はしだいしだいに消えゆきつつあった。息を引き取る少し前に、彼女は夫に静かに話しかけた——

「ねえ、あなた、あのこと——と言えばお分かりでしょう——わたしたちがソレントシーへ行ったときのことを、すっかりお話ししておきたいの。何に取りつかれていたのか自分でもわからないけど——夫のあなたを、どうしてああすっかり忘れてしまえたのかしら！　きっとわたし、どうかしていたのね——あなたがやさしくしてくださらないし、わたしのことをかまってもくださらないと思ったの。それにあの方はわたしよりずっと頭がいいのに、あなたはわたしにさえかなわないって。きっとほかに恋

人が欲しかったというより、わたしをもっとよく理解してくれる人が欲しかったのね
――」

彼女は力がつき、それ以上言葉をつづけることができなかった。そして数時間後には、詩人との恋愛問題についてはそれ以上何も言い残さず、ふっと息を引き取ってしまった。ウィリアム・マーチミルは、結婚後何年もたった世間の大部分の夫の例にもれず、過去のいきさつに今さら嫉妬を覚えることもなく、すでにこの世を去り、自分に迷惑をおよぼす気づかいのない男のことで、妻に告白を強いるようなことはしなかった。

だが、彼女を葬ってはや二年の歳月がたったある日のこと、後添《のちぞ》いを家に迎える前に整理しておきたいと思い、今まで忘れていた書類をひっくり返していたマーチミルは、ふと死んだ詩人の写真といっしょにひと束の髪を入れた封筒を見つけた。写真の裏には、亡妻の筆跡で日付が記されていた。それはソレントシーで一家が夏を過したときであった。

マーチミルは思い当たることがあり、じっと遺髪と写真を見つめて考え込んだ。やがて彼は、妻の死をまねくもととなり、今ではもう騒々しくよちよち歩くようになった子どもをつかまえ、膝《ひざ》の上へのせると、その髪の毛を子どもの頭にあて、写真を後

ろの机に立てかけ、両方の目鼻立ちを穴のあくほど見くらべてみた。不可解な自然のいたずらと言おうか、そこにはエラがついに一度も会うことのなかった男との類似が、まごうことなくはっきりと現われていた。詩人の顔にある夢見るような特異な表情が、まるで生写しのように、そっくりそのまま子どもの顔に浮かび、しかも髪の色までが同じであった。

「はたしておれの思ったとおりだ！」と、マーチミルはつぶやいた。「すると、あいつはあの男とあの宿でできていたんだな！　まてよ、避暑に行ったのは八月の第二週……で、こいつの生まれたのが五月の第三週と……そうだ、てっきりそうに違いない。ちきしょう、あっちへ行け、このがきめが！　おまえはこのおれの子じゃないんだ！」

一八九三年

わが子ゆえに

The Son's Veto

I

後ろから見る男の目には、その栗色《くりいろ》の髪は驚異と神秘の的であった。黒い羽根飾りのついた黒のビーバ帽の下からのぞいた長い髪は、籠《かご》に編み上げた藺草《いぐさ》のように編まれ、縒《よ》り合わされ、たばねられて、いくらか垢《あか》ぬけしないところはあったにしても、すばらしく器用なできばえを見せていた。これほど苦労をして結《ゆ》い上げたものを、そのまま手をつけずに一年か、せめて一カ月でも保《も》たせるのであればだれにも納得がいっただろうが、わずか一日かぎりの寿命で、毎日床につく前にすっかり崩してしまうというのは、せっかくの労作をむざむざ捨ててしまうようで、いかにも惜しい気がした。

しかも彼女はかわいそうに、それをすべて自分の手でしなければならなかった。小間使一人おいているわけではなく、彼女にとってはただこの髪だけが自慢にできる唯一《ゆいいつ》の身だしなみだった。したがって髪の手入れ一つにも、これほど手間ひまを惜しまなかったのである。

彼女はまだ年若い病身の女で——といっても、それほどたいした病人ではなかったが——車椅子《くるまいす》に腰をかけ、その椅子を音楽堂に近い芝生の前のほうにとめさせていた。音楽堂では暖かい六月の午後の日差しを浴びて、演奏会が催されていた。ロンドン郊外によくある小さな公園や、個人の邸宅の庭を借りて行なわれる音楽会で、土地の団体が何か慈善事業の資金獲得のために開いている催しだった。ロンドンのような大都会には、思いもかけぬ場所に思わぬ世界がひそんでいるもので、ごく近辺の人たち以外はこのような慈善興行があることも、楽団のことも、庭園の名すら聞いたことはなかったが、それでも今この庭園は催しを聞きつたえてきた熱心な聴衆であふれていた。

曲目が進むにつれ、聴衆の多くが車椅子の婦人の姿に気づきはじめた。彼女の占めている位置のためか、その後ろ髪がこれ見よがしに人々の目に映って見えた。顔はよく見えなかったが、例の手をかけて結いあげた髪や、白い耳元や襟足、あるいはまだたるみも見せず血色もよい頰の線などから察すると、前にまわって見ればさぞや非常な美人であろうと思われた。もっともこうした期待は、いざ蓋《ふた》があけられてみると、えてして失望に終わることが多いものだが、この場合もその例にもれず、やがて婦人がやっとのことでふり向きその顔を見せると、やはり後ろの人びとが想像したり、なぜか期待していたほどの美人ではなかった。

その一つには――ああ、このぐちのなんとたびたび聞かれることだろう――彼女は人びとが想像していたほど若くはなかったのだ。しかしそれでも、たしかに魅力的な顔つきだったし、病人らしいところは少しもなかった。目鼻立ちのこまかな点は、そばに立っている十二、三の少年をかえりみて話しかけるたびに、はっきりと分かってきた。少年は、帽子や服の型からして、さる有名な私立中学校《パブリック・スクール》の生徒と見受けられた。二人のすぐそばにいる人びとの耳には、少年が女性を「お母さん」と呼んでいるのが聞き取れた。

やがて演奏会も終わり、聴衆が引き上げはじめると、出がけにわざわざ彼女のそばを通ってゆくものが多かった。ほとんどだれもが、この興味ある女の姿をもっと近くからよく眺めようと、通路がすいて楽に出られるのを、じっと椅子にすわったまま待っている女性のほうへ顔をふり向けた。女は人びとの視線を予期し、彼らの好奇心を満足させるのをいとわぬようにちらと目を上げ、自分を見つめている幾人かの目を見返したが、そのおだやかでやさしい鳶色《とびいろ》の瞳《ひとみ》には、思いなしか訴えるような気配が感じられた。

公園から外へ出ると、先ほどの中学生につきそわれたその姿は、舗道ぞいにやがて視界から見えなくなった。あとを見送っていた何人かの問いに対し、あの婦人は近くの教区牧師の後添《のちぞ》いで、足が悪いのだと言う者があった。世間ではいわくのある――といってもたあいのないものであったが――ともかく何か過去のある女ということになっていた。

家までの道すがら、母親と並んで歩きながら話し合っていた少年は、二人がいなくてお父さんが寂しがっておられなければいいけれど、と言った。

「お父さまはここんとこずっと機嫌よくしてなすったからね、寂しがってはおられませんよ」と彼女は答えた。

「いやだなお母さん、してなすったじゃなくて、してらっしゃっただよ！」少年は酷なくらいじれったそうに、口うるさく言った――「なんど言われたらわかるんだい！」

少年の母親はあわてて言いなおし、わが子にさとされたことをいっこう気にするでもなく、また少年が、ポケットに隠していた菓子パンを取り出さずにこっそりちぎって食べようとして、口元を粉だらけにしている様子に、きれいに拭《ふ》きなさいとたしなめ仕返しをするでもなかった。そのあと、美しい婦人と少年は黙ったまま道をいそいだ。

この言葉づかいの一件は、彼女の身の上とつながるものであり、彼女は端目《はため》にも悲しげな物思いに沈んでいった。現在のような結果を生むようになってみると、はたしてこれまでの自分の身のふり方は賢明だったのだろうか——と思い悩んでいるように見受けられた。

ロンドンを離れること四十マイル、繁華なオールドブリッカムの町に近い北ウェセックスの辺鄙《へんぴ》な片隅に、教会と牧師館のある、彼女にはなつかしい、だが息子はまだ一度も見たことのない美しい村があった。それこそ彼女の生まれ故郷ゲイミードであり、今の身の上につながる最初の出来事が、まだ十九の娘であった彼女の身にここでふりかかったのだ。

牧師である自分の夫の先妻の死という、彼女のささやかな人生に起こった悲喜劇の序幕を、どんなにかよく記憶していたことだろう。それはある春の夜のことだった。今はその先妻の亡《な》きあとの座にすわってすでに何年にもなる彼女も、当時はまだ牧師館の小間使だった。

手当てのかいもなくついに奥さまが息を引き取られたという医者の宣告に、彼女はおなじ村に住んでいる両親にその悲しい知らせを伝えようと、日暮れどきの外へ出た。白い自在戸を開き、夕空の淡い光をさえぎるように西のほうに立っている林を見たとき、彼女は生垣のところにたたずんでいる男の姿に気づいた。たいして驚きはしなかったが、挨拶《あいさつ》がわりにふざけて声をかけてみた――「まあ、サムなの、ずいぶん人をびっくりさせるじゃないの！」

男は顔見知りの若い庭師だった。彼女は今度の出来事を事こまかに話して聞かせ、若い二人は無言のまま、悲劇が身近に起こりながらわが身にはふりかかってくる気づかいのないときの、あの崇高な、静かに悟りきった気持ちにひたって立っていた。だが、この牧師館での出来事は、二人にとって無関係ではなかったのだ。

「そんでおまえ、これからも牧師館にいるつもりなんかい？」とサムが聞いた。

彼女はまだそこまで考えていなかった。「ええ、そうね――たぶん。きっとこれまでどおりだと思うわ」

サムは彼女の実家のほうまでついてきた。やがて彼の腕がそっと腰のあたりにまわされた。彼女はやさしくその手をのけた。しかしまたこりずにまわしてくるので、彼女ももう相手のなすがままにさせておいた。「なあソフィ、おまえまだずっと牧師館にいるって、決心がついたわけじゃないんだろ？　嫁にいきたくなるかもしんないしさ。そしたら、おれんとこへ来てくんないか、もっとも今すぐってわけにはいかねえけど」

「まあサムったら、なんて早手まわしなの！　まだあたし、あんたを好きだとも言っかしおっかけて！」

「だって、ほかの連中がみなやってるのに、おれだけがおまえをくどいちゃいけねえなんて、そんな話はないだろ」彼は別れの口づけをしようと身をかがめた。もうソフィの実家の戸口まで来ていたのだ。

「だめよ、サム、だめだってば！」彼女は手をサムの口にあてがった――「きょうはほかの晩とちがうのよ、もっとまじめになんなきゃ」ソフィは別れの接吻《せっぷん》もさせず、中へも入れずに男と別れた。

男やもめとなった牧師は、よい家柄の出で、子どももなく、年もこのときまだ四十前後だった。村に在住地主がいなかったためもあり、大学から任命されたここの牧師職について、彼はそれまでも世間から引きこもった生活を送ってきていた。それが今度の妻の死によって、彼の隠遁癖《いんとんへき》はいっそうつのることになった。これまでに輪をかけて人前に姿を見せなくなり、外界で進歩と呼ばれているさまざまな活動の動きや騒ぎから、ますます縁遠くなっていった。妻の死後何カ月ものあいだ、世帯は従来のままで、料理人や、女中、小間使、外まわりの下僕などは、仕事をするもしないもまったく気の向くままにまかされていたが――当の牧師はまるで何も知らないでいた。やがて、主人ひとりきりのこんな小さな家庭では、召使たちも手持ちぶさたで困っているようだと言ってくれた者があり、そう言われてみると、彼もさすがにその忠告の正しいことに気づき、雇人の数をへらす決心をした。するとある晩のこと、小間使のソフィが暇《いとま》を欲しいと申し出て、彼は機先を制された形となった。

「急にどうしたというのだね？」と牧師は聞いた。

「サム・ホブスンから結婚を申し込まれたものですから、旦那《だんな》さま」

「そうか——それで、おまえは結婚したいのかい？」

「いいえ、それほどでも。でも身のふりかたがつきますし、それに、だれかひとりにはお暇がでるとか聞きましたものですから」

ところが、それから一、二日たつとソフィはこう言いにきた——「あの、旦那さまさえそのおつもりでなければ、まだお暇をいただきたくはございません。サムと仲たがいをしたものですから」

牧師は彼女のほうを見上げた。これまでにもこの部屋で、彼女のやさしい気配を意識したことはたびたびあったが、容姿までを観察してみたことはほとんどなかった。なんというやさしい、仔猫《こねこ》のようにしなやかな体つきの娘だろう！　思えばいつもいちばん身近にいてくれた召使は、この娘ひとりだった。もしソフィが暇を取ってしまったなら、あとはどうなることだろう？

けっきょくソフィは残って他の一人が暇を取り、ふたたび万事が平穏にすぎていった。

この牧師のトワイコット氏が病気になったとき、ソフィはその枕元《まくらもと》まで食事を運んだが、ある日彼女が部屋を出たかと思うと、階段のところで大きな物音がした。ソフィは盆を持ったまま足を踏みはずし、片足をくじいて立ち上がることもできないでいた。村の外科医が呼ばれた。やがて牧師の病は癒《い》えたが、ソフィは長いあいだ身の自由がきかなかった。そのうえ、今後は長道を歩いたり、長い立ち仕事などはしてはいけないという宣告を受けた。容態のいくらかよくなるのを待って、ソフィは主人にそっと自分の心づもりをもらした。自由に歩くことも動きまわることも医者から禁じられ、事実したくともできない体となった今では、お暇をいただくのが当然だろうし、何かすわってする仕事ならばまだまだできるだろう、それに針仕事の看板を出している叔母もいるからというのである。

自分ゆえにこうした苦しみを受けることになった彼女のふびんさに、牧師はいたく心を動かされていた――「何を言うのだ、ソフィ。足が不自由だろうとなかろうと、おまえに暇などやりはしないよ。おまえにはずっとわたしのそばにいてもらうつもりだ！」

牧師はそばに近づいてきた、そして気がついてみると、いつか彼の唇が頰の上にあった。彼は結婚を申し込んできた。ソフィはかならずしも彼を愛してはいなかったが、ほとんど崇拝に近い尊敬を抱《いだ》いていた。かりに彼からのがれたい気持ちがあったにせよ、彼女としては、これほど気高くりっぱに見える人物からの申し出は断わりきれなかったに違いない。あとは一も二もなく、彼の妻となることを承諾してしまった。

こうしてある晴れた日の朝、教会の扉は通風のため自然に開かれ、さえずりかわす小鳥たちが舞い込み屋根のつなぎ梁《はり》にとまっているとき、ひそやかな華燭《かしよく》の式が祭壇の前であげられた。新郎の牧師と近所の副牧師とが一方の入り口から入ってくると、もう一方の口からは二人の介添人につきそわれてソフィが入り、ほどなくひと組の新しい夫婦ができ上がった。

ソフィにやましいところはなかったにせよ、こうした行動が社会的には自殺にもひとしいことをトワイコット氏はよくわきまえており、しかるべき手はすでに打ってあった。ロンドンの南でやはり教会の牧師をしている知人と、地位と禄《ろく》を交換することに話がついていたので、二人はできるだけ早くそちらへ移り住んだ。木立や、灌木《かんぼく》や、教会所属の畑地のある美しい田舎の家屋敷をすてて落着いた先は、どこまでもまっすぐにつづく往来に面したせま苦しい、埃《ほこり》っぽい家であり、さわやかにひびきわたる鐘の音のかわりには、世にも不快な一枚舌の鐘の騒音が待っていた。すべてはソフィのためを思ってのことであった。しかしこれで二人は、彼女の前身を知るだれからも遠ざかり、また田舎の教区にでもいれば当然避けがたい世間の目も、それほど受けずにすんだのだった。

女としてのソフィは、非の打ちどころない魅力にあふれた伴侶《はんりょ》であったが、レディとしてのソフィにはいろいろと欠けたところがあった。こまごました家庭的な素養の点では、家の中の整理やきりもりに関するかぎり、持って生まれた素質を示したが、いわゆる教養という点では、もひとつ悟《さと》りがよくなかった。こうして結婚以来、すでに十四年以上の歳月が流れ、そのあいだ夫は彼女の教育にあらゆる努力を惜しまなかったが、いぜんとして人称による動詞の使いわけが彼女の頭の中では混乱しており、そのためようやくできたわずかな話し友だちのあいだでも、尊敬は得られなかった。ただこのことでソフィが非常に心を痛めていたのは、今まではもちろんこれから先も、金に糸目をつけず学問をしこもうと思っている一人息子が、すでに母親のこうした欠陥に気づくほどの年ごろとなり、しかも気づくだけでなく、腹立たしく思っていることだった。

こうしてソフィは町の生活をつづけ、その美しい髪を編み上げるのに暇をつぶしていたが、かつてはリンゴのように色づいていた頬も今では色あせ、ごくかすかな紅色をとどめるにすぎなかった。足のほうは、あの怪我《けが》いらいついにもとの力を取り戻せず、歩行もほとんど見合わせねばならなかった。夫は、気楽で他人の生活をとやかく言わぬロンドンの生活が気に入っていた。が、なんといってもソフィより二十歳も年上であり、近ごろでは重い病《やまい》に臥《ふ》したきりだった。しかし、たまたまこの日は加減がよさそうだったので、彼女は息子のランドルフをつれ音楽会に出かけることができたのだった。

Ⅱ

われわれがこの次にソフィの姿を見かけるのは、彼女が未亡人の喪服をまとって現われるときである。

トワイコット氏はついに病から立ち直れず、今ではこの大都会の南にあるぎっしりと立てこんだ墓地に眠っていたが、そこに葬《ほうむ》られている死者がことごとくみな甦《よみがえ》ってきたとしても、彼と顔なじみであったり、彼の名を知っているものは一人としていなかっただろう。少年は忠実に父親を墓まで送り、また学校へ戻っていた。

こうした身の上の変化がつづいているあいだ、ソフィは年こそとってはいたが性質のあどけなさゆえに、まるで子どものような扱いを受けた。ささやかな収入をのぞいては、夫の財産にもまったく手がつけられないようになっていた。世間知らずな妻がだまされないようにと心配した夫が、何もかもできるかぎり管理人の手に保管を委《ゆだ》ねていたのだ。息子が私立中学の課程を終えれば、その後はやがてオックスフォード大学を出て聖職を授けられるように、すっかり息子の将来のことも予定が立ち、手はずがととのえてあったので、ソフィとしてはただ飲んだり食べたりの心配だけをし、ぼんやり気ままに毎日を送り、相変わらず栗色の髪を編んだり巻いたりしながら、休暇に帰ってくる息子をいつでも迎えられるよう家をととのえておくだけで、ほかに何一つする仕事もなかった。

妻に先立って死ぬことを予想していた夫はまだ存命中、教会と牧師館の面している長いまっすぐな通りに、妻のためを思って二階建ての家を買っておいてくれ、彼女が住みたいあいだは彼女の所有になっていた。いまソフィはこの邸《やしき》に住み、前庭の芝生の一部を眺めたり、たえまなく流れる車馬のゆきかいを垣根ごしに眺めたり、あるいは二階の窓枠によりかかって、場末の大通りにつきものの騒音がひびき、すすけた並木や、霞《かすみ》のかかった空気や、さえない色合いの家並みのつづく往来を眺めやった。

どうしたわけか、彼女の息子はその貴族的な学問や、古典文法や、いろいろきらいな学科のために、太陽や月にまでおよぶあの子どもらしいおおらかな興味を失いかけていた。彼とても世間の子どもたちと同様、そうした興味をもって生まれており、また本人自身がいわば自然の子であった母親は、わが子のそうした性質をいとおしんでいたが、息子はその興味の対象をしだいにせばめ、自分には何の共感も感じられない何億もの大衆の、ほんの上塗りにすぎない、数千の裕福な特権階級に限ろうとしていた。彼は一歩一歩母親から遠ざかっていった。ソフィのまわりは、どちらを見ても小《こ》商人《あきんど》や見習い店員ばかりの住むロンドン郊外であり、家に雇っている二人の召使だけがほとんど唯一の話し相手であったため、夫の死後まもなく、彼女がせっかく夫からしこまれた付け焼刃の上品さを失い、(息子の目から見れば)言葉づかいの誤りにしても素性にしても、紳士として顔を赤らめねばならぬような母親になり下がってしまったのも、驚くにはあたらなかった。しかし(いつかはその時がくるとしても)まだ大人になりきっていない息子には、こうした母親の欠点などは、彼女の胸の中に湧《わ》き上がり、息子かそれとも他の何かによって受け入れられるまでは、どこにもやり場のないせつないばかりの愛情にくらべれば、取るにたらぬものだということがまだ分からなかった。もし母親といっしょに暮らしていたならば、その愛情を一身に集めたことだろうが、今のところ彼には母親の愛情などはまるで必要でないらしく、吐け口のない愛情はソフィの胸の中に秘められたままだった。

彼女の生活は耐えがたいまで寂《わび》しいものになってきた。散歩もできず、馬車での遠出にも、だいたいどこへ出かける気にもならなかった。何事もなく二年がすぎ去ったが、ソフィはいぜん場末の通りを眺めては、生まれ故郷に思いをはせ、たとえ野良《のら》仕事をするにしても――ああ、どんなにか喜んで！――帰りたいと思うのだった。

運動をしないため寝つけないことの多かったソフィは、よく夜中や明けがたに起き上がっては、街灯が何かの行列の通りすぎるのを待つ歩哨《ほしょう》のようにひっそりと立っている、まだ人通りのない往来を眺めることがあった。また事実、こうした行列に似たものが、毎朝一時ごろになると見られた――野菜を山のように積んだ田舎馬車が、コヴェント・ガーデンの青物市場をさして通るのである。人の寝静まった夜明け前、こうした馬車の群れがのろのろと通りをゆくのをソフィはたびたび見かけた――あとからあとからと引きもきらず、今にも落ちそうにゆれながらも決して落とさず、青々したキャベツを山のように積み、蚕豆《そらまめ》や豌豆《えんどう》まめをぎっしりつめた籠を城壁のようにめぐらし、雪のような肌の蕪《かぶ》をピラミッドに積み上げ、さまざまな畑の収穫を象の背に乗せたようにゆさゆさゆすりながら、老いさらばえた夜稼ぎの馬に曳《ひ》かせてゆっくりと通ってゆくのだ。その馬たちもうつろな咳《せき》の合間合間に、他の生きものすべてが休らう権利を認められているこんな夜ふけに、なぜ自分たちばかりがいつも働かねばならないのかと、辛抱強くいぶかっているように見えた。気が滅《め》入《い》り、あるいは神経が高ぶりなどして寝つけない折には、外套《がいとう》にくるまって下を通る馬を眺め、彼らに同情を感じたり、取れたての水々しい野菜類が街灯の向かい側までくると生き生きと輝き出すさまや、また何マイルもの旅に汗にまみれた馬が、湯気を立て光っているさまを見守ったりなどして、ソフィは心を慰めた。

同じ街道を通りながらも、昼間の労働者とはまるで違った生活を営み、こうして街の雰囲気《ふんいき》の中をゆくなかば鄙《ひな》びた人たちや車の群れは、ソフィにとって一種の興味というか、魅力に近いものを持っていた。とある朝のこと、ジャガイモをいっぱいにつんだ車につきそっている男が、通りがけに家の前を妙にしきりと見やっている。どうもその姿格好に見覚えがあるような気がした彼女は、ふしぎな胸さわぎを覚えた。彼女はその男がもう一度通るのを見張っていた。男の荷馬車は旧式な型で、前が黄色く塗ってあったので見分けはすぐについたが、ちょうどそれから三日目の夜、ふたたびその姿を現わした。車についていた男は、やはり思ったとおり、サム・ホブスンであった。以前ゲイミードで庭師をやっていた、一時は彼女と結婚するつもりで言い寄っていた男である。

これまでにも、ソフィは折にふれて彼のことを思い出し、自分の選んでしまった人生よりも、あの男との田舎家ぐらしのほうがしあわせではなかっただろうかと考えたことがあった。別に熱烈な思いを寄せていたわけではなかったが、今のわびしい身の上がかつての男の出現に興味を——甘い思いのこもったと言っても言いすぎではない興味を覚えさせた。彼女はベッドに戻り、物思いにふけりはじめた。毎夜きまって一時二時ごろ町へやってくるあの市場通いの農夫たちは、いつ市場から引き上げてくるのだろう？　すっかり空《から》になった彼らの荷車が、日中のせわしない車馬の往来に呑《の》まれてほとんど人目にもつかず、昼少し前に帰ってゆくのを見たことがあるのを、彼女はぼんやりと思い出した。

まだ四月になったばかりだったが、彼女はその朝、食事を終えると窓をあけさせ、弱い日ざしを体に浴びながら窓辺にすわって外を眺めた。針仕事をしているようなふりをしてはいたが、目は片時も往来から離さなかった。やがて十時をまわり、十一時少し前になると、積荷をすっかり下ろして帰るめざす馬車が、ふたたび姿を現わした。だがサムはわき目もふらず、物思いに沈んだように馬車を進めていた。

「サム！」と彼女は叫んだ。

はじかれたようにふり返ったサムの顔は、パッと明るく輝いた。彼は一人の少年を呼んで馬をまかせ、馬車から降りて窓の下まで来て立った。

「あたし、すぐには下りていけないのよ、サム、いきたいのはやまやまなんだけど！」とソフィは言った――「あたしがここに住んでいるってこと、知ってたの？」

「いやさ、どっかこのあたりだってことは知ってたがね。あんたが見えないかと思ってよく捜したもんだ」

彼は手短かに、どうしてここに姿を現わすようになったかを説明した。その話によると、オールドブリッカムの近くの村でやっていた庭師の職はもうずっと前にやめ、今はロンドンの南にある菜園経営者のところで支配人をまかせられ、週に二、三度、取れた野菜を荷車でコヴェント・ガーデンの青物市場へ運んでくるのが仕事の一部になっているのだという。好奇心からしきりと聞く彼女に答えて、自分がわざわざこんな地域へやってきたのも、一、二年前オールドブリッカムの新聞紙上で、ゲイミードにいた前の牧師が南ロンドンで亡くなったという記事を読んだため、彼女の住んでいる土地におさえがたい憧《あこが》れを呼びさまされ、この付近をうろつきまわっているうち、現在の職にありついたのだと打ち明けた。

二人はなつかしい北ウェセックスの故郷の村のことを話し合い、子どものころいっしょに遊んだいろんな場所のことを語り合った。彼女は自分が今ではりっぱな身分の女であり、サムのような男とあまりなれなれしくすべきでないことを、つとめて意識しようとした。しかしそれも長くはつづけていられず、目をうるませていることが声のふるえでそれと知れてしまった。

「あまりしあわせじゃないようだね、奥さん」とサムは言った。

「ええ、そりゃそうよ。おととし主人をなくしたばかりですもの」

「いんや、そんなつもりで言ったんじゃないんで、も一度くにに帰りたかないかってんですよ」

「ここがあたしのくになのよ――一生。この家はあたしのですもの。でも、あたし――」と、そこでソフィは思わずおさえていた気持ちをほとばしらせてしまった――「そうなのよ、サム。あたしくにが恋しいの――あたしたちのくにが！　くにへ帰って、もう二度とよそへなんか行かずに、くにで死にたいの」しかし、彼女は自分の身分を思い出した。「だけど、そんなことあたしの気まぐれね。あたしには息子があるんだもの、かわいい子が。いま学校へ行ってるの」

「どっか手近なとこですか。この通りにゃ、ずいぶんとあるようだからね」

「とんでもない！　こんなとこのみすぼらしいのに入れられるもんですか！　私立中学に行ってるのよ――イギリスでも一番りっぱな」

「ほう、こりゃとんだ失礼を！　そりゃ、そうでしょうとも！　いや、奥さん、あんたがとうから身分のある方だってことを忘れてました」

「そうじゃないの、あたしはレディなんかじゃないの」ソフィは悲しげに言った――「そんな女にはなれっこないわ。でも、息子は紳士でしょう、だもんで――あたしの立場は――どんなにか苦しいの！」

Ⅲ

こうして、思いがけないめぐり合いをきっかけにふたたびはじまった交際は、急速にその度を深めていった。サムとわずかな言葉を交わすため、夜となく昼となく窓の外を眺めていることもしばしばだった。ただ一人の昔なじみとつれだって少しでもあたりを歩き、今のように彼が家の前で車を止めているあいだに交わす立ち話でなく、もっと気がねなく話し合えないのが悲しかった。六月はじめのある夜のこと、二、三日窓ぎわから遠ざかっていた後、またいつものように見張っていると、彼が門を入ってきてやさしい声でさそいかけた――「どうだね、ちったあ外の風にあたるのも薬じゃないかね。けさは荷がいつもの半分しかないから、おいらといっしょに、コヴェント・ガーデンの市場まで乗ってってはどうかね。キャベツの上へ袋をかぶせといたから、いい席があるし、まだだれも起きてこないうちに、馬車をひろって帰ってこられるがね」

ソフィは最初首をたてに振らなかったが、やがて、興奮に身をふるわせながらそそくさと身づくろいをすると、外套とヴェールにすっぽり身をくるみ、危急のときにでもするように階段の手すりに摑《つか》まって、横向きに滑りおりてきた。表の扉をあけると、サムが石段のところに立っていて、彼女を体ごとそのたくましい腕にかかえ上げ、狭い前庭を横切って荷馬車に乗せた。平坦《へいたん》に一直線に、果てしなくつづく街通りには人影ひとつ、物音ひとつなく、ただいつもながらに人待ち顔の街灯が、それぞれの方角でいくつもの点になって見えるだけだった。時刻が時刻だけに、空気も田園のようにすがすがしく、まだ星もまたたいていたが、北東の方角にだけはしらじらとした光が射《さ》していた――夜明けである。サムはそっと彼女を座席にすわらせ、馬車を走らせた。

二人は、その昔語り合ったと同じように話に花を咲かせたが、サムは自分でもあまりなれなれしくしすぎたと思うのか、ときどき思い出したようにあらたまった。ソフィのほうでもまた、こんな気まぐれをしてもいいのかしらと、一度ならず不安げにつぶやいた。「でも、うちにいると、それは寂しいの。だからこうしていると、ほんとにしあわせな気持ち！」

「またこれからもちょくちょく出てくるんだね、奥さん。外へ出るにゃ、こんないい時刻はほかにちょっとないからね」

あたりはしだいに明るさをましてきた。スズメたちも街の通りに忙《せわ》しくさえずりはじめ、二人のまわりで都会がそのにぎやかさを加えてきた。テムズ河にさしかかると、夜もすっかり明け放たれ、折しも聖ポール寺院の方角にまばゆいばかりの朝日がのぼり、河面《かわも》もそのほうに向かって輝き、まだ舫《もや》った小舟のどれ一つとして動く気配のない光景が橋の上から見られた。

コヴェント・ガーデンの近くで彼はソフィを辻《つじ》馬車に乗せ、いかにも昔なじみらしく互いに顔を見合って別れた。彼女は無事にわが家の前につき、玄関口まで足を引きずって行くと、だれにも見つからずに掛金の鍵《かぎ》をあけて中へ入った。

外の空気とサムとが彼女の生気を甦らせた——頰は桜色に赤味がさし、美しくさえあった。息子のほかに、あらたに一つ生きがいができたのだ。本能のままに動く女だったソフィは、こうやって出かけたところで何も悪いとは思わなかったが、それでも世間の堅苦《かた》しい目から見れば、けしからぬことだという気がした。

だが、彼女はすぐにまた、サムといっしょに出かけたいという誘惑に負けてしまった。そして二度目には、ふたりの会話もぐっと打ちとけ、むかしはつれなくあしらわれたこともあるが彼女のことは決して忘れない、とサムは言った。そのあと彼はだいぶためらったあげく、実は自分に十分できると思うし、ロンドンでの仕事がおもしろくないので、ぜひ手がけてみたい計画があると打ち明けた。この際一本立ちになって、二人の生まれ故郷の町オールドブリッカムに、青物屋を出そうというのだ。ちょうど格好な店が売物に出ているのも知っていた——ある老人夫婦の持っている店で、やめて隠退したがっていたのだ。

「そんないい話なら、どうしてやってみないの、サム」ソフィはいくらか気の沈むのを覚えながら聞いた。

「どうしてって、そりゃその——あんたがいっしょにやってくれるかどうか分からんもんね。どだいたのむほうがむりだし——あんたにしたって、できない相談だろうからな！　とにかくあんたはずっと奥さまでとおってきた人だ、とてもおれたちふぜいの女房にゃなってもらえねえさ」

「そうね、できそうもないわね」ソフィもこの思いがけない考えには驚いた様子だった。

「もしそうしてもらえりゃ」と、サムは熱を込めて言った——「あんたはただ店の奥の部屋にすわって、ときどきおれのいないときにガラスの仕切りごしに見ててくれりゃいい——ただ品物を見ててさえくれりゃ。足が悪くたってけっこうできる仕事だしさ……。おれひとりでこんな厚かましいことを考えて、なんだけど——ソフィ、おれはあんたをりっぱな奥さんにしとくように、できるだけのことをするつもりだぜ」と、彼は夢中で説いた。

「ねえ、サム、あたしの気持ちをはっきり言うわ」と、ソフィは自分の手を彼の手に重ねながら言った——「これがもし、あたしだけの問題だったら、そうさせてもらうわ、喜んで。再婚すれば、家も何もみんなあたしの物でなくなってしまうけど」

「そんなこたあ気にしないさ！　そのほうがかえって身軽でいいじゃないか」

「その気持ちはありがたいわ、サム、ほんとに。でもね、あたしのほうはそれだけじゃすまないの。息子がいるでしょ……。それが、ときどき気分の重いときなど、あたしのほんとの子ではなくて、死んだ主人の預かりものみたいに思えてくるの。母親のあたしとはまるで無関係で、亡くなった父親だけ<u>の</u>息子みたいなの。あの子にはりっぱな教育があるのに、あたしは読み書きすらろくにできないんだもの、あの子の母親と呼ばれるのも恥ずかしいくらいよ……。まあともかく、あの子に相談してみなきゃ」

「ああ、そりゃ、むろんそうだとも」ソフィの胸のうちゃ気づかいが、サムにはよく読み取れた――「だけど、結局はあんたしだいじゃないかね、ソフィ――いや、トワイコットの奥さん」と言いなおして、「子どもはあんたじゃなくて、あっちなんだからね」

「いえ、そんな簡単なもんじゃないの！　ねえサム、かなうことならあたし、いつかはあんたと結婚するわ。でも今しばらく待って欲しいの、あたしにも考えさせてよ」

それだけでもサムにとっては十分であった。彼は嬉《うれ》しげな様子で別れて行った。だが、ソフィの心は重かった。ランドルフに打ち明けることはとてもできそうになかった。彼がオックスフォード大学に上がるまで待つということも考えられた、そうすれば母親が何をしようと、息子の生活にたいした影響もあるまい。しかし、はたして息子が許してくれるだろうか？　もし許してくれなかった場合、息子を無視することが自分にできるだろうか？

ソフィがまだひとことも息子に打ち明けないうちに、早くも恒例の私立中学対抗クリケット試合が、ローズ競技場で催されることになった。サムはすでにオールドブリッカムへ帰っていた。彼女はいつになく体の調子がよかったため、息子とつれだって試合を見物に出かけ、ときどき車椅子を離れてあたりを歩きまわることもできた。ふと彼女は、こうして観衆のあいだを歩きまわっているうちに例の問題をそれとなく持ち出せそうだと、よい考えを思いついた。今ならば息子も試合の興味で機嫌もよく、勝負に気を奪われて、家庭内の問題など気にもかけないだろう。二人はギラギラ照りつける七月の太陽の下を散歩して歩いた。寄りそって歩きながらも、互いに心は遠く離れた親子だった。ソフィは、幅の広い白のカラーをつけ、山の低い帽子をかぶった、自分の息子と同じような年格好の少年をおおぜい見かけた。まわりには大型の馬車が所せましと並び、車の下には骨や、パイの皮や、シャンペンの空瓶《あきびん》やコップ、あるいは皿や、ナプキンやりっぱな銀器といったぜいたくな昼食の残骸《ざんがい》が、雑然と散らばっていた。そして馬車の上には、得意満面の父親や母親たちがおさまっていた――だがソフィのように見すぼらしい母親は、ただの一人として見当たらなかった。もしランドルフがこういう人たちの仲間でなく、彼らにばかり気を奪われることもなく、こうした人々の属する上流階級だけを後生大事に思ったりしなければ、どんなにかよかったただろう！　そのとき、だれかがちょっとしたファイン・プレイでも見せたのか、やんやの歓声が身内の見物席から上がり、ランドルフも何が起こったのか見ようとして、人の頭ごしに夢中で跳び上がった。前々から考えていた言葉が喉元《のどもと》まで出かかったが、ソフィはどうしても言い出せなかった。どうもこの場の空気が向いていないような気がした。彼女の打明け話と、ランドルフが自分もその中の一人だと思い込んでいる上流社会のきらびやかな装《よそお》いとの対照が、致命的なように思われた。彼女はもっとよい機会の訪れるのを待つことにした。

やがてある晩のこと、親子がその簡素な郊外の家で二人きりのとき（そこには上流生活の華やかさはなく、つましい暮らしがあるばかりだったが）、彼女はとうとう思いきって話の口を切り、ひょっとするとお母さんは再婚するかもしれないが、それも今すぐというわけではなく、息子のおまえがすっかり一本立ちになってからのことだ、と適当に話を加減しながら打ち明けた。

少年もそのような考えはしごくもっともなことだと思い、もう相手は決まっているのかとたずねた。母親のためらう様子に、彼は何か不安を感じたらしく、今度お父さんになる人はりっぱな紳士なんだろうね、と言った。

「いいえ、おまえの言うような紳士ってわけじゃないの」彼女はおずおずと答えた――「お母さんがまだおまえのお父さまを知らなかったころと同じような身分の方なのよ」

こうして彼女は少しずつすべてを打ち明けた。少年の表情は一瞬こわばっていたが、やがて顔を真っ赤にしたかと思うと、テーブルにうつぶし、激しくしゃくり上げた。

母親はそのそばに歩み寄り、自分自身も涙にかきくれながら、顔じゅう所かまわず接吻の雨を降らせ、まだ昔のままの赤ん坊であるかのように背を軽くたたいてあやした。激しい発作がいくらかおさまると、息子はさっさと自分の部屋へ引きこもり、扉を固くしめてしまった。

母親は鍵穴から話し合おうとして、扉の外にたたずみ、耳をすました。返事は長いあいだ聞こえてこなかったが、やがて部屋の中から聞こえてきたのは母親をののしる罵声《ばせい》であった――「お母さんの恥知らず！　ぼくの一生がぶちこわしになってしまうじゃないか！　虫けらみたいな田舎者か、げすか、道化になれっていうのかい！　そんなことをしてくれたら、イングランドじゅうの紳士の目の前で、ぼくは顔も上げられないじゃないか！」

「もう言わないで――そうよ、お母さんが悪かったの！　そんなことにならないようにしますからね！」と、彼女は悲痛な気持ちで口走った。

その夏、まだランドルフが母親のもとにいるとき、サムから一通の手紙が届いた。思いがけず事がうまく運んで、例の店を手に入れることができたというのである。すでに一城の主《あるじ》であった。しかも野菜のほかに果物も扱う、町でもいちばん大きな店で、ゆくゆくは彼女のようなレディを迎えるにふさわしい家になるだろうと彼は夢見ていた。そして、ぜひ上京してお目にかかりたいがどうだろう、と聞いていた。

ソフィは人目をしのんで彼と逢《あ》い、最終的な返事はもうしばらく待ってくれるようにと言った。秋も重い足どりでようやくふけ、やがてクリスマスの休暇でランドルフが帰ってくると、彼女は例の話をもういちど持ち出してみた。だが、この青年紳士はがんとして首をたてに振らなかった。

話はそのまま何ヵ月か立ち消えになっていたが、やがてまた蒸し返され、息子の反対に遭《あ》って沙汰《さた》やみとなり、またあらためて持ち出された。こうして気の弱い母親がかきくどき訴えているうちに、はや四、五年の歳月が流れてしまった。さすがに誠実なサムも、やや強硬な調子で求婚をせまってきた。もう今では大学に通いはじめているソフィの息子が、ある年の復活祭の休暇にオックスフォードから帰ってきたとき、彼女はまた例の話を持ち出した。彼が一人前の牧師となれば、さっそくにも自分の家庭を持つだろうし、そうなると、言葉づかいもろくに知らず無教育な自分のような親がいては、出世のじゃまになるだろう――彼女はそう言って息子を説き伏せようとした。あたしのような人間は、できるだけいないものにしておいたほうがいいだろうに。彼は以前よりも大人びた怒りを示し、どうしても承知しようとしなかった。だが、彼女のほうも今度ばかりは簡単に折れなかった。彼は自分の留守中、母親が身勝手なことをしでかしはしまいかと不安な気持ちを抱いた。しかし、母親の好みに対する憤《いきどお》りと軽蔑《けいべつ》とから、彼はあくまでも高飛車な態度をとり、ついには自分の礼拝用に寝室にもうけてある祭壇の小さな十字架の前へ母をつれてゆくと、そこへひざまずかせ、彼の承諾なしにはサミュエル・ホブスンと結婚しないことを誓わせた。「これがお父さまに対するぼくの義務です！」と彼は言った。

あわれな母親は、やがて息子が聖職につき牧師の仕事が忙しくなってくれば、その気持ちもじきにやわらぐだろうと思い、誓いを立ててしまった。だが息子の気持ちは変わらなかった。彼の受けた教育は、すでに彼から人間味をすっかり奪い去ってしまい、世にもかたくなな人間になり変わっていた。かりに母親があの実《じつ》のある八百屋と牧歌的な生活を送ったところで、そのためだれひとり迷惑をこうむるわけでもなかっただろうに。

時のたつにつれ、ソフィの不自由な足はますます不治のものとなり、長い南街道に面した家からほとんど（というより決して）外へ出ず、中にとじこもったまま思いやつれてゆくようだった。

「サムに結婚すると言って、なぜいけないのだろう？　なぜいけないのだろう？」

——そばにだれもいないとき、彼女は訴えるようにひとりつぶやくのだった。

それから四年ばかりたった後のこと、一人の中年の男が、オールドブリッカムきっての大きな果物屋の戸口に立っていた。男はこの店の主人だったが、いつもの仕事着のかわりに今日はきちんとした黒服をつけ、窓には身内の不幸を示して一部鎧戸《よろいど》がおろされていた。やがて停車場から葬式の行列の近づいてくるのが見えた。行列は彼の店の前を通り、ゲイミードの村をさして町をはずれて行った。男は目に涙を浮かべ、車の通りすぎるとき帽子をぬいで手に取った。だが、葬儀馬車の中からは、胸あきの少ないチョッキをつけ剃《そ》りあとの青い若い一人の牧師が、そこにたたずんでいる店の主人をけわしい目つきでハッタとにらみつけるのであった。

一八九一年十二月

憂《ゆう》鬱《うつ》な軽騎兵

The Melancholy Hussar of the German Legion

I

あの内外多難であった当時からいささかも変わることなく、小高く打ちつづくこの高地には緑に草が萌《も》え、微風《そよかぜ》がその上を渡っている。鋤《すき》ひとつ芝土を掘り返したこともなく、当時地表に出ていた土は今もなおそのまま地表に出ている。かつてここに野営陣地があった。騎兵隊の馬のために築かれた土手の跡がまだはっきりと残り、馬糞《ばふん》の集めてあった場所もいまだにそれとさし示すことができる。夜ふけてこの寂しい一角を通れば、枯れた草や薊《あざみ》をゆすって掃きすぎる風のまにまに、遠いその昔のラッパのひびきや馬の端綱《はづな》の音を耳に聞き、兵隊たちの天幕や輜重行李《しちょうこうり》が幾列にも列《つら》なった幻を目《ま》のあたり見ないわけにはゆかない。そして天幕の中からは、喉《のど》にかかった外国語や、祖国をしのぶ歌声がとぎれとぎれにもれてくる。当時このあたりに天幕を張って野営していたのは、親衛ドイツ軍団だったのである（訳注　ジョージ一世がハノーヴァ家の出であったため当時ジョージ三世もまだドイツ兵を親衛隊に使っていた）。

もうかれこれ九十年ばかり前の話である。その当時の軍服といえば、むやみに大きな肩章《けんしょう》をつけ、奇妙な格好の三角帽に乗馬用ズボンをはき、ゲートルを巻いた上に重々しい弾薬盒《ごう》や尾錠金《びじょうがね》つきの靴と、その他さまざまな物を身につけたもので、今日《こんにち》から見れば珍無類、いたってやぼな眺めであろう。人の考えもその後変わり、工夫改良が相ついで行なわれた。当時軍人といえば、記念碑のような存在であった。まだそこここで国王には神の加護があり、戦争は光栄あるものと考えられていた。

　この丘陵地帯の谷間や盆地には、人里離れた古い領主の館《やかた》や小さな村があり、国王がここから二、三マイル南の海水浴場で毎年水浴をされるようになるまでは、他国者の姿はめったに見かけなかったものである。ところがそれからは、このあたりの開けた土地に軍隊がどっと入り込んできた。そしてこの華やかな時代に端を発する多くの奇《く》しき物語の余韻が、今もなお多少とも断片的にこの地方に残り、折ふし注意深い耳には聞こえてくるということも、今さら申しそえるまでもなかろう。その物語のいくつかは今までに紹介したこともあるが、他の大多数はすでにわたしの記憶から薄れてしまった。しかしここに一つ、まだだれに話したこともなく、どうしても忘れることのできない物語がある。

　これは、わたしが祖母のフィリスの口からじかに聞いた物語である。そのころ祖母はすでに七十五になる老婆《ろうば》、聞き手のわたしはようやく十五の少年だった。この話の中で彼女に直接関係のある部分は、自分が「死んで、葬《ほうむ》られ、忘れられ」てしまうまでは、決して口外してくれるなと口止めをされていた。この話をしてくれてから、祖母はまだ十二年ものあいだ生き長らえていたが、もう今では亡《な》くなって二十年ばかりになる。持ち前の内気と謙遜《けんそん》とから、世間に忘れられたいと思っていた彼女の願いも、わずかに一部が果たされたのみで、かえってその思い出を傷つけるような不幸な結果を生むこととなった。というのも、当時世間にひろまり、それ以来語り伝えられているフィリスにまつわる話の断片というのが、彼女の人格をまったくそこなうものでしかなかったからである。

話は、先にふれた外人部隊の一つであるヨーク軽騎兵連隊の到着にはじまる。それまでフィリスの父親の家のあたりでは、何週間も人影ひとつ見かけないことがあった。ときたま戸口に訪問客のスカートの衣《きぬ》ずれに似た物音が聞こえたかと思うと、それは風にカサカサ舞う落ち葉であり、馬車が玄関先に近づいてくるような物音は、父親が畑との境に植えてある黄楊《つげ》を道楽がてら刈り込むため、庭石の上で鎌《かま》をといでいる音であった。郵便馬車から荷物を投げ下ろすような物音は、遠い沖合で撃つ大砲のひびきだった。そして日の暮れなど、門のところに立つ背の高い男のような影は、奇妙に貧弱な形に刈り込まれたいちいの木であった。これほどの寂しさは、今どきはどんな田舎へ行っても見られないだろう。

しかしこうしたあいだも、ここからものの五マイルと離れていないお気に入りの海水浴場では、ジョージ三世が廷臣をひきつれて滞在しておられたのである。

こうして娘のフィリスは浮世離れのした日々を送っていたが、父親はそれに輪をかけた隠遁《いんとん》の生活を送っていた。世間づきあいという点から娘の生活をたそがれにたとえれば、父親のそれは暗闇《くらやみ》にもひとしかった。だが、父親が自分の暗闇を楽しんでいるのに反して、娘はたそがれに押しつぶされそうだった。父親のグローヴ医師はもともと開業医だったが、ひとりこもって哲学的瞑想《めいそう》にふける趣味のおかげで、しだいに患者の数もへり、ついにこれ以上医者をつづけていても割に合わないところまできてしまった。彼は医者を廃業すると、町にいてはとても父娘《おやこ》ふたりをささえきれぬ収入でも事足りるように、海岸から離れたこの辺鄙《へんぴ》な土地に小さな荒れ果てた、農家とも荘園《しょうえん》領主の邸宅ともつかぬ家をわずかな家賃で借り受けた。彼はほとんど一日じゅう庭に出たきりで、月日のたつにつれ、また幻影を追い求めて一生を棒に振ったという自覚がつのってくるにつれ、ますます怒りっぽくなっていった。友人とのつきあいも日ましに少なくなった。娘のフィリスまでが人見知りをするようになり、ちょっと散歩に出た折など人に会うと相手の視線がまぶしく、逃げるようにして通りぬけ、首筋まで真っ赤に染めるありさまだった。

ところがこうした片田舎でも、彼女を見初《みそ》めるものはあり、まったく思いもかけなかった結婚の申し込みがふりかかってきたのである。

すでにふれておいたように、そのころ国王が近くの町まで来ておられ、グロスター・ロッジに逗留《とうりゅう》しておられた。そして当然のことながら、国王が町に来ておられるというので、近在からおおぜいの人間がつめかけたものである。こうしたひま人たちの中に――彼らはたいてい宮廷と縁故や関係があるとふれまわったが――ハンフリー・グールドという名のひとり者がいた。若くもなく、かといって老人でもなく、美男でもなければひどい醜男《ぶおとこ》でもないという男で、「洒落者《バック》」というには(当時、身持ちの悪いひとり者はそう呼ばれていたのだが)いささかまじめな、いわば穏健な当世風の男とでもいったところだっただろうか。三十歳になるこの独身男は丘陵地にあるこの村に現われ、フィリスに目をとめ、将を射んと欲せばのたとえのように、まず父親と近づきになった。そしてどうしたわけかすっかりフィリスに血道を上げた彼は、ほとんど毎日のように村のほうへ足を運び、やがて婚約を交わすところまでこぎつけた。

彼は地方のさる名門の出で、その身内にはこの界隈《かいわい》で尊敬されている者もあったため、そのような男を足下にひざまずかせたということは、彼女のような貧しい境遇の女としては大手柄だと考えられた。しかし大手柄だと言われても、どうしてそうなったのかはフィリス自身にも分からなかった。身分の不釣合いな結婚は、近ごろでこそせいぜい社会のしきたりに反するくらいにしか考えられないが、その当時は自然の掟《おきて》を犯すものと考えられていた。したがって、たかだか海水浴場の中産階級の出であるフィリスが、このように身分の高い相手に選ばれたときは、まるで天国にでもつれてゆかれるような気持ちだった。もっとも、そこまでの事情にうとい者の目からすれば、双方の身分にたいした違いは見られなかっただろう——件《くだん》のグールドという男は、貧乏もいいところ、実はまったくの文なしだったからである。

この金のないということが、挙式をのばす彼の口実だった——また事実、そのとおりだったのだろう。やがて冬も近づき、国王が狩りのためにこの地を去られると、ハンフリー・グールド氏もバースへ、二、三週間のうちには帰るからとフィリスに約束をして出かけて行った。だが、冬となり、約束の日がすぎても、グールドは自分以外にだれひとり身寄りのない父親を、今滞在しているこの町に置き去りにするわけにはゆかないという口実をもうけ、帰る日をのばすばかりだった。フィリスはたまらなく寂しかったが、それでも満足していた。なにしろ結婚を申し込んできた男はいろんな点で望ましい夫であったし、父親もこの話にはひどく乗り気だったからである。だがそれにしても、こんなふうに打ちすてておかれるのは、苦痛ではないにしてもやはりフィリスにとっては間の悪いことだった。このわたしに向かってもはっきり言っていたように、彼女は決してほんとうの意味でグールドを愛してはいなかったが、心からの好意は持っていたようである。また、ときたま気ばらしにする遊びごとにまで、彼が一種几帳面《きちょうめん》な、あとへ退《ひ》かない態度で向かうのに感心をしていたし、宮廷内部の動きについて過去から先の予想まで、実にくわしく知っている点も高く買っていた。それに、もっと高望みもできたはずの男が、よりによってこの自分を選んでくれたことに、晴れがましい気持ちを感じないでもなかった。

だが、男は帰ってこなかった。そして春もたけていった。彼からの便りは紋切り型のものではあったが、きちんと届いた。こうして彼女の置かれた不安な立場が、相手にさほどの情熱を抱《いだ》いていなかったという事実と相まって、フィリス・グローヴの胸中に言い知れぬわびしさを生んだとしても、不思議ではないだろう。春もやがて夏となり、ふたたび国王の一行が町へこられたが、ハンフリー・グールドは姿を現わさなかった。しかしずっとこのあいだも、婚約だけは手紙によって変わりなくつづけられていた。

折しもこういったとき、まばゆい金色《こんじき》の光がこの地方の人びとの生活にさし込み、若者たちは好奇心に胸を躍らせた。この光というのは、先に述べたヨークの軽騎兵だった。

Ⅱ

今の世代の人たちは、おそらくあの九十年前の有名なヨーク軽騎兵と言っても、ごくぼんやりとしかご存じあるまい。彼らは親衛ドイツ軍団の一連隊で、（後にはいくらか堕落をしたようだが）その人目を引く軍服や、りっぱな軍馬、そしてとりわけ彼らの異邦人らしい風貌《ふうぼう》と口ひげが（当時としては珍しい飾りであったためか）、部隊の行くさきざきで男女を問わず多くの讃美者《さんびしゃ》を集めたものだ。国王が隣町まで来ておられたので、この連隊も他の連隊にまじって、このあたりの高地や牧場で、野営のキャンプを張ることになったのだ。

そこは高台になったよく風の通る場所で、眺望がひらけ、前面にはポートランド半島を――スリンガーズ島を――望み、東はセント・オールドヘルム岬から、西はほとんどスタート岬までが一望のもとにおさめられた。

フィリスは根っからの村娘ではなかったが、それでも村のだれかれと同じように、この軍隊の駐屯には関心を持っていた。彼女の家は村をいくらかはずれ、小道を登りつめたところにあったため、教区でも低いほうにある教会の尖塔《せんとう》の頂とは、ほぼ同じくらいの高さになっていた。庭の石塀のすぐ外からは、草原がはるか遠くまでつづき、ただ一筋、塀のまぎわまで来ている小道が草原を横切っていた。まだ幼いころから、この塀によじ登って腰をおろすのがフィリスの楽しみになっていた――この地方の石塀はモルタルを使わず、荒石だけを積み重ねてできていたので、子どもの爪先《つまさき》のかかる隙間《すきま》はいくらもあり、それほどあぶない芸当でもなかったのだ。

ある日のこと、フィリスがこの石塀に腰をかけぼんやり外の牧草地を見やっていると、ふと小道づたいにたった一人歩いてくる人影に気づいた。それはあの有名なドイツ軽騎兵の一人だった。彼はうつむいたまま、だれとも会いたくないようなようすでこちらへ歩いてきた。そのぴんと張った襟飾りがなければ、おそらく頭も視線と同じようにうなだれていたことだろう。近づいてくるにつれ、その顔には深い悲しみの色が現われているのが彼女には分かった。兵隊はフィリスの姿に気づかず、そのまま小道を近づいてきて、とうとう塀のほとんど真下までやってきた。

りっぱな背の高い兵隊がこのようにふさぎ込んでいるのを見て、フィリスはすっかり驚いてしまった。軍人というもの、なかでもヨーク軽騎兵については、彼女はつねづね（といっても、生まれてこのかた、一度も軍人とは口をきいたことはなかったので、人の噂《うわさ》だけがその根拠だったが）、派手な軍服と同じように、彼らの心も朗らかだろうと思い込んでいたのだ。

ちょうどそのとき、軽騎兵は目を上げ、塀の上に腰かけているフィリスの姿に気づいた——襟ぐりの大きい服のため、むき出しになった肩先や首筋を包んでいる白いモスリンのネッカチーフ、そして白い衣服ぜんたいが、夏の日のまばゆい光にひときわ鮮やかに浮き出て見えた。あまりに思いがけなかったためか、彼はちょっと顔を赤め、そのまま足もとめずに行ってしまった。

その外人兵士の顔が、その日一日フィリスの頭にこびりついて離れなかった——ひどく印象的な、美しい顔つきで、驚くほど青い目がとても悲しげにうつろだった。——その後ある日、やはり同じ時刻に、彼女がまた例の塀越しに外を眺め、あの兵士がまた通りかかるのを待ち受けていたのも、むりからぬことだっただろう。今度は彼は手紙を読んでいたが、フィリスの姿を見かけたときの態度には、なかばそれを予期し期待していたような様子がうかがえた。彼はほとんど足を止めると、にっこり笑い、うやうやしく敬礼してみせた。その結果、二人はふたことみこと言葉を交わすことになった。何を読んでいるのかと彼女が聞くと、彼はドイツにいる母親からの手紙をくり返し読んでいるのだとすぐに答え、たびたび来るわけではないので、こうして以前に来たのを何度でもくり返して読まねばならないのだ、とつけ加えた。このとき交わされた言葉はそれだけだったが、それから後はこのような会話がしじゅうやり取りされるようになった。

彼の英語はうまくはなかったが、言わんとするところはよく分かったので、二人のつき合いが言葉の不自由さのために妨げられたことは一度もなかった、とフィリスはよく話していた。話題が彼の使いこなせる英語では事たりぬほど微妙で、厄介な、扱いにくいものになったときには、いつでも決まって目が口のたらぬところをおぎない、また——これはもっと後になってのことであったが——唇が目の助けとなった。こうして、ほんのかりそめの気持ちからはじめられた、彼女としては無分別な交際は、しだいにその親密の度を深めてゆくこととなった。『オセロ』のデズデモーナのように、異国の兵士に同情した彼女は、その身の上話を聞き出したのである。

彼の名をマテウス・ティナといい、故郷のザールブルュックにはまだ母親が元気で暮らしていた。年は二十二で、軍隊に入ってからまだ日は浅かったが、すでに伍長《ごちょう》の位に昇進していた。フィリスはいつも口ぐせのように、あれほど品のよい教養のある青年は、英国人だけの連隊の下士官には見られないし、ああいう外国の軍人の中には、英国の軍隊で言えば下士官よりもむしろ士官のような、上品な物腰や風采《ふうさい》をそなえた連中がいたものだと言っていた。

彼女は親しくなった外人兵の口から、少しずつ彼自身やその戦友たちの身の上話を聞かされたが、それはおよそヨーク軽騎兵からは想像もつかぬものだった。身につけた軍服の華やかさとはおよそうらはらに、連隊にはひどく憂鬱《ゆううつ》な空気と容易にぬぐえぬ懐郷病とが瀰漫《びまん》していた。そのため、隊員の多くはすっかり士気を阻喪し、訓練にも身が入らぬありさまだった。中でもいちばんまいっていたのは、英国へ来てまだ間ののない年若い兵隊たちだった。彼らは英国をきらい、英国の生活をきらった。ジョージ王やその島国の王国には一かけらの興味もなく、思いはただ一つ、ここからのだれ、二度とこの国を見ないですむことだった。肉体こそこの国に置かれていたが、彼らの心や魂は常にはるかな懐《なつ》かしい祖国にあり、祖国のことを語るとき——多くの点で勇敢で苦楽を気にせぬ大の兵士たちが——目に涙を浮かべるのだった。この郷愁に（彼は自分の国の言葉で家恋病《ハイムヴエー》と呼んでいたが）いちばんとりつかれていた一人は、マテウス・ティナだった。根が夢見がちで黙想的なところへ、だれ一人なぐさめる者もないまま故郷に寄るべない母親を残してきたことから、異郷の生活のわびしさをひとしお身にしみて感じていたのだ。
こうした話にすっかり心を動かされ、彼の身の上話に興味を覚えたフィリスは、この兵士との交際をうとましく思うようなことはなかったが、それでも彼女は（少なくとも彼女自身の言葉によれば）長いあいだ――事実上、自分が他の男の妻になる身だと考えていたあいだは――この青年に友情の一線を越えることを許さなかった。もっとも、彼女は自分でも気づかぬうちに、マテウスに心を奪われていたようである。ただ石塀のおかげで、自然ねんごろな仲になることもむずかしく、また彼のほうでもむりに中へ入ってくるとか、入れてくれと頼むようなことをしなかったので、二人の会話はすべてこの塀越しに公然と取りかわされたのだ。

Ⅲ

ところが、父親の友人を通して、フィリスの世にも冷静かつ忍耐強い許婚《いいなずけ》ハンフリー・グールド氏の噂が、村にまで伝わってきた。噂によれば彼はバースの町で、フィリス・グローヴ嬢に対する結婚申し込みは多少了解がついたという程度にしか考えていないし、父親が重病で自分の身のまわりの始末もできないため、心ならずも遠ざかっている状態なので、まだお互いにはっきりした約束を交《か》わさないほうがよいと思う――ともらしていたというのである。そのうちほかの女に目をつけないとも限らない、とも言っていたという。

この話は――ほんの噂にすぎなかったし、したがって絶対に信用のおけるというものではなかったが――考えてみれば便りの間遠なことや、内容の妙によそよそしいことなどとあまりにもぴたりと符合するので、フィリスは噂の正しいことを信じて疑わなかった。そしてそれを聞いてからは、これで本当に好きな相手に心を捧《ささ》げてよいのだという自由な気持ちになった。だが、父親はそうはいかなかった。そんな噂はまったくの作り話だ、と決めつけたのだ。グールドさん一家は子供のころから知っているし、もしあの一家の結婚観をひとことでよく表わした格言があるとすれば、さしずめ「愛は小出しに末長く」といったところだろう、ハンフリーは名誉を重んずる男で、いったん交わした婚約をそう軽々しく扱うような人間ではない、「まあ辛抱強く待ってみることだ、そのうち何もかも丸くおさまるだろう」と彼は言うのだ。

父親のこの言葉から察して、フィリスは最初のうち、父親とグールド氏とのあいだに手紙のやりとりがあるものと思い込みがっかりしていた。というのも、はじめのこらであった。婚約が反古《ほご》になったと聞いてほっとした気持ちだったかのが分かった。ところがやがて、父親もグールドについては彼女と同様何も聞いていないくことは、かといって父親は、直接娘の婚約者宛《あ》てにこの問題について手紙を書った。相手の名誉に傷をつける腹と取られるのをはばかってか、しようとしなか

「おまえはあの外国の奴《やつ》らのだれかれに、ろくでもない嬉《うれ》しがらせを言ってもらいたくて、その口実が欲しいのだろう」と、父親は声を荒げて言った。娘に対する彼の態度は、最近とみに冷酷になっていた。「いちいち言わんが、お父さんには皆ちゃんと分かっとるんだ。わしの許しを得んで、今後はあの垣の外へ一歩も出てはならんぞ。奴らの野営地が見たけりゃ、いつか日曜の午後にでもつれて行ってやるからな」

父親の意に逆らうふるまいをするつもりは少しもなかったが、こと自分の気持ちに関するかぎり、フィリスも指図がましいことを言われる筋合いはないという気がした。もはや彼女は、あの軽騎兵への恋ごころをおさえようとしなかった。とは言っても、英国の男性が相手である場合のような真剣な気持ちで、彼を恋人と見なしていたわけではなかった。フィリスにとって、あの年若い異国の兵士は、屋根の下に住む世間の人間のような付属物は何一つ持たない、ほとんど架空の存在だった。いわばいずこか

らとなく舞い降りてきて、いずこへともなく消えてゆく人物であり、すばらしい夢の中の人物であって——それ以上の何ものでもなかった。

二人は今ではいつも——たいていはたそがれ時の——陽が沈み帰営をうながす門限ラッパが鳴るまでの短い時間、逢瀬《おうせ》を楽しむ仲となっていた。おそらくフィリスの態度も、このところだいぶ打ちとけてきていたであろうが、相手の軽騎兵の場合ははっきり目に見えてそうであった。彼は日ごとにやさしさを加え、せわしない逢瀬の別れぎわになると、彼女は塀の上から手をさしのべ、男にしっかりと握らせた。ある日の夕暮れ、彼があまり長く手を握ったままでいるので、フィリスは思わず、「だめよ、この塀は白いんですもの、だれか野原にいたらあなたの影が見えるじゃないの！」と叫んでしまった。

その日あまりいつまでもぐずぐずしていた彼は、野営地までの野原を駆けとおし、やっとのことで門限に間に合うことができた。その次の逢瀬に、彼女はいつもの時刻になってもいつもの場所へ姿を現わさなかった。彼の失望はたとえようもなく大きかった。いつもの場所を茫然《ぼうぜん》と見つめたまま、彼は我を忘れたように立ちつくしていた。やがて帰営ラッパが鳴り、太鼓がひびいたが、それでも彼はその場を動かなかった。フィリスはふとしたことで遅れたのだった。門限を知らせるラッパや太鼓の合図は彼女も聞きつけていたので、ようやく約束の場所へやってきた彼女は時刻の遅いのが気が気ではなかった。すぐにも隊へ戻るようにと懇願した。「いやです」と、彼は沈んだ面持ちで言った。「まだ帰りません――あなたがこられたばかりなのに。今日は一日じゅう、あなたが来てくださるかとそればかり考えていました」

「でも、門限に遅れると罰があるんでしょ？」

「そんなこと、かまうもんですか。ぼくはここにいる愛《いと》しいあなたと、ザールブルュックにいる母の二人がいなかったら、もうとうの昔にこの世から姿を消していたはずなんです。軍隊なんか大きらいです。どんなに位を上げてもらうより、一分でもあなたといっしょにいられるほうがどれほどいいか分かりません」

こうして彼はそのまま話し込み、生まれ故郷のおもしろい話をこまごまと語ったり、少年時代の思い出話をしだしたりして、いっこうに帰る様子もなく、その無謀さにはとうとうフィリスのほうではらはらしてきた。思いきってむりやり別れを告げ、もう奥へ入るからと言って、ようやく男を兵営に帰すことができた。

そのつぎ彼に会ってみると、いつも袖《そで》につけていた袖章《しゆうしよう》がなくなっていた。あの晩門限に遅れたため、一兵卒に階級を下げられたのだった。この不名誉も、元をただせば自分のせいかと思うと、フィリスは身を切られる思いだった。今や二人の立場は逆になり、彼のほうがフィリスをなぐさめる番であった。

「そんなに悲しがらないで、ぼくのかわいいひと《マイネ・リープリッヘ》！　どんなことが起ころうと、ぼくにはちゃんと打つ手があるんです。第一、ぼくがもとの袖章を取り戻したからといって、あなたのお父さんがヨーク軽騎兵の下士官なんかとの結婚をゆるしてくださるわけでもないでしょう？」

彼女は頬《ほお》を染めた。彼のように現実からほど遠い人間を、結婚といった現実問題と結びつけて考えたことはなかったからである。答えはちょっと考えてみれば分かることだった。「許してはくれませんわ——きっと」と、彼女はきっぱりと答えた。「思いもよらないことですもの。おねがいですわ、どうかあたしのことはお忘れになって——あたし、あなたの将来も何もすっかり台なしにしてしまうような気がして」

「とんでもない！　あなたがおられればこそ、ぼくはあなたの国にこうして住む生きがいを感じているんです。もしここがぼくのなつかしい祖国で、年とった母親もあなたのそばにいるのだったら、ぼくは今のこのままで十分しあわせでしょうし、軍人としての本分もつくすでしょう。しかし現実はそうじゃありません。とにかく聞いてください、ぼくの計画はこうなんです——つまり、あなたがいっしょにぼくの国まで来てくださったら、そこで式をあげて、母子《おやこ》三人水入らずで暮らそうというんです。ご承知のように、ぼくはハノーヴァの人間ではありません、もっとも軍隊へはそう言って入りましたが。ぼくの故郷《くに》はザール河にのぞんだところで、フランスとは友好的な間柄です。だから、フランスにもぐり込みさえすれば自由な身になれるんです」

「でも、どうやってそこまでいらっしゃるの」フィリスは彼の提案に、驚くよりもあっけにとられてしまった。父親の家での彼女の立場は、日ましにやりきれぬ耐えがたいものになっていた。父親の愛情はもうすっかり渇ききってしまったように思えた。それに彼女は、周囲のほがらかな娘たちと違って、この村の生まれではなかった。こうしたところから、祖国をしのび母親と故郷に焦《こ》がれるマテウス・ティナの熱情が、いつしか彼女にも移ってしまったようであった。

「ね、どうやってなさるの？」彼の返事がないのに気づいて、フィリスは同じ問いをくり返した──「お金を出して除隊にしてもらうおつもり？」

「いや、もうその手は近ごろじゃきかないんです。ここへはいやいやつれてこられたんですからね、脱走したっていいじゃありませんか。今がチャンスなんです。野営地はもうじき引き揚げになり、そうするともうお会いできませんからね。計画というのはこうです──ここから二マイルほど先の街道で、ぼくと落ち合ってください。いずれはっきりした日取りは決めますが、来週のいつか風のない晩に。何も気をとがめることも、あなたの恥になるようなこともありません。われわれ二人きりで駆落ちするんじゃなくて、クリストフっていう親友の若い男もいっしょにつれてゆくつもりですから。アルサスの人間で、最近入隊したばかりですが、この計画にひと肌ぬいでくれることになったのです。ぼくたちは向こうの波止場で舟を物色して、われわれの目的に向いたのに目星をつけておいてから、こちらへ来ますからね。海峡の地図はもうクリストフが手に入れてますし、あとはただ波止場へ行って、真夜中に舟のともづなを切り、岬をまわってしまえばもう人目につきません。そして翌朝までには、シェルブール近くのフランス領海岸についています。それから先はもう問題ありません――旅費はちゃんと貯《たくわ》えてありますし、着換えも買えます。おふくろに手紙を出しますから、途中まで迎えにきてくれるはずです」

いろいろとたずねるフィリスの問いに答えて、彼はさらにこまかく計画を話して聞かせた。それを聞くとフィリスも心中、これならば心配あるまいという気がしてきた。しかし事の重大さに、彼女はほとんど度を失わんばかりだった。事実、もしその晩家の中に入るなり、父親がことさら曰《いわ》くありげな言葉で話しかけてこなかったならば、フィリスもはたしてこの向こう見ずな冒険に深入りしたかどうかは疑わしかった。

「ヨークの軽騎兵さんたちは、その後どうしてるかね？」と父親は聞いた。

「まだ野営をしてますわ。でも、もうじきよそへ移るんでしょう」

「そんなそらぞらしいことを言って、おまえのしていることを隠そうたって、そうは問屋が卸《おろ》さんぞ。おまえは前から奴らの一人とあいびきをつづけていたな。ちゃんといっしょに歩いているところを見た人があるんだ――奴らはな、フランス人めらとたいして変わらん野蛮人なんだ！　お父さんは決心した――うるさい！　お父さんが言い終えるまで口出しはならん！――いいか、お父さんは奴らがあそこにいるあいだは、おまえをこの土地におかないことに決心したぞ。おまえを伯母さんのところに預かってもらうからな」

父親以外とはどんな兵隊とも男とも一度もつれ立って歩いたことはない、と抗弁したが、それもむだだった。しかもその抗弁には力がなかった――父親の言葉がたとえ一言一句まで正しくはないにしても、まったく間違っているとは言いきれなかったからだ。

伯母の家は、フィリスにとっては牢獄《ろうごく》にもひとしかった。そこがどんなに陰気なところかは、つい先ごろ味わってきたばかりだった。したがって、当座の身のまわり品を荷造りするようにと父親から命令されると、彼女はすっかり沈み込んでしまった。

波乱多いこの一週間にとった行動を、後年フィリスは決して弁護しようとはしなかったが、ひとり思い悩んだあげく、ついに彼女は愛人とその友人のめぐらす計画に加わり、彼が世にも美しい色彩で描いてくれた夢の国へと駆落ちする決心をしたのだ。彼の計画の中で自分のためらいがちな気持ちを克服してくれたものは、あまりにも純真で素直な彼の気持ちだった——と彼女はいつも述懐していた。事実ティナはとてもまじめで親切に見えたし、彼女の遇し方ひとつにも、フィリスがこれまで受けたこともない敬意を込めてくれた。こうして、とうとう男への信頼にすべてを託し、彼女はあえてこの明らかに危険な海峡越えに運命を賭《か》けることになったのだった。

Ⅳ

いよいよ彼らがこの冒険に乗り出したのは、その次の週の、風もおだやかな暗い夜のことだった。街道が村への小道と別れている地点で、ティナは彼女と落合う手はずになっていた。クリストフは二人より先に舟のある波止場へ行き、舟をノウズ岬——当時の呼び名にしたがえば見張が崎——の向こうへまわし、岬の反対側で二人を乗せる段取りだった。そこへ行くには歩いて港の橋を渡り、見張が崎の丘を一つ越えればよかった。

父親が二階の寝室へ引き取るのを待ちかねるようにして、フィリスは家をぬけ出し、包み一つを手に小走りに小道をいそいだ。時刻が時刻だけに、村じゅうどこにも人っ子ひとり歩いている姿はなく、小道が街道とまじわっているところまで、だれの目にもとまらずにたどりつけた。そこまで来ると、彼女は垣根が鉤《かぎ》の手に曲がって物陰になったところへ身をひそめた。そこからはこちらの姿を見られずに、街道をやってくる人間をみな見分けることができたのだ。

こうして恋人の到来を待ちはじめて、ものの一分とたたぬうちに――もっとも、神経の張りつめていたせいか、そのわずかな時間のたつのさえもどかしく感じられたが――待ちもうけた足音のかわりに、丘をくだってくる乗合馬車のひびきが聞こえてきた。街道に人気《ひとけ》がなくなるまでティナが姿を見せないことは分かっていたので、彼女はいらいらしながら馬車の通りすぎるのを待った。馬車は彼女の隠れている角まで近づくと、速力を落とし、ふだんのようにそのまま通りすぎずに、ほんの数ヤード離れたところに止まった。乗客が一人降り、その声が彼女に聞こえた。それはハンフリー・グールドの声であった。

彼は友人を一人つれ、荷物を持っていた。やがて荷物が草の上へ下ろされると、馬車は国王の逗留している海水浴場をさして走り去った。

「はてと、馬車で迎えにくるはずの若い衆はどこかな?」と、かつて彼女の尻《しり》を追いまわした男がそのつれに言った。「こんなところで長く待たされちゃかなわんからな。九時半きっかりと言っておいたんだが」

「あの娘にやる贈り物はちゃんと持ってるかい?」

「フィリスにやるやつか? ああ、大丈夫だ。このトランクに入れてある。喜んでくれるといいんだが」

「もちろんさ、こんなみごとな仲直りの贈り物をもらって喜ばない女がいるもんか」

「いや——あの娘にはこれくらいしてやって当然なんだ。ずいぶんひどい仕打ちをしてしまったんだから。とにかくこの二日間、ちょっと人に言うのも恥ずかしいくらい、あの娘のことが頭にこびりついて離れないんだ。まあいい、その話はもうよそう。あの娘だって、世間で言ってるほど自堕落な女じゃあるまい。あれほど頭のいい女が、ハノーヴァの兵隊なんぞとかかり合いになるなんて、そんなばかな真似《まね》をするはずがない。噂をいちいち真に受けてちゃたまらんしね、気にせんことだ」

馬車を待つ二人の男の口から、こういった調子の言葉がなおももれ聞こえた。道をはずれた彼女の行動が、とつぜん一条《ひとすじ》の光に当てられたように、まざまざとむき出しにされる言葉だった。男たちの会話は、やがて馬車を曳《ひ》いてきた男の到着でとぎれてしまった。荷物が積まれ、二人が乗り込むと、馬車はつい今しがた彼女の来た方向をさして走り去った。

フィリスはすっかり良心の責めを感じ、すんでに彼らのあとを追おうとするところだったが、ふと思いなおし、マテウスが来るまで待って、自分の心変わりをはっきりと打ち明けるのが――いざ面と向かい合ってはさぞ言い出しにくいことだろうが――彼に対するせめてもの義理立てではないだろうかと考えた。いま本人の口から直接聞いた話から、ハンフリー・グールドのほうでは彼女をすっかり信じきっていたらしいことが分かってみると、彼が婚約の履行に誠意がないという世間の噂を信じ込んだわが身の軽率さがくやまれた。だが、自分の心をとらえているのがだれかということも、彼女にはよく分かっていた。その人なしでは人生もわびしく思えるほどだったが、しかしその計画を考えれば考えるほど、彼女は受け入れるのが恐ろしくなってきた――無謀といえばあまりにも無謀、まるで雲をつかむような、しかも危険な計画だったからだ。一方ハンフリー・グールド氏とはすでに婚約まで交わした仲であり、それが取り消されたと思い込むようになったのは、勝手にこちらで先方には誠意のないものと決め込んだためだった。それに、ああして贈り物を持ってきてくれる心づかいが嬉しかった。やはり、約束は約束として守らなくてはならない。この際恋は捨てても、義理に生きなくてはならない。自尊心だけは失いたくないものだ。家にとどまり、やはりあの人に嫁いで、辛抱することにしよう。

と、このようにフィリスが我と我が心をはげまし、けなげな覚悟を決めて数分ほどたつと、マテウス・ティナの影が畑に入る木戸の向こう側に現われ、彼女が歩み寄ると、ひょいと木戸を跳び越えてきた。もう避けようもなかった。彼はひしとフィリスを胸に抱きしめた。

「これが最初で最後になるのだわ！」恋人の腕に抱かれながら、狂おしいばかりの気持ちで彼女は思った。

その夜の恐ろしい試練をどうやって切り抜けたのか、当のフィリスにもはっきりと思い出せなかった。ただ自分が決心をまげずにすんだのは、ひとえに恋人のりっぱな態度があったからだ、と彼女はいつも言っていた。力のない声で彼女が気持ちの変わったことを告げ、彼といっしょに駆落ちはできないし、それだけの勇気もない旨《むね》を伝えると、彼はその心変わりを嘆きはしたが、よくこらえてむりじいはしなかったということである。もし彼が頓着《とんじゃく》なしにもうひと押し強く出ていたならば、あれほど夢のような気持ちで惹《ひ》きつけられていたフィリスは、きっと彼のほうに傾いていたに違いない。しかし、彼は策を弄《ろう》じむりに誘惑するようなことはしなかった。

いっぽうフィリスのほうでも恋人の身の安全を気づかい、思いとどまってくれるようにと哀願した。だが彼ははっきりと首を振った。友人の信頼を裏切ることはできない、というのだ。もし自分一人だけなら、計画を投げることもしただろう。しかし、クリストフは舟と羅針儀と海図をそろえて、すでに海岸で待っているのだ。まもなく潮が変わるだろう。もう母親にも帰国を知らせてある。どうしても行かなくてはならない、という。

後ろ髪を引かれる思いに彼がためらっているうち、貴重な時間が刻々すぎ去った。フィリスは狂おしい胸のうずきをこらえ、ついに決心をひるがえさなかった。やっと二人は別れ、マテウスは丘を降りて行った。その足音がまだすっかり消えないうちに、彼女はせめてもう一度恋人の後ろ姿だけでも見られたらと、足音を忍ばせてあとを追い、しだいに小さくなってゆくその影を見送った。一瞬、彼女は駆け出してこのまま彼と運命をともにしたい衝動に駆られた。だが彼女にはそれもできなかった。もっとも、エジプトのクレオパトラでさえ、いざという際《きわ》にのぞんで得られなかったというあの勇気が、フィリス・グローヴに期待できようはずもなかった。

彼と同じような黒い人影が一つ現われて、街道でいっしょになった。友人のクリストフだった。彼女にはもうそれ以上見えなかった。彼らは四マイル先にある港町の方角へ、いそぎ足で消えて行った。絶望に似た気持ちを抱きながら踵《くびす》をかえすと、フィリスは重い足どりで家路についた。

兵営では帰営ラッパが鳴りひびいた。しかしもはやフィリスには兵営は存在しなかった。それは死の天使の通ったあとのアッシリア人の陣営のように、死に絶えたも同然だった。

彼女はだれにも見つからずそっと家に入ると、そのまま床についた。はじめのうちどうしてもフィリスを寝つかせなかった悲しみも、やがて彼女を深い眠りにつつみ込んだ。翌朝、階段の下で父親が待っていた。

「グールドさんがお見えになったぞ！」と、彼は誇らしげに言った。

ハンフリーは近くの宿にとまり、すでに彼女を訪ねてきていたのだ。打出しの銀細工の枠に入った、みごとな鏡を手土産に持ってきており、父親がそれを手に持っていた。フィリスを散歩にさそいたいので、一時間ほどして戻ってくると言い残して行ったという。

当時こういった田舎では、美しい鏡は今よりはるかに珍しいものであり、目の前に出された鏡はフィリスの気に入ってしまった。ところが鏡にうつった顔は、あまりにも目のあたりが腫《は》れぼったかった。彼女はなんとか晴れやかに見せようと努力してみた。世の女性が自分に定められた道と思い込み、ひたすらそのひと筋を機械的に進んでゆくときの、あのみじめな気持ちを彼女は味わっていた。ハンフリー氏はふれまわりこそしなかったが、ずっと最初の約束を守りつづけていたのだ。こちらも同じように約束を守り、あやまちについては何も言わないのがいいのだ。彼女はボンネットをかぶり肩かけを羽織って、約束の時刻に彼が姿を見せたときには、すでに玄関先で待っていた。

V

フィリスはまずりっぱな贈り物の礼をのべたが、やがて散歩をするうち、しゃべるのはもっぱらハンフリーのほうだけになってしまった。彼は上流社交界の最近の動きについていろいろ話し――フィリスも身の上話を避けるために喜んで相槌《あいづち》を打ち――彼の慎重な言葉づかいは、乱れた彼女の心と頭を静めてくれるような気がした。だが彼女自身の悲嘆がこれほど大きくなければ、フィリスは相手の当惑に気づいたに違いなかった。とうとう彼はふいに話題を変えた。

「つまらないみやげがお気に召して、嬉しく思います。実は、あんなものをお持ちしたのも、あなたにご機嫌を直していただき、苦しい立場からわたしを助けていただきたかったからなんです」

何の係累《けいるい》もない一本立ちの男――しかも二、三の点では敬服さえしているこの男――に、苦しい立場などあろうとはフィリスには想像もできなかった。

「フィリスさん――まずわたしの秘密から聞いてくださいませんか。あなたのお知恵をお借りする前に、たいへんな秘密を打ち明けなくてはならないのです。実は、はっきり申しますと、わたしはもう結婚しているんです。そうなんです、わたしには隠れたかわいい妻があるんです。お会いくだされば、いや、ぜひ会っていただきたいのですが、きっとあなたもあの女には感心してくださると思います。ところが、弱ったことに、あれは親父《おやじ》がわたしに選んでくれるような女ではないのです――父親などというものの考えについては、あなたもよくご存じだと思いますが――それで、この結婚は秘密にしておいたというわけです。きっとひと騒動はまぬがれないでしょう。ですが、あなたにお力ぞえいただければ、なんとか乗り切れるかと思うんです。もしあなたがただこれだけ、つまり、このわたしとはどうしても結婚できなかったとかなんとか、そんなことをですね――もちろんわたしが親父に話してからのことですが――言ってくだされば、きっと話がうまく運ぶに違いありません。わたしとしてはやはり、親父をうまく説きつけて賛成させ、親子げんかなどはしたくないものですから」

フィリスは自分が何と答え、男の意外な立場にどんな助言を与えたかも、ほとんど覚えていなかった。しかし彼の告白を聞いて、ほっとしたことだけはたしかだった。彼女の痛む心は、こんどは彼女自身の悩みを打ち明けたがっていた。もしハンフリーが女であったなら、彼女はその場で自分の秘密を打ち明けていただろう。しかし、この男を相手に告白するのはおそろしい気がした。そのうえ、恋人とその友人が無事に安全なところまで逃がれられるよう十分時間を見込んでおくという、口をつぐんでいるほんとうの理由もあったのだ。

家に戻ると、彼女はすぐさまだれもこない場所へゆき、恋人と駆落ちしなかったことを悔んでみたり、またマテウス・ティナとの逢《あ》い初《そ》めから別れまでを思い返したりしながら、時のたつのにまかせた。ひとたび母国へ帰れば、彼も故郷の女たちに囲まれ、まもなくフィリスのことなど、彼女の名すら忘れてしまうことだろう。

すっかりうち沈んだフィリスは、何日も家の外へ出なかった。と、霧と靄《もや》に明けたある朝のことだった。霧を通して曙光《しょこう》が青味がかった灰色に仄《ほの》見《み》え、テントの輪郭やつながれた馬の列などもぼんやりと浮き出て、酒保《しゅほ》から立ちのぼる煙は、重く地面をはっていた。

マテウスに会うため、いつも塀をよじのぼっていた庭の奥の一角だけが、イギリスじゅうで彼女にとって懐かしい唯一《ゆいいつ》の場所だった。不愉快な霧が一面に立ち込めていたが、彼女はかまわず庭におり、通いなれた片隅を訪れてみた。草の葉の一枚一枚に小さな露の玉がころがり、なめくじや蝸牛《かたつむり》が地面にはい出ていた。兵営からは聞きなれたかすかな物音が聞こえ、反対の側からは町への道をいそぐ農夫たちの足音が聞こえた。ちょうど町で市の立つ日だったのである。ふと気がついてみると、あまり足しげくかよったためか、塀の隅の草だけがきれいに踏みにじられ、塀の上からのぞくため足場にした踏石の上には、庭土の跡がはっきりと残っていた。ここへは日の暮れまではめったに来たことがなかったので、自分の来た跡が昼間こうまで歴然と見えようとは思わなかった。父親にあいびきを気づかれたのも、こんなことからだったに違いない。

物思いに沈んでじっと見やるうち、彼女はふと野営のテントから聞こえてくる耳なれた物音が、いつもと様子が違うような気がした。今ではもう兵営の中の出来事にも関心のないフィリスだったが、何気なく踏み石に足をかけ、いつもの場所にのぼってみた。まず目に入った光景は、何事か分からぬながら恐ろしいものに見えた。が、やがて彼女ははっと体をこわばらせた。指を塀に食い入らせ、両の目を大きく見開き、その顔は石のようにこわばってしまった。

目の前にひらけた広い草原には、野営の連隊がすっかり整列し、その最前列の中央には空の棺が二つ、地面におかれていた。さきほど気がついた聞きなれない物音は、近づいてくる行列から聞こえてくるのだ。行列は葬送行進曲を奏《かな》でるヨーク軽騎兵の軍楽隊が前をゆき、そのあとから連隊の兵士が二人、葬儀用馬車に乗せられ、両側を衛兵に護衛され、二人の牧師につきそわれてつづいた。行列のしんがりには、おおぜいの物見高い村人たちがつづいていた。陰気な行列は整列した連隊の前を進み、また中央まで戻ると、棺のそばで止まった。二人の罪人はそこで目隠しをされ、それぞれの棺のところにひざまずかされた。数分の猶予《ゆうよ》が与えられ、彼らは最後の祈りを捧げた。

二十四人からなる吊銃《ちょうじゅう》部隊が、銃の狙《ねら》いをつけて待機していた。剣を抜いた指揮官は、二、三度それを礼式どおり振りまわし、やがてさっと振り下ろした。それを合図に、吊銃隊はいっせいに引金を引いた。二人の犠牲者は、一人は棺の上にうつぶせとなり、他の一人はあお向けにのけぞって倒れた。

ちょうどこの一斉射撃の銃声がとどろいたとき、グローヴ医師の庭先の塀から悲鳴が聞こえ、庭の中へころげ落ちた者があった。しかし野原の見物人の中には、だれひとりこのことに気のついた者はいなかった。処刑された二人の軽騎兵は、マテウス・ティナとその友人のクリストフであった。警備の兵たちの手で、死体はすぐさま棺に納められた。だが、連隊長である英国人の大佐が馬で乗りつけてきたかと思うと、きびしい声で叫んだ――「死体を放り出せい――いい見せしめだ」

棺は逆さに持ち上げられ、ドイツ兵の遺骸《いがい》はうつぶせに草原に投げ出された。そして全連隊が各小隊ごとに旋回し、そのそばをゆっくりと行進してまわった。検分が終わると、死体はふたたび棺に入れられ、運び去られた。

一方、一斉射撃の銃声に驚いて庭へ飛び出したグローヴ医師は、自分の娘があわれにも塀にもたれ、身動きもせず倒れているのに気づいた。彼女はただちに家の中へ運び込まれたが、容易に意識を回復しなかった。そしてその後何週間ものあいだ、はたして正気が取り戻せるかどうかさえ危ぶまれた。

後になって知れたところによると、脱走をくわだてた不運なヨーク軽騎兵たちは、計画どおり近くの港から停泊中の舟を盗み出し、例の大佐のひどい仕打ちにつねづね苦しんでいた他の二人の仲間とともに、ぶじ海峡を越えたのだった。ところが方向を誤り、フランス海岸と思い込んでジャージー島に針路を取ってしまった。彼らはそこで脱走兵であることを見破られ、軍当局に引き渡された。やがて軍法会議にかけられた際、マテウスとクリストフは他の二人をかばい、彼らが加わる気になったのは、まったく自分たちがそそのかしたためであると証言した。その結果、他の二人は笞打刑《むちうちけい》に減刑され、死刑は首謀者の二人にだけ執行されることになったのだ。

今あの有名なかつての王室海水浴場を訪れる客で、もし丘のふもとにある村まで足を伸ばし、古い過去帳をくってみる労をとる者があれば、そこに次のような二つの記録を見出《みいだ》すことであろう――

『マテウス・ティナ（陸軍伍長）、ヨーク親衛軽騎兵連隊所属、脱走ノ廉《カド》ニヨリ銃殺、一八〇一年六月三十日埋葬、行年二十二歳。本籍ドイツ国ザールブルュック市』

『クリストフ・ブレス、ヨーク親衛軽騎兵連隊所属、脱走ノ廉ニヨリ銃殺、一八〇一年六月三十日埋葬、行年二十二歳。本籍アルサス州ロタールゲン』

二人の墓は小さな教会の裏手の、塀ぎわに掘られた。それと示す碑《いしぶみ》ひとつあるわけではなかったが、フィリスはこのわたしにその場所を教えてくれた。彼女の存命中は、彼女がいつも二人の塚《つか》をきれいにしていたが、もう今では一面に刺草《いらくさ》が生い茂り、ほとんど平地と変わりなく崩れてしまった。しかし、親の代からこの挿話を伝え聞いている村の古老たちは、まだ今でもあの二人の兵士の埋められた場所を覚えている。そして今フィリスもそのそばに眠っている。

一八八九年十月

良心ゆえに

For Conscience' Sake

I

道徳的感覚について、功利説と直観説のいずれを取るにしても、この世には同じ罪ほろぼしでも一文《いちもん》の得にもならないとなるとかえってやってみる気をそそられ、逆に罪をあがなうようううるさく言われると、いろいろ口実を設けて逃げ腰になる天邪鬼《あまのじやく》が少々いることは事実である。ミルボーン氏とフランクランド夫人の場合が、まさにこの典型的な例であり、あるいはそれ以上のものを示唆《しさ》しているようにも思えた。

住みなれた静かなロンドンの通りを日課のように往き来《ゆき》するので、ミルボーン氏ほど界隈《かいわい》の道路掃除人に顔を知られている人物も少なかった。世帯主ではなかったが、彼はその通りの十一号と表札の出ている家に住んでいた。年のころは少なくとも五十、どうやって暇をつぶすかと思案するほか仕事もない人間にしては、その日常生活はいたって几帳面《きちようめん》なものだった。家の前の通りをつきあたりまでくると決まって右へ折れ、ボンド街を通ってクラブへ顔を出し、六時ごろになるとまた判でついたように同じ道を歩いて帰ってきた。食事に出かけたときは少し遅れて辻《つじ》馬車で帰宅、と相場が決まっていた。見たところさほど金持ちとは思えなかったが、かなりな資産を持っているという噂《うわさ》だった。独り者なので、自分で一家をかまえるよりタウニー夫人の下宿でいちばん上等な部屋を借り、これまでに払った損料だけで十回も新しいのが買えるような家具を使って、今のように下宿生活を送っているほうがいいようだった。

その態度や気分に、格別興味を感じさせ深い友情をかきたてるものがなかったせいか、顔見知りの中にも彼と親しくつき合ってみようとする者はだれもいなかった。また彼は隠したり打ち明けたりする、秘密めいたものを持っている人間とも見えなかった。何気なくもらした言葉から察すると、彼はウェセックスのとある片田舎の生まれだったが、若いころロンドンに出てきて銀行に勤め、相当な地位にまで進んだようである。ところが投資で当てた父親が死んだため、息子の彼はその遺産を相続し、まだ引退にはいささか早かったが現役をしりぞいていた。

数日来、体の調子の思わしくなかったある晩のこと、夕食のすんだところへ近所の医者街からビンドン医師がやってきて、暖炉《だんろ》の火を前に二人でタバコをくゆらした。さして心配するほどの病気ではなかったので、二人はよもやま話に花を咲かせた。

「わたしは孤独な人間でしてね、ビンドンさん——まったく孤独な男ですよ」と、ミルボーンはわびしげに首を振りながら、ふとそんなことを言い出した。「この寂しさは、ちょっと先生にも分かっていただけんでしょう……そして年をとればとるほど、自分に嫌気がさしてきましてね。実は今日ちょっとしたことがきっかけで、その嫌気のいちばんの原因になっていることがいつになく気にかかってならないんですよ——二十年前の約束をまだ果たしていないのを思い出したんです。ふだんのつき合いでは、わたしはこれまで約束を守る人間で通ってきました。あるいはそのためでしょうか、果たさなかった昔のある誓いが、いわば実際よりはるかに重大な重みをもってよみがえってくるんです——特に夜も今じぶんになるとね。先生もご存じでしょう、夜中にドアや窓の戸締まりをしてなかったのが寝ぼけ眼で気になったり、昼間は昼間で、手紙の返事を書いてないのを思い出したりしたときの、あのいやな気分を。そんな具合に、あの約束がときどき気になりましてね、特に今日はひどかったですよ」

話がとぎれ、二人はタバコをふかしつづけた。ミルボーンの目は暖炉の火にそそがれていたが、彼がじっと見つめていたのは、イングランド西部のとある町であった。

「そう、あれだけは決して忘れたことがありません」と、ミルボーンは言葉をつづけた——「仕事の忙しさにまぎれて、頭の片隅に片づけられていたこともありますが。ところで今日は、たまたま裁判所報告に同じような事件が出ていたこともあって、あらためてまざまざと昔を思い出したというわけです。しかしまあ、事のあらましを聞いていただきましょうか、簡単な話ですし、世なれた先生がお聞きになれば、きっとわたしの気の弱さをお笑いになるでしょうが……。実は、わたしは二十一の年に、生まれ故郷アウター・ウェセックス州のトーンバラからロンドンへ出てきたんですが、故郷《くに》を出る前におない年の娘の心をとらえていました。結婚の約束をし、その約束をいいことに勝手なことをして、それで——ごらんのとおり今もって独身というわけです」

「よくある話ですね」

相手はうなずいた。

「わたしは故郷を出、そのときはわずらわしい引っかかりからうまく足が洗えてよかったくらいのつもりでいました。ところが長生きをしすぎたせいかこの年になって、あのときの約束が気になってしかたなくなってきたんです——まあ正直に言って、良心がとがめたというより、人間という名の肉のかたまりみたいなこの自分に愛想がつきたというところでしょうか。たとえばいま先生に、この夏には返すからといって五十ポンドの借金をし、そのまま返さなかったとしたら、きっと我ながら自分に愛想がつきるでしょう——特にその五十ポンドが、先生にとって大事な金だった場合は。ところがわたしは、そんなぐあいにはっきり相手の娘に約束をしておき、それを平然と破ってしまったんです——卑怯《ひきょう》な真似《まね》どころか、そうするのが何か利口なやり口のような気がしましてね。結局、当のわたしは口を拭《ぬぐ》ってそ知らぬ顔、かわいそうに犠牲になった娘は生まれた子どもをかかえ、罪の報いを一人で受けねばなりませんでした。いくらか金銭的な援助はしてやりましたが……。ま、ざっとこんなわけなんです、過去の記憶からいつも掘り起こしては悩んでいるわたしの悩みというのは。とても信じていただけないかもしれませんが、とにかくこの思い出が、未《いま》だにじじゅうわたしの自尊心を打ち砕いてくれるんです——なにしろもう古い昔のことで、とうの昔にけりもついてるはずですし、こっちと同様、相手の娘も今じゃいい婆《ばあ》さんでしょうが」

「いや、よく分かります。けっきょく気質の問題でしょうな。たいていの人間なら、もうすっかり忘れているところでしょう。あなただって、結婚して家族でもできていれば、やはりそうだったでしょうしね。ところで、その娘さんは結婚しましたか？」

「してないと思いますね。いや——たしかにしてないはずです。トーンバラの村を出て、その後名も変えて、顔見知りのいない隣の州のエグゾンベリへ行ったようです。あの地方へ行くことはわたしもめったにないんですが、あるときエグゾンベリを通った際、彼女が音楽の個人教授か何かをして、すっかり落ち着いているという噂を聞きました。まあそれだけは、二、三年前向こうへ行ったとき偶然耳にしたんですが。しかしあの昔別れて以来一度も顔を合わせていないんですから、今会ってもとても顔の見分けはつかんでしょう」

「お子さんは無事に育ったんですか？」と医者が聞いた。

「数年はたしかに。その後もひきつづき達者かどうかは分かりません。かわいい女の子でしたよ。年からゆけば、もう嫁に行っているかもしれません」

「それで、母親のほうは——ちゃんとしたまともな娘さんだったんですか？」

「そうですとも。分別のあるおとなしい娘で、ちょっと見たところ人目を惹《ひ》くでも惹かないでもない、いわば十人並みといったところでした。ただ、わたしたちの知り合ったころ、こっちとくらべて彼女のほうは家柄がよくありませんでしてね。前にもお話ししたかと思いますが、わたしの親父《おやじ》は弁護士でした。ところが相手は楽器店に働く女店員だったもんで、あんな女と結婚してはりっぱな家柄が泣く、なんて言われましてね。その結果がごらんのとおりです」

「まあわたしに言わせていただけば、二十年もたった今からなんとかしようというのは、いささか遅すぎるような気がしますね。きっともう、落ち着くように落ち着いているでしょうし。まあ、今さらどうしようもない災難だったと考えて、忘れたほうがいいですな。むろん、母親と娘さんが両方とも、あるいは片方でも健在なら、援助してやるのもいいでしょう――あなたにその気持ちと余裕がおありなら」

「いや、余裕はあまりないし、親戚《しんせき》に困ってるのが――おそらくあの母娘《おやこ》より困ってるのがいるんですが。しかしそれはまあ問題じゃありません。かりにわたしが非常な金持ちだったとしても、過去の償いが金銭で片づくとは思いませんから。それにあの女を金持ちにしてやると約束した覚えもなし。それどころか、手鍋《てなべ》さげての貧乏生活を覚悟してくれと言い聞かせたものです。しかし、妻にするという約束だけは、はっきりしてありました」

「それなら、当人を捜し出して、約束を履行なさるんですな」医者は帰ろうとして立ち上がりながら、からかうように言った。

「よしてくださいよ、先生までそんなご冗談を。結婚したい気はまるでないんですよ。これまでどおりの生活にじゅうぶん満足していますしね。どうも生まれつき独り者にできてるんでしょうかね、性分も、習慣も、何もかも。それに、今でもあの女を尊敬してはいますが（ともかく相手には何一つ罪はないんですから）、しかし愛情だけは影ほども残ってはいません。好意は持っていても、興味の持てない女というのがありますがね、わたしの心の中の彼女は、まあそんなものです。それを今さら捜し出して、すぐにも結婚を申し込もうというのは、ひたすら前非を改めたい一心からなんです」

「まさか本気じゃないでしょうね？」ビンドン医師はあっけにとられて言った。

「いや、やれるものなら本当にやってみようと時どき思うんですよ。ともかくまあ、恥を知る人間だという自覚を取り戻したいがために」

「せいぜいご成功を祈っていますよ」とビンドン医師は言った——「いずれもうすぐ外へも出られるでしょうから、そしたらひとつあなたの出来心を試してみるんですね。しかし——二十年間音信もなかったというんでしょう——まず、よしておいたほうがいいでしょうな！」

Ⅱ

この医者の忠告も、これまで何カ月も何年もミルボーンの胸の中で育てられ、しばしば宗教的感情にまで近づいていた彼持ち前の真剣さと道義感のおかげで、そのまま素直《すなお》には受け入れられなかった。

だがその気持ちが、すぐにミルボーン氏の行動に影響を与えたわけではなかった。軽い病気がまもなく癒《い》えると、彼はこうした良心の問題をふとしたはずみに他人に打ち明けてしまったのを、我ながら腹立たしく思った。

しかし、表面にこそ出てはこなかったが、彼をそのような告白に追いやった陰の力は、いつまでも心にまつわり、しだいに大きくふくらんできた。そしてついに、病に伏して打ち明け話をした日から四カ月ばかり後のあるうららかな春の朝、ミルボーン氏はパディントン駅に姿を現わし、西部行きの列車に乗り込んでいた。ひとり暮らしの寂しさが、みずからの性格をまざまざと見せつけるようなときなど、つい破り棄《す》てた昔の約束がとりとめもなく思い出され、とうとうこのような道を取るにいたったのだ。

彼をこの決意に踏み切らせたのは、その一、二日前、郵便局備えつけの人名録を調べたところ、二十年間会っていないあの女が、まだエグゾンベリに住んでいることが分かったからだった。名前も、郷里の町から姿を消して一、二年後、子供をつれた若い未亡人として外国から戻り、エグゾンベリに住みついたときに名乗った名前そのままであった。境遇もどうやらほとんど変わっていない様子で、娘もいっしょにいるのか、人名録には二人の名前が、「音楽・舞踊教授、ミセス・レオノーラ・フランクランド、同ミス・フランクランド」と並んで出ていた。

その日の午後エグゾンベリに着くと、ミルボーン氏はまだ手荷物も宿に運ばぬうちに、さっそく音楽教師の住んでいる家を捜しにかかった。目ざす家は、町の中心の開けた場所にあり、よく磨かれた真鍮《しんちゅう》の表札に二人の名前がはっきりと出ていたので、すぐにそれと分かった。しかしそれだけの予備知識で入ってゆくのもためらわれたので、彼は結局、向かい側にあるおもちゃ屋の二階に宿を借り、フランクランド家のダンスの稽古場《けいこば》になっている客間か居間に面した部屋を確保した。ここに陣取っていれば、道向こうの婦人たちの様子を、こっそりだれにも怪しまれず聞いたり観察したりできたのだ。彼はさっそく慎重に探りを入れることにした。

その結果、一人娘のフランシスをかかえた未亡人のフランクランド夫人は、世間のうけもきわめてよく、おおぜいのお弟子を熱心に骨身を惜しまず教え、娘も稽古を手伝っていることが分かった。夫人はもうこの町では相当に顔も知られ、ダンス教授というといささかうわついた感じを伴わないでもないが、当人はまじめ一本でとおし、生活のためやむなく身についた芸を生かしていたようで、そのつぐないのつもりか、慈善バザーや聖楽会に協力したり、あるいは音楽会をもよおして、幸運にとまどい顔の未開地の土着民を救済する資金を集めたり、そのほか文明国イギリスのさまざまな熱心な事業を助けたりしている様子だった。また娘のほうも、若い娘たちの先頭に立って復活祭《イースター》やクリスマスに教会の飾りつけをやり、そうした教会の一つでオルガン弾きをつとめていたし、キャンタベリ総本山の副唱者（訳注　聖歌隊の副指揮者）として六カ月熱心によく詠唱の指導をしてくれたウォーカー牧師に、感謝の記念品として銀のスープ皿を贈ることになったときも、彼女は真っ先に奉加帳に名を書き入れた。つまり母娘ともども、エグゾンベリの上流社会では模範的な、まじめな人物と目されていたのだ。

彼女たちの職業をそれとなく手軽に広告する方法として、音楽室の窓がいつも少しあけてあったので、レッスンにかよってくる十二から十四歳の若いお弟子たちが弾く古典名曲の断片が、日の出から日の入りまで、通りのどこを歩いてもこころよく耳に聞こえてきた。しかし世間の噂では、フランクランド夫人は収入の大半を、ピアノの賃貸しやメーカーの代理販売で得ているということだった。

この噂はミルボーンを喜ばせた。夫人が恥ずかしくない暮らしをしていてくれ、想像していたよりはるかにりっぱにやっていたからだ。彼はこのように世間にも堂々と顔向けのできる生活を送っている二人に、ぜひ会ってみたい気持ちを覚えた。

ほどなくして、彼はレオノーラの姿を垣間《かいま》見《み》ることができた。この町に着いた日の翌朝、彼女が家の戸口に立ち、パラソルを開いているのを見たのだ。やつれているというほどではないが、痩《や》せていた。若かったころ彼の心をかりそめにも惹きつけた容《よう》貌《ぼう》は、品のよい、ふけを感じさせぬ、分別に満ちた顔に変わっていた。黒い服を着ているのが、未亡人という役柄にふさわしかった。つづいて娘が出てきた。母親に少し丸味をつけ、つややかにしたような感じで、態度にもレオノーラそっくりのきびきびしたところがあり、はずむような歩き方には、どこかあの年ごろの彼自身を偲《しの》ばせるものがあるような気がした。

　この時はじめて、ミルボーンはどうしてもあの二人を訪ねてみようとはっきり心に決めた。しかしあらかじめ訪問に先立って、翌朝レオノーラに短い手紙を出し、ぜひ訪ねたいが日中は忙しそうだから、夕刻ではどうだろうと伺いを立てることにした。おそらく返事は書きにくいだろうと察して、返事は要しないような書き方にしておいた。

　返事はこなかった。当然予期したことではあり、先方にしてみれば、くれと言われない返事なので出さなかったまでのことであろうが、それでもミルボーンはいささか出鼻をくじかれた気がした。

　自分で勝手に決めた八時になると、彼は通り向こうへ出かけてゆき、召使によってともかく中へ通された。フランクランド夫人と名乗っているレオノーラは、彼が考えていたような小さな私室ではなく、二階の正面にある大きな稽古場に彼を迎えた。このため、長い別離のあとの再会に、みじめにも事務的な色彩が投げかけられてしまった。かつてミルボーンのつれない仕打ちを受けた女が、都会生活になれた彼の目にも垢《あか》ぬけして見える身なりで、いま目の前に立っている。近づいてきたその物腰には、冷たいくらいの威厳さえそなわっていた。どう見ても彼の出現を喜んではいない様子である。だが、二十年も放っておいた相手から何が望めよう！

「ようこそ、ミルボーンさん」とレオノーラは、偶然訪ねてきた客にでも言うように朗らかに言った――「娘のお友だちが階下《した》に見えてるものですから、こんなところで失礼いたします」

「きみの娘で――わたしの娘でもあるわけだね」

「ええ――そう、そうでしたわね」と彼女は、相手の言いそえた言葉の意味はすでに記憶から消えていたとでもいうように、あわてて答えた。「でもそのことは、できるだけ黙っていてくださるほうがわたしは嬉《うれ》しゅうございます。どうかわたしのことは、夫を亡《な》くした女と思ってくださいまし」

「分かってるよ、レオノーラ……」彼はそれ以上言葉をつづけられなかった。あまりにも冷たい、取りつく島もない女の態度だった。歳月の流れに角《かど》もとれた、うらみがましいくりごとを聞かせられると思っていたところが、その気配さえ見えない。彼は前置きぬきに、いきなり話の要点を持ち出さざるを得なかった。

「ところで、レオノーラ、きみはまったく自由なんだろうね？——つまり、結婚という点で。約束を交《か》わした人はいないんだろうね、それとも——」

「ええ、まったく自由な身ですわ、ミルボーンさん」彼女はいくらか驚いて答えた。

「それじゃ、なぜこうやって訪ねてきたかを話そう。二十年前、わたしはきみを妻にすると約束した。だから今、その約束を果たしに来たわけだ。ひどく遅くなってしまって、おわびのしようもないが」

　レオノーラの驚きは増したが、うろたえた様子は見えなかった。ただ、いかにも不賛成だというように顔を曇らせた。「もう今さらこの年で、そんな気にもなれませんわ」と、少し間をおいてから彼女は答えた——「いろいろ事がめんどうになるばかりで。わたしにはまあ十分な収入もありますし、援助をいただく必要はございません。とにかく、結婚の意志はございません……。でも、なぜまた今ごろ、そんなご用でいらっしゃる気になられたんでしょう？　なんですか、あんまり藪《やぶ》から棒で！」

「なるほど——いや、たしかにそうかもしれん」と、ミルボーンはあいまいな答え方をした。「しかし、はっきり言って、これは一時的なむら気——つまり、色恋といったものとは無関係なんだ。わたしはね、レオノーラ、きみと結婚したいんだ、心から。とにかくこれは良心の問題というか、約束履行の問題だからね。きみに約束をしておきながら逃げてしまうとは、まったく面目《めんぼく》もない。死ぬまでに、この不名誉をなんとか拭っておきたいんだ。きっとまた昔のように、暖かい気持ちで愛し合えると思うよ」

レオノーラは疑わしげにかぶりを振った。「お気持ちは嬉しく思いますわ、ミルボーンさん。でも、わたしの立場も考えていただきたいと思いますの。個人的な気持ちをのぞけば――個人的にも結婚など考えておりませんけれど――ほかに今の境遇を変えねばならない理由がございません――そうすれば、あなたの良心は安まるかもしれませんけど。わたしもこの町では、他人様《ひとさま》の尊敬を受けております。わたしが自分の細腕一つで築き上げたものなんです――ですからはっきり申して、今さらそれを変えたくございません。それに娘も、今ちょうど縁談がまとまりかけておりますし――夫として申し分のないお方で、どの点から見てももったいないようなお話ですの。今階下《した》に見えてますけれど」

「娘は知っているのかい――わたしたちのことを何か？」

「いえ、いえ、めっそうもない！　あの娘《こ》には、お父様はもう亡くなって、この世にはおられないことにしてあります。そんなわけで、万事順調にいっておりますし、あの娘の縁談にひびの入るようなことはしたくございません」

ミルボーンはうなずいた。「よく分かった」と言って、彼は立ち上がった。しかし戸口のところまでゆくと、また引き返してきた。「しかしね、レオノーラ、わたしはこうしてわざわざやってきたんだ。それに、支障があるとも思えんじゃないか。昔なじみと結婚するということにしておけばいい。考えなおしてみてくれんかね？　娘のことを考えれば、いっしょになるのがむしろ当然だと思うんだが」

レオノーラはかぶりを振り、いらだたしげに足を踏み鳴らした。

「それじゃ、もうこれで失礼しよう。エグゾンベリにはもうしばらくいるつもりだ。もう一度会ってもらえるだろうね？」

「ええ、わたしはかまいません」と、彼女は気乗りのしない返事をした。

思いがけぬ障害に突き当たったミルボーンは、そのためにレオノーラへの昔の情熱に火をつけられたわけではなかったが、どうしても彼女の冷淡さに打勝たねば心の安らぎが得られないような気がした。彼は何度も足を運んだ。娘との初対面はつらい試練であった。もっとも、期待していたほどの愛情は感じなかった――娘の顔を見ても、いっこうに同情がわいてこないのだ。母親が「昔のお友だち」の用向きを打ち明けても、娘はひどく不満そうだった。こうして母娘双方から、せっかくの願いをはねつけられてしまったミルボーンは、長いあいだフランクランド夫人の心を少しもとらえることができなかった。せいいっぱいの心づくしも、彼女を喜ばせるよりかえってうるさがらせた。そのかたくなさにもあきれたが、二人が結ばれねばならぬ道義的な理由を持ち出したときだけは、さすがに相手も動揺したようだった。「うるさく言えば、われわれが誠実な人間なら結婚するのが当然なんだ。そうだろう、レオノーラ」

「わたしだって考えてみましたわ」と、彼女はすかさず言った――「そんなことはお話を伺った最初から。でも、それだけでは納得がゆきませんの。こんなに長い年月のたった今さら、名誉のために結婚してくれなどとおっしゃられても、お受けできる道理がございません。あなたもよくご存じのとおり、ふさわしい時期にでしたら、お受けしていたと思います。でも、今さらそんな気休めをしていただいて、何になりましょう」

二人は窓際《まどぎわ》に立っていた。すると、牧師の服を着て、わずかに頰ひげを生やした若い男が、すぐ下の玄関先へ訪ねてきた。レオノーラはいきいきとした興味に顔を輝かせた。

「あれは誰だね?」と、ミルボーン氏は聞いた。

「フランシスのお相手ですの。せっかくこられたのに――あいにくあの子は留守で!ああ、うちの連中が行き先をお教えしたようだわ、捜しにゆかれた……とにかく、この縁談だけはまとまってくれなくては！」

「まとまらんはずはないさ」

「ええ、でもあの方のご都合で、今すぐというわけにまいりませんの。それに、エグゾンベリを去られたので、フランシスもめったにお目にかかれないんです。せんにはこの町の教会に勤めておられたんですけど、今では汽車で五十マイルほど先の、アイヴェルにある聖ヨハネ教会の牧師補をしておられますので。まあ暗黙のお約束はできてるらしいんですけど――先方のお友だちの中に、わたしどもの職業を理由に反対なさる方がおられたりして。もっともご当人は、そんなことは一笑に付されて、気にも留《と》めておられませんけど」

「だからこそわたしと結婚してくれれば、きみの言うように縁談のじゃまになるどころか、かえってうまく運ぶんじゃないかね」

「ほんとにそうでしょうか？」

「そうだとも、こういう職業からすっかり足を洗えるんだから」

思いがけず相手の気持ちを多少とも動かす糸口を見つけたミルボーンは、ひたすらその点を押していった。この考えは娘にも打ち明けられ、娘の反対もやわらいできた。ミルボーンはエグゾンベリの宿を引き払い、ロンドンから日を決めてせっせと通《かよ》っていたが、とうとうしぶっていたレオノーラを押しきり、不承ぶしょうながら彼女の承諾をかちとったのだった。
二人は近くの教会で式をあげた。ミルボーン一家はロンドンで暮らすことになったため、音楽とダンス教授のお得意先——とでも言ったもの——は、二つ返事でとびついた後継者に譲り渡された。

Ⅲ

ミルボーンは、通りこそ元の場所とは違ったが、同じ区内に一軒、家をかまえ、夫人と娘はロンドンの住人となった。フランシスも愛人がこの境遇の変化に賛成だったため、一も二もなく転居する気になった。相手の男にしてみれば、ただフランシスに会う以外何の用もない反対方向へわざわざ五十マイルの旅をするよりは、たとえアイヴェルから百マイル離れているにせよ、ほかにもよくいろんな用のあるロンドンへ出てくるほうが都合がよかったのだ。というわけで三人は、狭いが住宅街として評判のよい西区の通りに住むことになった。屋根裏部屋まで飾りつけをほどこし、つい最近まで煙突掃除人の顔色を思わせた玄関正面も、すっかり汚れを落とし、五十年間煤《すす》の下に埋れていた明るい黄と赤の煉瓦《れんが》が輝き出て、道ゆく人の目を驚かした。

この結婚によって、二人の女は社会的にもかなり地位を高められた。しかし、世界の中心に立っているという、はじめてロンドン生活を味わう者にはつきものの感激が消えてしまうと、二人はこれまで軽蔑《けいべつ》していたエグゾンベリで、町の四分の三ほどの人びとと会釈《えしゃく》をかわす気安い生活を送っていた時ぶんにくらべ、今の生活には張りのないような気がしてきた。ミルボーン氏は妻のことをとやかく言わなかったし、言うこともできなかった。彼の昔の仕打ちと歳月の経過が、どれほどかたくなで片意地な性格の妻を作り上げていたにせよ、思いがけない自己満足を取り戻せたという意識が、常に秤《はかり》を妻のほうに傾けさせ、あらゆる不満をおさえつけてしまったのだ。

ロンドンに落ち着いて一カ月ほどたったころ、一家はワイト島の海水浴場で一週間をすごすことになった。そしてそこに滞在中、（前に述べた若い牧師補の）パーシヴァル・コープ氏が一家に——とりわけフランシスに会いにやってきた。若い二人の正式な婚約はまだ発表されていなかったが、お互いに了解のついている以上、どうしても結婚にまで持ってゆかぬことには、少なくともどちらか一方が非常な心の痛手を受けることは明らかだった。フランシスが涙もろい性質だったというわけではない。むしろ彼女は尊大なほうで、はっきり言えば、父親の期待を満たしてくれる娘ではなかった。しかし彼は、世間のどの父親にも負けぬ誠意をもって娘のしあわせを念じ、そのためにつくした。

コープ氏は一家の新しい主人に紹介され、二、三日彼らとともにワイト島に滞在することになった。彼の訪問の最後の日、一行は小さな貸ヨットで、二時間ばかり沖へ出てみることに決めた。ところが船を乗り出してまだいくらも行かぬうちに、牧師補をのぞいた全員が、風の出ている海で揺られたためか気分が悪くなってしまった。しかし当の青年がいかにも楽しそうにしているため、家族はいやな顔や不平を控《ひか》えできるだけがまんをしていたが、そのうち青年もさすがに一同の不快に気づき、すぐさま針路を転じさせた。港へ引き返す途中、一行は互いに向かい合い、黙りこくってすわっていた。

こうした場合の船酔いは、不寝番や疲労、心配、恐怖などと同様、人の容貌にはっきりとした影響を与え、外面上の特徴をきわだった特色として強調し、ある個人がその種族の標準からかけ離れている点を、明確に示してくれることが往々にしてあるものだ。また、見なれた顔に思いがけぬ相貌が現われてくるのも、こうした折である。その風貌に、葬《ほうむ》られ忘れ去られた祖先の面影が浮かび上がり、ふだんは型にはまった表情や態度に隠されている一種独特の人相上の特徴が、むごいばかりむき出しにされるものなのだ。

父親と並んで腰を下ろし、コープ氏と向かい合っていたフランシスは、退屈な帰航のあいだじゅう、当然牧師補の——最初は思いやりのある微笑をともなった——凝視をまともに浴びることになった。だがやがて、この中年の父親と娘の顔色がともに蒼《あお》ざめ、フランシスの頰の美しい赤らみがまだらに褪《あ》せ、ふくよかな目鼻立ちまでが、平素の落着いた美しさを失い生地のままの輪郭を見せはじめるにつれ、コープ氏はふだんの機嫌のよいときには何の類似点も見えなかったこの父娘《おやこ》のあいだに、不快なときには似通《にかよ》ったところがあるのに気づいてきた。気分のすぐれないときのミルボーン氏とフランシスは、はっとするくらい似ていたのだ。

この不可解な事実は、すっかり牧師補の注意を奪ってしまった。彼はフランシスに微笑を見せることも、手を取ることも忘れ、やがてヨットが岸に着いたときも、放心したようにしばらくすわったまま動かなかった。

一行が家路につき、生気を取り戻し元の顔つきにかえると、類似も一つずつ消え、フランシスとミルボーン氏は、ふたたび男女の差と年齢のありふれた相違の陰にかくれてしまった。あたかもあの舟遊びのあいだに神秘のヴェールがかかげられ、ほんの一瞬、過去の不思議な無言劇を垣間見させてくれたような感じだった。

その晩、コープ氏はさりげなくフランシスに聞いた――「あなたの義理のお父さんは、お母さんの従兄《いとこ》なんですか、フランシス？」

「いいえ。血のつながりはありませんわ。母の古いお友だちだっただけで。どうしてそんなことをお考えになりましたの？」

彼はわけを話さず、その翌朝、アイヴェルの教会へ帰るために発《た》って行った。

コープはまじめな青年で、その上なかなか鋭い目を持っていた。アイヴェルのセント・ピーター街にある静かな自室に落ち着くと、彼は舟遊びの際の思いがけぬ発見について、長いあいだ不愉快な気持ちで考え込んでいた。あの一件の物語る事実はあまりにも明らかであり、彼の立場はここにはじめて苦しいものとなった。フランクランドの母娘とは、教区民としてエグゾンベリで知り合い、やがてフランシスに心を惹かれ、こうして婚約を交わすところまできていたが、彼の側の準備がととのわぬためまだ結婚に踏みきれないでいたのだ。フランクランド家の過去には、明らかに何か秘密があった――想像されるそうした秘密のある家と縁組をすることは、彼の判断と相容《あいい》れなかった。フランシスを失いたくない気持ちと、いわくのある家柄とはかかり合いになりたくない気持ちの板挟みにあって、彼はただ溜《た》め息をつくばかりだった。

情熱一途《いちず》に生きる古風な型の恋人であれば、こうした悩みを秤にかけてためらうことはなかっただろう。しかし、コープは聖職にありながらも、愛情問題にかけては好みがむずかしく――明らかに世紀末の頽廃《たいはい》気分に染まっていた。彼はフランシスに便りを出すのをしばらく控えていた――このような疑念が心にかかっていては、情熱に身をまかせる気にはなれなかったのだ。

一方ミルボーン一家はロンドンへ帰ってきたが、フランシスはしだいに不安になってきた。たまたま母親にコープの噂をしていたとき、あなたの母上と義理の父親とは従兄妹《いとこ》同士なのかと、彼に妙なことを聞かれたことを何気なく話した。ミルボーン夫人は聞きなおした。フランシスは同じ言葉をくり返し、母親の反応をじっとさぐるような目で見つめた。

「何かびっくりするようなことでもありますの、あの方のお聞きになったことに？あの方からお便りがないのと、何か関係でもあるのかしら？」とフランシスは聞いた。

母親はどぎまぎしていたが、けっきょく何も打ち明けてくれず、フランシスまでが疑惑の空気の中に引き込まれてしまった。その夜、何気なく両親の寝室の外に立ったフランシスの耳には、はじめて聞く激しく言い争う二人の声が聞こえた。

いわば、ギリシアの伝説にある争いのリンゴが、ミルボーン家に落ちてきたのだ。寝室ではミルボーン夫人が化粧台の前に立ち、隣につづいた化粧室の夫を見すえていた。夫は床に目を落とし、椅子《いす》に腰をかけていた。

「なんであなたは、またわたしの生活をかき乱しにこられたんです?」と、レオノーラは語気荒くつめ寄った。「良心だの、気がすまないだのとうるさくおっしゃって——とうとうわたしはしつこさに根負けして承諾してしまったんですわ。フランシスとわたしは何不自由なく暮らしていました——あの子をありっぱな青年にそわせてやることだけを楽しみに。それなのに、あなたの心ない妨害のおかげで、せっかくの縁談もこわれてしまったじゃありませんの! あなたという方は、どうして二度までわたしの世界に踏み込み、わたしが苦労して築き上げた信用に泥を塗ったりなさるんですか——何年も何年も、さんざん人知れぬ苦労をして、やっと築き上げたものですのに!」レオノーラは化粧台にうつぶし、よよと泣き崩れた。

ミルボーン氏の返事はなかった。その夜、フランシスはほとんどまんじりともしなかった。翌朝、朝食どきになってもまだコープ氏からの便りがないのを知ると、彼女は母親に泣きつき、アイヴェルまで行って彼が病気でもしているのではないか見てきてくれと頼んだ。

ミルボーン夫人はアイヴェルまで出かけ、その日のうちに帰ってきた。心配に面《おも》やつれしたフランシスは、停車場に母親を迎えた。

万事、案ずることはなかったのだろうか？　母親には断言できなかった——ただ、コープ氏が病気でないことだけは確かだった。

一つはっきりと分かったのは、秋風の立ちかけている男を追うのは間違いだということだった。母親とつれ立って馬車で帰る途中、フランシスは愛人をこうまでよそよそしくさせた秘密を、どうしても打ち明けてくれとせがんだ。夫人は、その日アイヴェルで交わされた言葉をそのままくり返す気にはなれなかったが、コープ氏の心が離れたのも元をただせば、ミルボーン氏が自分を捜し出して結婚したためだということだけは認めた。

「でも、なぜお母さんを捜し出したりしたのかしら——それにお母さんも、なぜ結婚しなければならなかったの？」と、悩んだ娘は聞いた。やがてフランシスの鋭い胸の中では、いくつもの証拠がおのずからつなぎ合わされてきた。興奮にしだいに頬を染めながら、彼女は自分の想像が当たっているかどうかと聞いた。母親はそれを認めた。

フランシスの顔には羞恥《しゅうち》の赤味がさし、ついでそれは屈辱の赤らみに変わった。コープ氏のような謹厳そのものの牧師である愛人が、彼女の出生の秘密を知った以上、どうして妻に迎えてくれるわけがあろう？　フランシスは絶望のあまり言葉もなく、両手で顔をおおってしまった。

ミルボーン氏の前では、二人とも最初のうちはその苦悩をおさえていた。しかしそのうちどうしても感情をおさえきれなくなり、夕食後、彼が椅子でうたたねをしているとき、夫人の鬱憤《うつぷん》は爆発した。くやしさをこらえていたフランシスも母親と口をそろえ、すっかりお膳立《ぜんだ》てのできていた結婚の神ハイメンの祝宴へまるで亡霊のように現われ、輝かしい未来をむざんに打ち砕いてしまった男を非難した。

「どうしてお母様はそんなに弱かったのかしら、こんな仇《かたき》を家へ入れるなんて？——どう見たって厄病神じゃありませんの——そのうえ、こんなに何年もたったあげくに夫として迎えるなんて、どういうおつもり？　あたしにすっかり打ち明けていてくださったら、もっといい考えもあったでしょうに！　でも、あたしにはお父様を責める権利はなさそうね、どんなにくやしくても、大事な一生を台なしにされても！」

「フランシス、お母さんだってがんばれるだけはがんばってみたのよ。あんなひどい仕打ちをした男に、口をきいてやることなんかないのも分かっていたの！　でも、どうしても聞き入れてくれないんですものね。おたがいの良心がどうのこうのと言い張るものだから、とうとうわたしも迷ってしまって、承諾したの！……人にも知られ、尊敬もされていた静かな町からわたしたちをつれ出すなんて——何て心ないことをしてくれたのかしら！　ほんとに、あの頃のよかったこと！　おつき合いだって身分の同じくらいの人たちだから、お互いに背のびなんかしなくてすんだし。ところがここじゃ、交際の数ばかり多いくせに、ほんとのおつき合いは一つもないんですものねえ！　ロンドンの社交界はきらびやかで華やかだから、まるで別天地に来たような気がするだろうなんて話だったけれど。きっとそうなんでしょうよ、その中にいる人たちには。でもそれがなんだっていうんでしょう、わたしたちのようにつき合いもない女ふたりにとって――ただ目の前を通りすぎるのを眺めているだけだものね！……あほかだった、ほんとにお母さんはばかだった！」

ところで、ミルボーンはぐっすり寝入っていたわけではなく、こうした呪《のろ》いにも似た非難やその他さまざまな悪口は、しぜん彼の耳にも入っていた。家庭での平和を失った彼は、レオノーラと撚《よ》りを戻して以来めったに顔を出したことのなかったクラブへ、また足を向けるようになった。しかし、家庭内での波風は影のようにつきまとい、せっかくクラブへ来てもくつろいだ気分にはなれなかった。以前のように、夕刊を手にすわりつけの椅子に腰をかけ、和があるところに世界の中心もあるという、独り者の感慨にひたっていることもできなくなった。ミルボーンの世界は、今や二つの中心を持った楕円形《だえんけい》であり、しかもその大きいほうの中心は彼ではなかったのだ。

アイヴェルの若い牧師補はその後も寄りつかず、煮えきらぬ態度でフランシスをじらしつづけた。明らかに、自分から事を起こすつもりはなかったのだ。ミルボーンは、妻と娘から浴びせられる非難攻撃に、ほとんど無言で耐えていたが、やがて何か新しい考えでも思いめぐらしているかのように、しだいに物思いに沈むようになった。一生を台なしにされたという妻と娘からの非難の声が、あまりにも激しくなってきたある日のこと、とうとうミルボーンは、それではもう一度田舎へ戻ろうかとおだやかに提案した。なにもエグゾンベリに限ったことはないが、もし二人さえ乗り気なら、コープ氏のいるアイヴェルの町から一マイルほど離れたところに、こぢんまりした古い邸宅が貸しに出ているから、というのだ。

母娘は驚いた。彼こそ禍《わざわい》をもたらした張本人だという意見に変わりはなかったが、この提案には賛成したい気持ちに傾いた。「でも、きっとコープさんは過去のことをはっきり聞いてくるでしょうし、聞かれればあなただって、話さないわけにゆかなくなるわ。そしたら、フランシスにかけているわたしの夢はもうそれっきり。あの子は日ましにあなたに似てくるし、ことに機嫌の悪いときなぞまるで瓜《うり》二つですもの。今に二人いっしょのところを見られたら、世間でも感づくに決まってます。そしたら、いったいもうどうなることやら！」

「いっしょのところを見られるなんて、まずあるまいさ」とミルボーンは言ったが、夫人に反論しようとはしなかった。けっきょく移転の腹が決まり、ロンドン市内の家は人手に渡った。ふたたび箱荷車をつらねた家具屋が乗り込み、家財道具や召使たちは運び去られた。この引越しさわぎのあいだ、ミルボーンは妻と娘をホテルに住まわせ、自身は新居の模様替えと手入れの監督に二、三度、アイヴェルまで足を運んだ。すっかり準備がととのうと、彼はロンドンの妻子のところへ帰ってきた。

新居はもういつでも入れるようになっているから、あとはただ行けばいいだけだ、と彼は話した。妻と娘と手荷物を停車場まで送り届けると、弁護士に用があるためもうしばらくロンドンにいなければならないと言って、彼はあとに残った。肝腎《かんじん》なコープ氏からはその後も何の音沙汰《おとさた》もないので、母と娘は不安な満たされない気持ちで発《た》って行った。

「またふたりで、水入らずで暮らすために行くんだったらねえ」とミルボーン夫人は、汽車の中で娘に言った――「秘密をふりまくじゃまな人なんかいなくて！……でも、今さらぼやいても仕方ないことね！」

新しい住まいは、楡《にれ》の木立にかこまれた美しいこぢんまりとした家で、すっかり二人の気に入った。新居に落着いた母娘を最初に訪ねてきたのは、コープ氏だった。彼は一家がこれほど近くへ越してきたことを喜びまた（これは口には出さなかったが）

こうした結構な暮らしをすることになったのを喜んだ。しかし彼は、以前のような愛人らしい態度はとらなかった。

「おまえのお父様が、すっかりぶちこわしてしまったのよ!」と、ミルボーン夫人はつぶやいた。

だがそれから三日後、彼女は夫から一通の手紙を受け取った。それは彼女に少なからぬ驚きを与えた。手紙はフランスのブーローニュで投函《とうかん》されていた。文面は、二人を送り出して以来、ずっと手続きに奔走してきた財産処分についての長い説明ではじまっていた。その要点は、ミルボーン夫人は生涯不自由のないだけの動産の無条件所有者となり、フランシスはそれを上まわる額の終身利息所得権を受け、元金はもし将来彼女に子どもができた場合、子どもたちのあいだで分配さるべきであるというものであった。手紙はそのあと、次のように書いてあった――

同じ義務を果たすのでも、時期を失しては怠慢の責めをまぬがれない場合のあることを、今になって悟った。ひとたび犯したわれわれの罪業《ざいごう》は、決してその罪の消える日を待って、過去の中にとどまっているものではない――それは移動植物のようにはびこり、根を下ろし、あげくには元の幹を切り倒しても、根絶やしにできなくなるものだ。おまえを捜し出したりしたのは、たしかにわたしの間違いだった。このような場合のつぐないがどうあるべきかは知らないが、とにかく結婚では解決のつかぬことはたしかだ。今お互いにとって一番よいのは、もうこれ以上会わないことだろう。わたしを捜し出そうとはしないでもらいたい――捜してもおそらくはむだだろう。不自由をかけぬよう、できるだけのことはしておいた。今後また顔を合わすことは、おたがいに害にこそなれ、何の得るところもあるまい。

F・M

つまりミルボーンは、その日以来姿を消してしまったのだ。しかし丹念に捜してみるだけの労をとってみたならば、ミルボーン一家がアイヴェルに移って後まもなく、一人の英国人が、名前こそミルボーンとは名乗らなかったが、ブリュッセルに住みついたことが分かっただろう。ミルボーン夫人が会ったならば、それがだれであるかはすぐに分かったに違いない。やがてその夏のある午後、たまたま英国の新聞に目を通していたこの紳士は、フランシス・フランクランド嬢の結婚披露の記事を見つけた。フランシスは、晴れてコープ牧師夫人となったのだった。

「そうか、よかった！」と、紳士の口からは言葉がもれた。

しかしこの束《つか》の間《ま》の満足も、幸福からはほど遠かった。かつて良心の呵責《かしやく》にせめられていたように、今の彼は誠実に儀式を守ったむくいとして、不名誉な放縦《ほうしょう》を背負い込み、ギリシアの烈婦アンチゴーネさながらの重い心に悩まされる結果となったのだった。行きつけのクラブで酒を飲みすぎては足元があやしくなり、召使に助けられて下宿へ戻ることも再三であった。しかし酒ぐせはよいほうで、飲んでいるときでもほとんど口をきかなかった。

一八九一年三月

呪《のろ》われた腕

The Withered Arm

I　孤独な乳しぼりの女

　そこは八十頭の牛をおいた搾乳場《さくにゅうじょう》で、常雇いに臨時雇いも加わったおおぜいの乳しぼりが働いていた。季節はまだようやく四月のはじめだったが、ここでは牧草がすべて灌漑《かんがい》牧草地にあったため、牝牛《めうし》たちはもう「いっぱいに乳が張って」いた。時刻は夕方の六時ごろ、大柄な、四角い感じの赤い乳牛もすでに四分の三はしぼりおわっていたので、噂話《うわさばなし》にくつろぐ余裕があった。

「なんでも旦那《だんな》は、あした花嫁さんをつれて帰るってじゃないかね。きょうは皆で、アングルベリまで迎えに行ったというからね」

　その声は、チェリーという名の牝牛の腹から聞こえたように思えたが、実際に口をきいたのは、じっとおとなしく立っている牛のわき腹に、顔を埋《うず》めるようにして乳をしぼっている乳しぼりの女だった。

「で、だれか花嫁さんを見たのかい？」と、別の女が口をはさむ。

最初に言い出した女はそれを打ち消し、「ひとの話じゃ、ほっぺたの赤い、ぽっちゃりした小町娘だってけどね」と言い足した。そう言いながらも女は顔をそらし、牛の尻尾《しっぽ》ごしに農場の反対側をちらと見やった。そこには痩《や》せた、三十がらみの色あせた女が、仲間からいくらか離れるようにして乳をしぼっていた。

「それに、なんでもご亭主よりかうんと若いってじゃないのさ」二番目の女が、これも同じ方角を思案げなまなざしで見やりながら話をつづけた。

「じゃあんた、あのご亭主はいくつだと思うの？」

「三十かそこらじゃないのかい」

「どうして、もう四十に手がとどかぁね」と、近くで聞いていた年とった乳しぼりの男が口を出した。長い白いエプロン風の「前だれ」をかけ、帽子の縁《へり》を下へまげて結んでいるので、ちょっと見には女かと思われた。「あの旦那は、うちの大水門がでけるまえの生まれさね、おれもあすこで水汲《みずく》みをしてたじぶんは、まだ一人前の賃金をもらっちゃいなかったもんよ」

思わず噂話に熱が入りすぎ、乳の流れ出る音もむらになったが、とうとうそのうち別の牝牛の腹のあたりから、きびしい口調の声がかかった――「さあさ、ロッジの旦那がいくつになろうが、どんな新しいかみさんをもらおうが、それがおれたちにとってなんだってんだい？　旦那がいくつだろうが、かみさんがいくつだろうが、おれはこの牛の一頭ずつに、年に九ポンドから借り賃を払わなきゃなんねえんだ。さ、さっさと働いてくれ、でないと、ぜんぶかたづかんうちに日が暮れちまうぞ。それ、もう足もとが暗くなりかけてきやがった」こう言ったのはここの酪農場主で、乳しぼりの女や男たちはこの男に雇われていたのだ。

　ロッジ旦那の結婚の噂は、それきり表だっては立ち消えになってしまったが、はじめに噂を持ち出した女は、牛の下から隣の女に小声でささやいた――「でもさ、あの女にしてみりゃ、身を切られる思いだろうよね」先ほど話題になった、痩せてやつれた乳しぼり女のことを言っていたのだ。

「そうでもないだろうさ」と、二番目の女が答えた――「あの旦那はもう何年も、ローダ・ブルックとは口ひとつきいちゃいないんだもの」

　乳しぼりが終わると、彼らはめいめい桶《おけ》を洗い、それを皮をはいだ樫《かし》の大枝で作ったたくさん叉《また》の出ている桶掛けにかけた。地面にしっかりとすえられた台で、いくつにも枝分かれした大きな動物の角のように見えた。やがて乳しぼりの大半は、てんでに家路をさして散って行った。ひとことも口をきかなかった痩せた女も、年のころ十二ばかりの男の子と待ち合わせ、つれ立って野原をのぼり家路についた。

しかし、この二人のとった道は、他の乳しぼりたちの帰って行った道とは離れ、灌漑牧草地のずっと上の、エグドン荒野《ヒース》のはじまるあたりからさほど遠くない寂しい場所に通じていた。二人が家に近づくにつれて、エグドン荒野の荒涼とした眺めが遠くに見え出してきた。

「農場じゃ、おまえのお父さんがあした若い奥さんをアングルベリからつれて帰るって噂だったよ」と女は言った――「あしたはおまえに市場まで買物に行ってもらいたいから、きっとあの人たちに会えるだろうね」

「うん、いいよ、母さん」と少年は言った。「じゃ、お父さんは結婚したの?」

「そうなんだよ……。もしおまえがその女の人を見かけたら、よおく見て、どんな人だか母さんに聞かせておくれ」

「うん、わかったよ」

「髪が黒いか、金髪か、背が高いか――母さんぐらいあるかどうかを見ておいで。それから、生活に困って働いたことのある女か、それとも昔からいい暮らしの人で、つらい仕事なんかしたことのない見るからにレディらしい人かどうかもね、たぶんそうだろうと思うけど」

「うん」

二人はたそがれてきた丘をのぼり、小屋に入った。土壁でできた小屋で、壁面はたびたびの雨に洗われ溝や穴ぼこだらけになり、元の平らな表面の面影はなかった。その上、草ぶき屋根のあちこちからは、垂木《たるき》が皮膚をつき破ってとび出た骨のようにのぞいていた。

女は泥炭《でいたん》のかたまりを二つヒースの枝の上に置き、炉の隅にひざまずいて、泥炭に火がつくまで真っ赤になった灰を吹いた。明るい火がその青ざめた頬を照らし、かつては美しかった黒い目を、ふたたび美しくして見せた。「そう」と、彼女はまた口を開いた——「黒い髪か金髪かを見ておいで。それから、もしできたら手が白いかどうかも。もし白くなかったら、台所仕事をしたことのあるような手か、それとも母さんのみたいな乳しぼりの手かどうか、よおく見てくるんだよ」

少年はまた約束したが、今度はうわの空だった。母親は気づかなかったが、彼は橅《ぶな》でできた椅子《いす》の背をしきりと小刀で彫っていたのだ。

Ⅱ　若い妻

アングルベリからホームストークへの街道は概して平坦《へいたん》だったが、ただ一カ所、けわしい坂がその単調さを破っているところがあった。アングルベリの市場から家路をさして帰る農夫たちも、そこまでは馬を速足で駆けさせてきても、この短い急坂だけは馬を歩かせることになっていた。

その翌日の夕刻、まだ太陽は明るかったが、車体をレモン色に、車輪を赤く塗った新しいきれいな二輪馬車が一台、たくましい牝馬《めま》に曳《ひ》かれ、この平坦な街道を西へ向けて走っていた。手綱を握っているのは働きざかりの小地主で、当時の役者のようにひげをきれいに剃《そ》り、その顔は町での取り引きがうまくはかどり、意気揚々と帰ってくる羽ぶりのいい農夫の顔によく見られる、あの青味をおびた朱色に染まっていた。その横には一人の女がすわっていたが、男よりはずっと若く——まだほんの小娘という感じだった。女の顔色もいきいきとしていたが、男のほうとはまるで違った色合いで——バラの花びらをいくつも透《とお》した光のように、やわらかく、うつろいやすい感じだった。

本街道ではなかったため、あまりこの道を通る旅人もなく、二人の行く手に伸びている長く白い帯のような砂利道には、ほとんど動くとも見えぬ罌粟粒《けしつぶ》のような一点をのぞくと、ほかには人影もなかった。その黒い点は、やがて一人の少年の姿になった。少年は蝸牛《かたつむり》のようにのろい足どりで、たえず後ろをふり返りながら歩いていた――重い包みをかかえているのが、その足ののろさの理由にはならないにしても、いくらか口実にはなりそうだった。飛ぶように疾走してきた二輪馬車が、先ほどの登り坂の下まできて速力を落としたとき、少年はほんの数ヤード前を歩いていた。片手を腰に当てて大きな包みをかかえ、馬に遅れないように歩きながら、少年は地主の妻のほうを向き、あたかも彼女の心の奥底まで読み取ろうとするかのようにまじまじと見つめた。

地平に近くなった太陽が女の顔をまともに照らし、かわいい小鼻から目の色にいたるまで、目鼻立ちや、色つやや、輪郭をはっきりと見せていた。地主は、少年がうるさくつきまとうのにいらいらしているようだったが、別に追い立てもしなかった。少年はじっと女の顔を見すえたまま、先に立って歩いて行った。やがて坂をのぼりつめたところまでくると、地主はほっとした色を浮かべ、馬にひと鞭《むち》あてた――うわべは少年に気づいた様子も見せなかった。

「あの子ったら、あたしの顔ばかりじろじろ見て！」と若妻が言った。

「うん、わたしも気がついていた」

「村の子なんでしょ、きっと？」

「村の近くの子さ。たしか母親と、村から一、二マイル離れたところに住んでいるはずだ」

「あたしたちのこと、きっと知ってますのね？」

「そりゃそうさ。はじめのうちはじろじろ見られるから、そのつもりでいたほうがいいよ、ガートルード」

「ええ、覚悟はしてますわ――でもかわいそうにあの子、あたしたちのことが珍しかったというより、重い荷物を車に載《の》せてもらいたくて、こっちを見てたんじゃないかしら」

「そんなことはないさ」と、夫は無造作に答えた。「このあたりの若者は、一度背に載せさえすりゃ、十三、四貫のものは楽に運ぶんだから。それにあの包みは、重さよりかさが張ってるだけだ。さ、もうあと一マイルもゆけば、遠くにわが家が見えてくるよ――もっとも、向こうへつくまでに暗くならなければだが」車輪は勢いよくまわり、その周囲から小石がまた前のようにはじけ飛んだ。やがて納屋《なや》や乾《ほ》し草の山を裏手に持った、白い大きな邸《やしき》が姿を現わした。

一方、少年は足を早め、この白い農場の建物から一マイル半ほど手前の小道を折れ、痩せた牧草地のほうへのぼり、母親の待っている小屋をさして帰った。

母親は、遠く離れた搾乳場で一日の乳しぼりを終えてすでに家に戻り、暮れかかってきた外の明かりをたよりに、入り口でキャベツを洗っていた。「網をちょっと持っておくれ」少年が戻ってくると、母親は待ち構えていたように言った。

少年は包みを投げ出し、キャベツを湯掻《ゆが》く網の端を持った。母親は網の中に水のたれるキャベツの葉を入れながら、言葉をつづけた――「で、見てきたかい？」

「うん、とてもはっきり」

「レディみたいな人だったかい？」

「うん、みたいなどころじゃないよ、ぜんぜんほんとのレディさ」

「若かったかい？」

「そうだなあ、若いったっておとなだよ、ちゃんと一人前の女の人だったよ」

「そりゃそうでしょうよ。それで、髪や顔の色はどうだった？」

「髪はあかるい色で、それから顔は、生きてるお人形みたいにきれいだったよ」

「じゃ、目の色は、母さんのみたいに黒くはないんだね？」

「うん——青みがかってんだ、それから口がとてもきれいで、赤いんだ、笑うと白い歯が見えてさ」

「背は高かったかい？」母親の声は鋭かった。

「わかんないよ。すわってたもん」

「じゃ、いいかい、あすの朝、ホームストークの教会へ行ってみるんだよ——きっとその女の人もくるからね。早い目に行って、入ってくるところをよく見とどけて、家へ帰ってから母さんより背が高いかどうか話しておくれ」

「うん、いいよ。でも母さん、どうして自分で行って見ないんだい？」

「母さんが見にゆくって！　母さんはね、あの女が今この窓のとこを通ったって、見やしないよ。ロッジさんがいっしょについてらしただろ、もちろん。何かおまえに言ったり、したりしてくださったかい？」

「いつもとおんなじだよ」

「というと、おまえのほうには見向きもしてくださらなかったんだね？」

「うん、ぜんぜん」

翌日、母親は少年にこざっぱりしたシャツを着せ、ホームストークの教会へゆかせた。少年が古めかしい小さな教会堂についたのは、入り口の扉がちょうど開いたところで、彼はだれよりも先に中へ入った。洗礼盤のそばに席をとると、少年は教区の人たちが列を作って入ってくるのをじっと見守った。金持ちの地主ロッジがやってきたのは、ほとんどいちばん最後だった。寄りそった彼の若妻は、いかにもはじめて人前に顔を出すしとやかな女らしく、はじらいを見せながら通路を歩いてきた。会堂じゅうの目が彼女に注がれていたため、少年が穴のあくほど見つめていても、今度は気づかれなかった。

少年が帰ってくると、まだ部屋に入らぬうちから母親はたずねた。「で、どうだった?」

「高くないよ。ちっちゃいほうだよ」

「そうかい!」母親は満足そうだった。

「だけど、とてもかわいい人だよ——とっても。ほんと、ああいうのをきれいな人っていうんだろうな」地主の妻の若々しい美しさが、少年のいくらか片意地な性質にも強い印象を与えたようであった。

「もういいんだよ」と、母親はあわてて言った。「さ、テーブル掛けをかけておくれ。おまえの捕ってきた野兎《のうさぎ》は、とてもやわらかそうだよ。だけど、だれにも見つからないように気をつけるんだよ。——そうそう、あの女の手がどんなだったか、まだ聞いてなかったね」

「まだ見たことないんだよ。だって、手袋をぬがないんだもん」

「けさはどんな服を着ていた？」

「白いボンネットに、銀いろのガウン。ガウンが座席をこするたびに、サラサラ大きな音をたてるもんだから、はずかしがって顔をまっかにしてさ、椅子にさわらないようにたくしあげてたっけ。だけど椅子にすわると、もっと大きな音が出るんだ。ロッジさんたらとてもうれしそうに、チョッキをつきだしてさ、大きな金の印章を貴族みたいにぶらさげてたよ。でも奥さんのほうは、うるさい音のするガウンを、どっかへすてちまいたそうだった」

「まさかねえ！　さ、その話はもういいよ」

新婚の地主夫妻についてのこうした話は、その後も少年がたまたま彼らの姿を見かけるたびに、母親の要求で折にふれてくり返された。しかし、ほんの二マイルも歩けば、自分の目で地主の新妻の姿を容易に見られたにもかかわらず、ローダ・ブルックは決して彼らの邸のほうへは足を向けようとしなかった。またロッジ旦那の遠く離れた第二牧場の搾乳場で、毎日乳をしぼっているときも、彼女は最近行なわれた結婚についてはひとことも語らなかった。ロッジの牝牛を借りている酪農場主は、背の高いこの乳しぼり女の身の上をすっかり知っていて、男らしい親切気から、搾乳場での噂話がローダの迷惑にならないようにいつも気をくばってくれた。しかし、ロッジ旦那の新妻が村へ来た当座は、まわりじゅうの空気がその話題で持ちきりだったため、息子の話や乳しぼり仲間のふとした言葉のはしばしから、ローダ・ブルックは何も気づかずにいるロッジ夫人の面影を、写真のようにはっきりと心に描くことができた。

Ⅲ 幻影

新妻が村に来て二、三週間後のある晩、ローダは少年が寝てしまったあと、消えそうとして掻き出した泥炭を前に、じっと長いあいだ考え込んでいた。泥炭の残り火を見つめているうち、ローダの心の眼にはあの新しく妻の座にすわった女の姿がまざまざと浮かび上がり、彼女は時のたつのも忘れていた。しかし一日の仕事の疲れには勝てず、やがて床《とこ》についた。

だが、この日に限らずここ数日間、ローダの心をすっかり占めていたあの女の姿は、寝入ってからも容易に拭《ぬぐ》い去ることはできなかった。その夜はじめて、ガートルード・ロッジは妻の座を奪われたローダの夢の中に現われた。ローダ・ブルックは夢の中で——彼女自身は、まだ寝入る前にたしかにその目で見たと断言しているが、それも信じられないので——薄い色の絹服をまとい、白いボンネットをかぶったあの若い新妻が、顔をおそろしく引きゆがめ、すっかり老《ふ》け込んだように皺《しわ》だらけの形相で、寝ている彼女の胸の上にすわり込んできたように思った。ロッジ夫人の重みはしだいに増し、青い目が残酷にローダの顔をのぞき込んできた。と今度は、はめている結婚指輪がローダの目にキラキラ光って見えるよう、嘲《あざけ》るように左手をつき出すのだ。思わずかっとなり、重みに息がつまりそうになって、寝ていたローダはもがいた。夢魔はじっとローダを見つめながら、いったんは寝台の裾《すそ》のほうへ引き下がったが、またじりじりとにじり寄ってきて、もとのように胸の上へすわり込み、先ほどと同じように左手をちらちら見せつけた。

息苦しさにあえぎながら、ローダは必死の思いで右手を振り上げ、迫ってくる妖怪《ようかい》の無礼な左腕をつかまえ、思いきり床へたたきつけた。と同時に、低い叫び声をあげて彼女自身がばとはね起きた。

「ああ、おそろしかった！」びっしょり冷汗をかき、寝台の横に腰を下ろしながら、ローダは叫んだ。「夢じゃなかった——たしかにここへ来たんだわ！」

今しがた摑《つか》んだ相手の腕の感触が、まだはっきりと残っていた——腕の肉づきと骨の感触までが、まざまざと感じられるのだ。妖怪を投げとばしたはずの床を眺めてみたが、そこには何もなかった。

その夜はもうそれ以上眠れなかった。夜が明け、乳しぼりに出て行ったローダは、だれの目にもひどく青ざめやつれて見えた。しぼる乳までが、ふるえながら桶の中へ落ちた——まだ手のふるえが止まらず、あの腕の感触が残っていたのだ。朝食をとりに家へ帰ってきた彼女は、夕食時のように疲れていた。

「ゆうべ母さんのへやで大きな音が聞こえたけど、どうかしたの？」と息子が聞いた——「きっとベッドから落っこちたんだね？」

「何か落ちる音が聞こえたのかい？　何時ごろだった？」

「ちょうど時計が二時を打ったときだったよ」

ローダには説明できなかった。食事をおえると、彼女は黙ったまま家事にかかり、少年もその手助けをした。農場へ野良《のら》仕事にゆくのがいやだったからだが、母親はそのわがままを大目に見てやった。十一、二時ごろ、庭木戸のあく音にローダは窓のほうに目を上げた。門を入ったばかりの庭の隅に、昨夜の夢の女が立っているではないか。ローダはその場に釘《くぎ》づけになってしまった。

「あ、あのひとだ、たずねてきたいって言ってたんだ！」女の姿に気がついた少年が叫んだ。

「言ってたって？――いつ？　どうしてわたしたちのことを知ってるの？」

「ぼく、あのひとにあったから、話をしたんだよ。きのう話したんだ」

「母さんがあれほど言っておいたのに」と母親は、腹立ちに顔を真っ赤にして言った――「あのお邸のだれとも口をきいちゃいけないよ、近くへ行ってもいけないよって」

「ぼくが話しかけたんじゃないよ、むこうから話しかけてきたんだい。それに、お邸のちかくへもゆかなかったし。みちであったんだよ」

「それで、おまえ、何をしゃべったの？」

「何もしゃべりゃしないってば。奥さんが話しかけてきたんだよ、『あなた、このまえ市場から重い荷物を運ばされてたかわいそうな坊やね？』って。それからぼくの靴を見てさ、そんなやぶれ靴じゃ雨でもふった日には足がびしょびしょになるでしょ、っていうんだ。だからさ、ぼくは母さんと暮らしてんだけど、食べてゆくのがせいいっぱいだからがまんしなきゃなんないって話したんだ。そしたら奥さんがね、『じゃおばさんがもっといい靴を持ってってあげましょうね、そしてお母さんにもお目にかかるわ』ってさ。あの奥さんはぼくらにだけじゃなく、牧場のほかのひとたちにも、いろんなものをくれるんだよ」

ロッジ夫人はもうこのとき、戸口のすぐそばまで来ていた――もっともローダが寝室で見たような絹服ではなく、ふだん用の帽子をかぶり、ごくありふれた軽い地のガウンをまとっていたが、それが絹よりもいっそうよく似合っていた。片方の腕には籠《かご》を下げていた。

前夜の経験は、まだ生々しく記憶にきざまれていた。ローダは訪問客の顔に、昨夜の皺と軽蔑《けいべつ》と残酷さが見られるのではないかという気さえした。できるものなら、会わずにすませたかった。しかしこの小屋には裏口がなく、それに少年がいち早く、ロッジ夫人の軽いノックにこたえて入り口の掛金をはずしてしまっていた。

「家をまちがわずに来たようね」夫人は少年の顔を見やり、微笑を浮かべて言った――「でもおばさん、坊やがドアをあけてくれるまでは自信がなかったのよ」

その姿といい物腰といい、夢枕《ゆめまくら》に立った女とそっくりであった。だがその声はたとえようもなく美しく、思わず惹《ひ》きつけられるようなまなざしで、微笑のやさしさも真夜中にローダの枕辺へやってきた女とはまるで違うため、ローダは我とわが目を疑った。いわれのない嫌悪感《けんおかん》から逃げかくれしなくてよかった、という気がした。すんでにそうするところだったのだ。ロッジ夫人は、少年に約束してあった靴や、そのほかいろいろ役に立つ品を、籠に入れて持ってきてくれた。

息子と自分に暖かい気持ちを持っていてくれる証拠の品々を見て、ローダの心は激しく自分を非難した。何の罪もないこのうら若い夫人は、ローダの祝福をこそ受くべきであれ、呪《のろ》いを受けるいわれはなかったのだ。やがて夫人が去ると、家の中から光が消えたような気がした。二日後、夫人は靴が合ったかどうかを見にまた寄ってくれた。そしてその後二週間とたたぬうちに、もう一度ローダを訪ねてきた。このときは少年は家にいなかった。

「あたしって足まめでしょ」と、ロッジ夫人は言った――「それに、あたしどもの教区を出ていちばん近いのがおたくですし。お体はよろしいんですの？　お顔の色があまりすぐれませんけど」

ローダは、体の具合はいいと答えた。また事実、顔色こそローダのほうがすぐれなかったが、はっきりした目鼻立ちで骨組みの大きいローダのほうが、向かい合っている頬のふくよかな若いロッジ夫人よりも、ねばり強い力があるように見えた。話はお互いに自分の体力や弱さなどについて、かなり打ちとけたものになった。やがてロッジ夫人が暇乞《いとまご》いをしかけたとき、ローダは言った――「この土地の空気が奥さんのお体に合うとよろしいんですが。灌漑牧草地の湿気がひどうございますから、お大事になさってくださいまし」

若い夫人は、体はだいたい丈夫なほうなので、その心配はあまりないと答え、そのあと言いそえた——「でも、そう伺ってみますと、今ちょっとした病気にとりつかれて悩んでますの。別にたいしたことはないんですけど、わけがわからなくて」

ロッジ夫人は左の手と腕を出して見せた。ローダの目の前に出されたその腕は、彼女が夢に見て摑んだ腕と寸分違《たが》わぬように思えた。まるい桜色の腕の皮膚には、乱暴に摑まれてできたような、不自然な色のかすかな痣《あざ》があった。ローダの視線は、変色したその部分に吸いつけられた。思いなしか、自分の指の形が四本、はっきり見えるような気さえした。

「どうなさったんですか？」と、ローダは機械的に聞いた。

「それが分かりませんの」と、かぶりを振りながらロッジ夫人は答えた。「いつかの晩、どこか知らないところへ行った夢を見ながらぐっすり眠っていましたら、急に腕のここのところがキリキリと痛んで、それがあんまり痛いんで目をさましてしまいましたの。きっと昼間どこかでぶつけたんでしょうけど、覚えはありませんの」そう言って夫人は笑いながらつけ加えた——「あたし主人に言いますのよ、まるであなたが腹を立てて、あたしのここのとこをぶったみたいねって。でもこんなもの、きっとそのうち消えてしまいますわ」

「まあ！　そうですか……。それ、いつの晩だったのでしょう？」

ロッジ夫人はちょっと考えていたが、明日でちょうど二週間になるはずだと答えた。「目をさましてからも、自分がどこにいるのか思い出せない始末ですの」と、夫人はつづけた――「やっと時計が二時を打つのを聞いて、われにかえりましたけど」

夫人の言った夜と時刻とは、ローダが夢魔にうなされたときと符合した。ローダは自分に罪があるような気がした。夫人が無邪気に何もかも打ち明けてくれるのが、かえって恐ろしかった。偶然のたわむれかもしれないということは、考えてもみなかった。あのいまわしい夜の光景がすっかりまた、二倍もの鮮明さでまざまざと蘇《よみがえ》ってきた。

「ああ、そんなことがあるだろうか？」客が帰ってしまうと、ローダは独りごちた――「自分の意志とは反対に、他人を傷つける力がこのわたしにそなわっているなんて？」零落《れいらく》して以来、自分が陰で魔女と呼ばれていることはローダも知っていた。しかし、なぜそういう汚名が着せられたのか分からぬまま、これまでは気にもかけずにすごしてきていた。はたして今度のようなことがあるからなのだろうか、またこれまでにも、このようなことが実際にあったのだろうか？

Ⅳ 思いつき

夏が近づいてきた。ローダ・ブルックは、ほとんど愛情に近いものをロッジ夫人に感じていたにもかかわらず、二度と顔を合わすのが恐ろしくてならなかった。心の中で何かが、彼女の罪を責めているような気がした。しかし、毎日の仕事以外の用で家を出るときなど、いわば運命がローダの足をホームストークの村はずれへと向けてしまうこともたびたびだった。そのようなわけで、二人が次に出会ったのは戸外だった。ローダは、このところ不可解でならなかった問題をどうしても聞いてみずにはいられず、ふたことみこと挨拶《あいさつ》をかわした後、つっかえつっかえ切り出した——「で——腕のほうはよくおなりなんですか、奥さん？」ガートルード・ロッジが左腕をいかにも扱いにくそうにしているのに気づき、内心ぎくりとしていたのだ。

「いいえ、それがあまり思わしくありませんの。というより、まるでよくならず、だんだん悪くなってゆくみたいですわ。ときどきひどく痛みますし」

「医者へゆかれたほうがいいんじゃありませんか、奥さん」

もう医者へは行ったという返事だった。ぜひ医者に見せろと夫に言われたのだという。しかし外科医にも、この奇病に取りつかれた腕は理解できないようだった。熱いお湯につけてみてはという医者のすすめで、そのとおりやってもみたが、何の効きめもなかった。

「わたしに見せていただけませんか？」と、乳しぼりの女は言った。

ロッジ夫人は袖《そで》をまくり、その部分を出して見せた。手首から二、三インチ上のところだった。それを見たとたん、ローダ・ブルックは動揺の色をかくしきれなかった。傷らしいものは何もなかったが、腕のその個所だけがしなびたように見え、この前よりもいっそうはっきりと、四本の指の形が現われていた。その上、その四つの指型が、ローダが夢の中で摑んだのとまったく同じ位置についているような気がした。第一指はガートルードの手首に近く、第四指は肘《ひじ》に近くしるされていた。

この痣が何に似ているかは、このまえ会ったときから、ガートルードも気づいていたようだった。「まるで指を押しつけたみたいでしょ」と彼女は言って、ちょっと笑ってみせながらつけ加えた――「魔女か、でなきゃ悪魔がここのところをつかまえて、肉をしなびさせてしまったみたいだなって、主人は申しますの」

ローダは身ぶるいした。「まさか、そんなこと」と、彼女はあわてて言った。「わたしならそんなこと気にはしませんわ」

「あたしもこんなに気にはしないだろうと思うんですのよ」と、年若いほうはためらいがちに言った――「もし――もしこのために主人が、そのう――あたしのことを嫌いに――いいえ、今ほど愛してくれなくなるんじゃないかという心配さえなければ。男の人って、見てくれをとても気にしますでしょ」

「ええ、なかには――ご主人もそうかもしれませんわね」

「そうなんですよ、あたしのことも、はじめはずいぶん自慢にしてくれましただけに」

「ご主人の目につかないように、腕をかくしておかれたら？」

「だめですわ――醜い傷がそこにあることは知ってますもの！」夫人は目にあふれた涙をかくそうとした。

「とにかく奥さん、早くお癒《なお》りになるよう祈っておりますわ」

こうして家に帰った乳しぼり女の心は、いまわしい呪いによって、あらためてこの問題につながれることになった。たかだか迷信をと一笑に付すふうを装《よそお》ってみても、恐ろしいことをしてしまったという罪悪感はつのるいっぽうだった。心の奥底では、自分の後釜《あとがま》にすわった女の容色が、方法はともかく、いささか衰えることにはまんざら反対ではなかった。しかし、肉体的な苦痛を与えたいという気持ちはなかった。つれない仕打ちの償いとしてロッジからもらえたかもしれない慰謝料も、この若く美しい女の出現でふいになっていたが、何も知らず妻の座にすわったことへの憤《いきどお》りのようなものは、すっかりローダの心から消えていたからである。

もし心やさしく美しいガートルード・ロッジが、あの寝室での出来事を知ったなら、いったいどう思うだろう？　言わずにいるのは、あれほどの友情を前にして裏切りのように思えた。しかし、自分から言い出すことはとうていできなかったし——さりとて、よい解決策も浮かんでこなかった。

その夜、ローダはほとんどまんじりともせずにこのことを考えていた。翌朝、朝の乳しぼりを終えると、彼女はできればもうひと目ガートルード・ロッジの姿を見たい気持ちに駆られて出かけた。いまわしい魔力によって、しっかりと相手に結びつけられている感じだった。遠くから地主の邸を眺めていると、やがて地主の若妻がひとりで馬に乗って出てゆく姿が見えた——おそらく、どこか離れた畑にいる夫のところへゆくつもりなのであろう。先方でもローダの姿に気づき、こちらへ馬を駆けさせてきた。

「ローダさん、おはよう！」そばまでくるとガートルードは声をかけた。「これからお訪ねするところでしたの」

ローダは、ロッジ夫人が手綱を握りにくそうにしているのに気づいた。

「お困りでしょう――腕がご不自由で」

「みなさんのお話では、この病気の原因とおそらく治療法まで見つかるかもしれない方法が、一つだけあるとか」と、夫人は気づかわしげに言った。「なんでも、エグドン荒野《ヒース》にいる賢者を訪ねてみることだそうですの。まだ生きてるかどうかも分からないそうですし――それにあたし、肝腎《かんじん》の名前を忘れてしまって。でもその人の消息なら、このあたりじゃあなたがだれよりいちばんご存じで、今でもまだ診《み》てくれるかどうかも教えてくださるだろうって、聞いてきましたわ。そう――何て名前だったかしら。あなたはご存じでしょ」

「まじない師のトレンドルじゃありませんの？」と、痩せたローダは顔色を青ざめさせて答えた。

「トレンドル――そうでしたわ。その人まだ生きてるでしょうか？」

「と思いますけど」と、ローダは気のない答え方をした。

「どうしてまじない師と呼ばれてますの？」

「ええ――世間の噂じゃ――もう昔のことですけど――あの人にはほかの人間と違った力がそなわってるとか言って」

「まあ、うちの連中も迷信深いこと、そんな人をすすめるなんて！　あたしはまた、ちゃんとした医者だとばかり思ってましたの。そんな人ならあきらめますわ」

ロージはほっとした表情だった。ロッジ夫人は馬を走らせて行ってしまった。あの男のことなら、ここへ聞きにくればいいと言われたという話を聞いた瞬間から、ローダは牧場で働いている連中のあいだにあてこすりめいた空気があって、まじない師の居所なら魔法使いの女が知っているだろう、などと取り沙汰《ざた》されているに違いないと思った。つまり彼らは、ローダを疑っているのだ。以前であればこういう扱いを受けたところで、彼女ほど常識もある女には痛くもかゆくもなかっただろう。しかし今のローダには、迷信深くならざるをえない式いきれぬ理由があった。そして、もしやあのまじない師のトレンドルが、ガートルードの美しい肉体を蝕《むし》ばんでいる不吉な力の出所として彼女の名をあげ、そのためガートルードから永遠にうらまれ、人間の姿を借りた悪魔か何かのように扱われるのではないか――と、ふと恐ろしい気持ちに襲われるのだった。

しかし、まだすべてが終わったわけではなかった。それから二日後、昼下りの太陽がローダ・ブルックの家の床に投げる窓の形そのままの陽ざしを、つと横切る影があった。ローダははっと息を呑《の》み、いそいで戸口をあけた。

「おひとり?」ガートルードだった。彼女もローダに劣らず悩み、気づかわしげな様子だった。

「ええ」とローダは答えた。

「腕の傷がだんだん悪くなってくるようで、困ってますの!」と、地主の若妻は言葉をつづけた――「ほんとに不思議ですわ! なんとか治る傷だといいんですけど。それであたし、前に聞いたまじない師のトレンドルのことをまた考えてましたの。そういう人を信じるわけじゃありませんけど、でも一度訪ねてみるぶんにはかまわないと思いますのよ、好奇心から――もっとも、主人にはぜったい秘密ですわ。ここからは遠いんでしょうか、その人の住んでいるところまで」

「ええ――五マイルはございましょう、エグドン荒野《ヒース》の真ん中ですから」と、ローダはしぶしぶ答えた。

「じゃ、歩いてゆかなきゃなりませんわね。いっしょに来て道を教えていただけませんかしら――そう、あすの午後にでも」

「いえ、わたし――それは――」乳しぼりの女は狼狽《ろうばい》して口ごもった。夢の中での恐ろしいふるまいが暴露され、二人とない大事な友人に自分の性格を疑われて、取返しがつかなくなるのではないかという不安が、ふたたびロータをとらえたのだ。

しかしロッジ夫人の重ねての頼みに、ローダは不安を覚えながらもついに承諾してしまった。道案内がどれほどつらくとも、恩になっている相手の奇病が治るかもしれないというときに、むげに邪魔立てすることは良心が許さなかった。二人は秘密の意向を気《け》どられぬよう、いま立っている場所から見える植林地のはずれの、ヒース地帯のはじまるところで待ち合わせることにした。

V　まじない師トレンドル

ローダはガートルードの道案内をせずにすむものならば、翌日の午後までにどんなことでもしたい気持ちだった。しかし、すでに約束をしてしまっていた。その上、ひょっとしてこれが機会で、想像以上に自分が超自然界で実力のある人間だということが分かるかもしれないという、恐ろしい魅力も感じられた。

ローダは約束の時刻よりも少し前に家を出た。三十分ほど足ばやに歩くと、樅《もみ》の植林地のある、エグドン荒野《ヒース》の南東にのびた端についた。外套《がいとう》に身をつつみヴェールをかぶったほっそりした人影が、すでにそこで待っていた。ロッジ夫人が左腕を繃帯《ほうたい》で吊《つ》っているのに気がつき、思わず身ぶるいした。

二人はほとんど口もきかず、三十分ほど前あとにしてきた肥沃《ひよく》な沖積土《ちゅうせきど》の土地より高台にある厳しい荒野の奥をさして、さっそく小道をのぼりはじめた。かなりな道のりであった。午後もまだ早かったが、厚い雲があたりを暗くしていた。風がヒースの丘の上を無気味に吼《ほ》えて渡った——後世リア王として描かれたウェセックス王イーネの苦悩を目《ま》の当たり見たのも、この同じ荒野であったかもしれない。ローダは物思いにふけり、ええとか、いいえとか生返事をするだけなので、ガートルード・ロッジがもっぱら話し手にまわった。ローダは連れが悪いほうの腕を吊っている側を歩くのが妙にいやで、うっかり近寄ってしまうと、あわてて反対側へまわった。やがてヒースの茂みを足でかき分け荷馬車道へおりると、めざす男の家が道のかたわらに立っていた。

男は表立って治療を看板にしているわけでもなければ、またつづけてやるつもりもなく、針エニシダや、泥炭、「堅砂」、その他このあたりで採れる産物を商うのを仕事にしていた。また事実、彼は自分の持っている力をたいして信じていない様子で、治してくれと持ち込まれた疣《いぼ》が嘘《うそ》のように取れたりすると――事実かならずきれいに取れてしまうのだが――彼はむとんじゃくに「そうかね、そいじゃ全快祝いに一杯グロッグ酒でもおごっていただくかな――きっと運がよかったんだね」と言って、すぐさま話題をそらしてしまうのだった。

二人がたどりついたとき、男はちょうど家にいたが、実は谷のほうへ降りてくる二人の姿を見ていたのだ。顎《あご》ひげの白い赤ら顔の男で、ローダを見た瞬間、じっと不思議そうに彼女の顔を見つめた。ロッジ夫人は用件を伝えた。男は自分を卑下するようなことを言いながら、ガートルードの腕を調べた。

「これは薬では治りませんな」と、彼はすぐさま言った――「これには敵の呪いがかかっとるから」

ローダはぎょっとして、思わず後ずさりした。

「敵ですって？　どんな敵ですの？」とロッジ夫人は聞いた。

男はかぶりをふった。「それは、奥さんがいちばんよくご存じのはずだが。お望みならその敵を見せても進ぜられる――わしにはどこのだれか分からんだろうが。それ以上のことはわしにもできんし、それとてもやりたくはありませんな」

ガートルードはぜひ見せてくれと頼んだ。男は仕方なくローダにそのまま外で待っているように言い、ロッジ夫人を中へ招じ入れた。入り口をあけたところがすぐに部屋で、しかも戸が少しあいたままになっていたため、ローダ・ブルックは外から事のなりゆきをうかがうことができた。男は食器棚からコップを一つ持ってくると、水をほぼいっぱいまで入れ、今度は卵を一個取って何かひそかに細工を施していたが、やがてその卵をコップの縁で割り、白身だけをコップに入れ、黄身の部分は殻に残した。あたりが薄暗くなってきていたので、男は中身の入ったコップを窓辺まで持ってゆき、ガートルードによく見ているようにと言った。二人はテーブルに寄りかかっていた。乳しぼりの女にも、乳白色の卵の白身が水の中へ沈むにつれ、しだいに形を変えてゆく様子が見えたが、はたしてどのような形を結んだのかは距離が遠すぎて分からなかった。

「見覚えのある顔か姿のようなものが見えますかね?」と、まじない師はうながすように聞いた。

ガートルードはつぶやくように何か答えていたが、声が低すぎてローダには聞こえなかった。ただしきりとコップの中をのぞきつづけていた。ローダは顔をそむけ、二、三歩その場から離れた。

やがて中から出てきて、陽の光に照らし出されたロッジ夫人の顔色は、高原のうらぶれた陰気な色合いを背景にしてひどく青ざめ、ローダと同じくらい血の気がなかった。トレンドルは彼女の出たあと、すぐに戸をしめた。二人はつれ立ってすぐ家路についた。だがローダは、つれの様子がすっかり変わってしまったのに気がついた。

「お代は高くとりまして?」と、ローダは探りを入れるように聞いてみた。

「いえ——何も。一銭もとってくれませんの」とガートルードは答えた。

「それで、何が見えまして?」とローダは聞いた。

「別に、何も——お話ししたいようなものは」ガートルードの態度のぎごちなさはひどかった。顔もすっかりこわばり、急に老け込んだように見え、どことなくローダの寝室に現われた顔を思わせた。

「ここへ来ることを最初にすすめてくださったのは、あなたでしたかしら?」長い沈黙があってから、ふと急にロッジ夫人が聞いた。「だとすると、ほんとに妙だこと!」

「わたしじゃありません。でも、こうしてごいっしょに来たことを後悔してはいませんわ」ローダはこのときはじめて勝利感を味わった。自分たちにはどうにもならない力によって、二人の人生が互いに相手を敵にまわしていることを、横に並んで歩いている若いガートルードが知ったとしても、それを悲しむ気持ちはなかった。

家までの長い、味気ない帰り道、その話はもうそれ以上持ち出されなかった。しかしどういうわけかその年の冬、搾乳場《さくにゆうじよう》の多い低地地方では、ロッジ夫人の左腕がだんだん利《き》かなくなってきたのは、ロ－ダ・ブルックに「呪われて」いるからだという噂《うわさ》がささやかれた。ロ－ダは夢魔にうなされたことはだれにももらさなかったが、その顔はしだいに憂《うれ》いをおび、痩《や》せこけていった。やがて春になると、彼女と少年の姿はホームストークの界隈《かいわい》から消えてしまった。

Ⅵ　あらたな試み

六年の月日がたった。ロッジ夫妻の結婚生活は砂を嚙《か》むようなものになり、さらにいっそうこじれていった。地主の夫は、たいてい陰気に押し黙ったままだった――気品と美しさに惹かれて娶《めと》った妻は、左腕がふた目と見られぬほど醜く変わり果てていた。その上、夫妻には子どもがなく、代々二百年ばかりこの谷間に住んできたロッジ家も、彼の代で絶えてしまうおそれがあった。彼はロ－ダ・ブルックとその息子のことを考え、ひょっとするとこれは天から下された罰かもしれない、と思った。

かつては朗らかで開けた考えの持ち主だったガートルードも、いつしかいら立ちやすい、迷信深い女に変わり、眉唾《まゆつば》ものの療治を片端から自分の病に試してみることで明け暮れしていた。心から夫を愛していた彼女は、以前の美しさをたとえいくらかでも取り戻すことによって夫の心を自分につないでおきたいと、ひそかに万が一に望みをかけていたのだ。その結果、ガートルードの部屋の戸棚にはありとあらゆる種類の瓶や、包みや、塗り薬の容器が所せましと並び――それのみか奇妙な薬草の束や、魔除《まよ》けや、巫術《ふじゅつ》の本など、女学生じぶんの彼女であれば一笑に付したに違いないようなものまでが並ぶありさまだった。

「漢方薬だか魔女の混ぜ薬だか知らんが、そんなものばかり使っていると、きっと今に毒に当たって死んでしまうぞ」たまたまこの雑多な薬の陳列を目にとめた夫が言った。

彼女はそれには答えず、もの悲しげなやさしいまなざしに胸いっぱいの非難を込めて夫を見やった。さすがに夫も先ほどの言葉を後悔したのか、こうつけ加えた――

「いや、おまえのためを思って言ったんだよ、ガートルード」

「みんな片づけて、捨ててしまいますわ。もう二度とこんな療治はやりません！」と、彼女はしわがれた声で言った。

「だれかおまえを元気づけてくれる人間が必要だな。実は前に、男の子を養子にもらおうかと考えたことがあるんだが、もうあの子も大きくなりすぎた。それに行方も分からんし」

夫がだれのことを言っているのかは、ガートルードにも見当がついた。ローダ・ブルックの話は、夫婦のあいだでこそひとことも話題にのぼらなかったが、長い年月のうちには彼女の耳にも入っていたからである。またガートルードのほうでも、まじない師のトレンドルを訪ねたことや、その孤独な荒野の隠者から何を見せられたか(というか、見せられたように思ったか)については、何一つ夫に話していなかった。

彼女は二十五歳だったが、年齢《とし》よりも老けて見えた。「結婚して六年、ほんとにしあわせだったのは数カ月だわ」と、彼女はときたま独りごちた。そしてこの不幸の原因を考えては、しだいにいじけてゆく腕を絶望的に見やり、「夫がわたしを見そめてくれたときの姿にさえ戻れたら!」とつぶやくのだった。

夫に言われたとおり、怪しげな薬やまじないのたぐいはすっかり捨ててしまった。しかし何か別の——まったく新しい療法を試みてみたいという、渇望《かつぼう》にも似た願いだけは残った。以前、気の進まぬローダを案内役に隠者の家を訪ねて以来、その後は一度もトレンドルを訪ねていなかった。ところが今また急に、この呪いらしいものから逃がれる最後の必死の試みとして、もしまだあの男が生きているなら、もう一度訪ねてみたい気がしてきた。あの男ならあるていど信用できるはずだ、その証拠に、彼がコップの中に出してみせたぼんやりした形は、疑う余地もなく——あのときは気づかなかったが、今ではそれがはっきりと分かるのだ——この世で彼女に恨みをいだくに足るだけの理由を持った、ただ一人の女に似ていたではないか。ぜひもう一度、訪ねてみなくてはならない。

ガートルードは今度はひとりで出かけて行った。あやうくヒースの野原で道に迷いそうになり、ずいぶん遠回りをしたあげく、やっとのことでトレンドルの家へたどりついた。トレンドルは家にいなかった。ガートルードは小屋で帰りを待つかわりに、遠く離れたところで働いている腰の曲がった彼の姿を教えられ、自分のほうから出向いて行った。トレンドルは彼女を覚えていた。集めては山に積み上げていた針エニシダの根を置くと、彼は、道のりも遠いし日も短いから、彼女の家のほうまで送って行こうと言ってくれた。二人は並んで歩き出した。トレンドルは頭が地面につくくらい腰が曲がり、体も土の色と同じに見えた。

「いぼやこぶなど取ることはおできになるんでしたわね。じゃ、これがどうして治らないんでしょう?」ガートルードは腕をまくってみせた。

「いや、奥さんはわしの力を買いかぶっていなさる!」とトレンドルは言った——

「それに、わしももう年をとりすぎ、体も弱ってしまうたでな。いや、いや、わしの力にはとてもあまりますわい。これまでにどんなことをやってみなすった？」

ガートルードは、それまで折にふれて試みてみた何百という薬やまじないのいくつかを話した。トレンドルはかぶりを振った。

「いいのもあるようだが」と、彼は賛成するように言った――「しかし、こういう病気に効くのはほとんどありませんな。これはふつうの傷と違《ちご》うて、胴枯れ病みたいなものですからな。思いきった手を打てば、いっぺんに治ってしまうんだが」

「そうできたら、どんなにかいいんですけど！」

「わしの知っている方法はたった一つしかないが、これまで似たような病気にやってみて、一度もしくじったことはない――それだけははっきりと言えるんだが。しかし、なまやさしい決心じゃできんし、特に女の人にはどうかね」

「どうか教えてくださいまし！」

「縛り首になった男の首に、その腕を押しつけるのだよ」

その光景を想像して、ガートルードは身ぶるいした。

「まだ死体のぬくみが消えんうちに――息が止まってすぐにな」と、まじない師は顔色一つ変えずに言葉をつづけた。

「どうしてそんなことが効くのでしょう？」

「そうやって血の質を変え、体質を変えるんだよ。しかし、断わっておくが、容易なことじゃできませんぞ。まず刑務所へ入って、罪人が絞首台《こうしゅだい》から下ろされるのを待たなきゃならん。これまでにもやった人はおおぜいいるが、そちらのようなきれいなご婦人ははじめてだろうて。皮膚病で相談にくる連中には、よくこの方法をすすめたもんだが。それももう昔の話だ。いちばん最後のがたしか十三年（訳注 一八一三年）だったから──もうふた昔も前のことですわい」

トレンドルはそれ以上何も言わなかった。やがて、家へ帰るまっすぐな道まで彼女を送り届けると、前回と同じように一銭の金も取らず、来た道を帰って行った。

Ⅶ 町への旅

隠者に言われたことは、ガートルードの心の奥底深く沈み込んだ。もともと気の弱い性質だったが、あの善意のまじない師がすすめてくれる治療法の中でも、おそらくこれほど（いざ実行に移す際の非常な困難はともかく）彼女にとって嫌なものもなかったろう。

州の首都であるキャスタブリッジの町は、十二マイルか十五マイルほど離れていた。当時は馬を盗んだとか、放火したとか、強盗に入ったとかで簡単に死刑になった時代で、巡回裁判があればたいてい絞首刑の一つや二つは珍しくなかったが、それでも女の身でだれの助けも借りず、犯罪者の死体に近づくということはちょっと考えられなかった。それに夫の怒りが恐ろしかった彼女は、トレンドルからすすめられたことを夫や、夫のまわりの人間に打ち明けるのをためらった。

なすこともなく何カ月かがすぎ、ガートルードは相変わらず辛抱強く、醜い腕に耐えていた。しかし、もう一度美しさを取り戻すことによって（まだ二十五歳の若さなのだから）、こじれた愛情の撚《よ》りを戻したいという女の一念が、どうせ害になる気づかいのないものならやるだけやってみてはどうだろう――とたえず彼女の気持ちをせきたてた。「まじないで起こった病気なら、きっとまじないで消えるに違いない」と彼女は独りごちた。だが、いざ実行に移すときの光景を頭に描くたびに、恐ろしさが先に立って尻《しり》ごみしてしまうのだった――すると、まじない師の言った「そうやって血の質を変える」という言葉が、ただ無気味なだけでなく、なんとなく科学的にも解釈できそうに感じられて、ふたたびあのおさえがたい欲望が蘇り、彼女を駆り立てた。

当時は新聞も郡で一つ発行されているだけで、それも夫がときたま借りてくるにすぎなかった。しかし、古い時代には古い時代なりの伝達手段があり、世の中の出来事は口づてに市場から市場へ、定期市から定期市へと広く伝えられ、罪人の処刑があるような場合は、半径二十マイル内に住む人間でその事件を知らないことはめったになかった。ホームストークの村でも、わざわざ処刑を見るため、キャスタブリッジまではるばる日帰りで出かけてゆく物見高い連中がいた。次の巡回裁判は三月だった。裁判の開かれたことを聞くと、ガートルード・ロッジは隙《すき》をみてさっそく村の宿屋へゆき、裁判の結果をこっそり聞いてみた。

しかしもう手遅れだった。刑の執行日はすでに来てしまっており、これからキャスタブリッジまで出かけ獄内に入る許可を得るためには、少なくとも夫の力を借りなくてはならなかった。彼女には夫に話す勇気がなかった――これまでにそれとなく探りを入れてみた結果、こうした村人たちの心の中に燻《くすぶ》っている迷信を持ち出すと、彼自身ある程度それを信じているせいか、夫はひどく腹を立てることが分かっていたからだ。彼女としては、次の機会を待たざるを得なかった。

そこへたまたま、ほかならぬホームストークの村の癲癇《てんかん》性の子どもが二人、もうだいぶ前のことだがこの治療法を試み、近在の牧師たちから激しい非難を浴びはしたがよい結果を得たという話を聞くにおよんで、ガートルードの決心にはいっそうはずみがついた。四月がすぎ、五月も、そして六月もすぎた。六月の終わりの声を聞くころには、ガートルードの気持ちはもう誇張でなく、ともかくだれでもいいから死んでくれればいいと思うほどせっぱつまっていた。毎夜ささげる型どおりのお祈りのかわりに、彼女は無意識のうちに、「おお神様、罪びとでも無実の人間でも、誰でもかまいません、早く誰かの首をくくってください！」と祈っていた。

今度は彼女も早い目にいろいろと問い合わせ、前回よりも手まわしよく必要な手を打っておいた。そのうえ、季節が夏で干し草作りも終わり、あとは収穫を待つばかりの暇な時だったため、夫は家をあけて旅行に出ていた。

巡回裁判は七月だった。ガートルードはこの前と同じように宿屋へ行ってみた。処刑が一つ——ただ一つだけあるはずで、放火罪だということだった。

ガートルードにとっていちばん大きな問題は、どうやってキャスタブリッジの町までゆくかではなく、どうやって刑務所へ入る許可を得るかだった。ひところまでは、そういう目的で刑務所内へ入るのは大目に見られていたが、今ではその習慣もすたれてしまっていた。これから遭遇するに違いないさまざまな困難のことを考えると、彼女はまた夫の力にすがりたい気持ちに駆られた。ところが、巡回裁判についてさりげなく探りを入れてみても、夫はまるで気のない態度を見せるばかりであり、いつもの冷淡さに輪をかけたよそよそしさなので、彼女もそれ以上打ち明けることはせず、何をやるにも独力でやろうと心に決めた。

これまで冷酷だった運命の神が、思いがけぬ好意を彼女に示してくれた。死刑執行日と決まった土曜日を数日後にひかえた木曜日、ロッジは彼女に向かって、商用で一、二日家をあけ定期市へ出かけるが、いっしょにつれて行ってやれないのが残念だと言い出したのだ。

今回にかぎっていかにも留守番役を喜ぶ妻の様子に、夫は驚いて彼女の顔を見つめた。以前のガートルードであれば、そうした旅行につれて行ってもらえないと知ると、ひどい落胆を示したはずだった。しかしロッジは、いつものようにまたむっつりと黙りこくり、その日ホームストークの村を発《た》って行った。

いよいよガートルードの番だった。最初は馬車で行こうかと考えたが、そうするとどうしても本街道を通らねばならず、恐ろしい目的の露見する危険が十倍も増すため、結局思い直して馬車はあきらめることにした。馬でゆき、人のよく通る道は避けることに決めたが、夫の厩《うまや》には、彼女専用の牝馬《めま》をいつもおいてくれるという結婚前の約束にもかかわらず、どう考えても婦人用の乗馬と言えそうな馬は今のところ一頭もいなかった。しかし荷馬車馬にはりっぱなのがたくさんいて、その中に馬の女丈夫《アマゾン》とでも呼びたい、役に立ちそうなのが一頭まじっていた。ソファのように広い背の馬で、今までにも気持ちのふさぐときには、ときたま気晴らしに乗って出かけたことがあった。ガートルードはこの馬を選ぶことにした。

金曜の午後になると、下男の一人がその馬を厩から曳《ひ》いてきた。旅装をととのえたガートルードは、階下へおりてゆく前にもう一度いじけた自分の腕を眺め、その腕に向かって言った――「ああ！　おまえさえなかったら、こんな恐ろしい試練にもあわずにすんだだろうに！」

着換えを少しばかり入れた包みに帯革をかけながら、彼女は折を見て下男に言い残した――「念のためにこれを持ってゆくことにするわ、これからちょっと人を訪ねるんだけど、もしかして今夜じゅうに帰れないと困るから。もし十時までに戻らなくても心配しないで、いつものように戸じまりをよくしてちょうだい。あしたはきっと帰ってくるつもりだから」夫には、いずれ帰ってきてから、こっそり打ち明けるつもりだった――すんでしまったこととなれば、計画中のとはおのずから違うだろう。きっと夫も許してくれるに違いない。

こうして、胸さわぎをかくした美しいガートルード・ロッジは夫の屋敷を出た。目的地はキャスタブリッジだったが、スティックルフォードを抜けてまっすぐに行く道はとらなかった。抜け目なく、まず最初はまったく正反対の方角へ向かった。そして人目につかぬところまでくるとすぐ、エグドンへ通じる道を左へ折れ、ヒースの荒野に入るとまたすぐ方向を変え、真西に向かって本当の方角をたどりはじめた。これ以上人目につかぬ道はほかに考えられなかったし、方角は、馬の首を太陽の少し右に向けてさえいれば心配なかった。それに、針エニシダ刈りの男や、そのあたりの小屋の住人に出くわすこともときたまあろうから、先ざきで方角を聞いて正せばよかった。

これはさほど古い物語ではないが、それでも今にくらべると、当時エグドンのあたりはまだうらさびれていた。後になると、低い斜面を開墾しようとする企てが——その成否はともかく——入り込み、荒野をいくつも小さく分割してしまったが、当時はまだそれも目立つほどには進んでいなかった。囲い地条令（訳注　公有地を私有地として許可する条令）もまだ実施されておらず、また今では土手や垣ができて、以前まで共同使用権を認められ自由に放牧していた村人たちの牛を締め出し、泥炭《でいたん》採掘権を持ち一年じゅう燃料に事欠かなかった人たちの荷車を入れないようにしているが、そんなものもまだ築かれていなかった。したがってガートルードは、棘《とげ》のある針エニシダの藪《やぶ》や、ヒースや白い小川の流れ、そしてゆるやかな大地の起伏のほかには何の障害にも会わず馬を進めて行った。

足の重いのろい馬だったが頼もしく、曳き馬ながら歩調に乱れがなかった。そうでもなければ、なかば腐った腕をかかえ、とても彼女はこのような荒野を越えてゆく気になれなかっただろう。エグドンの荒野を出て谷間の耕作地へ下りてゆく前、キャスタブリッジに向かってつづいている寂しい荒野の最後の高台で、馬にひと息つかせるため手綱を引いたのは、もうほとんど八時に近かった。

馬をとめたのは、二つの垣根の端で堰《せ》かれた「藺草地《いぐさ》」と呼ばれる池のそばだった。欄干が池の中央を走り、池を二分していた。欄干の向こうには低い緑の土地がひらけ、緑濃い梢《こずえ》の向こうには町の屋根が、さらにその屋根の向こうには、郡刑務所の入り口を示す白い平たい建物の正面が見えた。その正面の屋根の上を、胡麻《ごま》つぶのようなものが動きまわっている——職人たちが何かを建てているようであった。ガートルードはぞっとした。彼女はゆっくりと丘を下り、ほどなく小麦畑と牧草地の中に出た。それから三十分ほどして、ほとんどあたりも暗くなったころ、ガートルードは「白鹿屋」にたどりついた。こちら側から町へ入ってゆくと、いちばんとっつきの宿屋である。

宿屋では、彼女の到着にさして驚いた様子もなかった。当時、農家の女房が馬に乗って出かけることは今よりもふつうだったし、それに彼女はどうみても人妻に見えなかった。宿屋の主人も、いずれは明日の「首つり祭」を見物にやってきたどこぞのおてんば娘だろうと思っていた。彼女も夫もキャスタブリッジの市場で物の売り買いをしたことはなかったので、だれもガートルードの顔を知っている者はなかった。馬を降りながらふと彼女は、宿屋のすぐ先の馬具屋の店先に一団の男の子たちがたかり、しきりに店の中をのぞき込んでいるのに気づいた。

「何かしら、あれは？」ガートルードは馬丁に聞いた。

「あす使う首つりの縄をなってるんでさあ」

ガートルードは反射的に激しい胸の鼓動を覚え、あわてて腕を引っ込めた。

「あの縄は、すんでから一インチいくらで売るんでさ」と、馬丁は言葉をつづけた――「お望みなら、ちっとばかしただでもらってきてあげやしょうか？」

彼女はあわてて――あわれな死刑囚の運命がしだいに自分の運命とからみ合ってきつつあるという、言い知れぬ無気味な気持ちからいっそううろたえて――そのような望みのないことを伝えた。そして一夜を過すための部屋を借りると、すわって物思いにふけった。

これまで彼女は、刑務所に入れてもらう方法について、漠然とした考えしか持っていなかった。あのまじない師の言葉が蘇ってきた――今でこそいくらか損われていたが、彼女の持ち前の美しさを利用すればいい、とあの男はそれとなくほのめかしていた。世間知らずのガートルードは、刑務所の役人のことなどほとんど何も知らなかった。州長官とか副長官とかがいることは聞いていたが、それもぼんやりとしか覚えていなかった。しかし、ともかく絞首人がいることに間違いはない。彼女はなんとかその絞首人に頼んでみようと決心した。

Ⅷ 水辺の世捨て人

この当時は(それから数年後までも)、ほとんどどの刑務所にも一人ずつ絞首人がいたものである。いろいろ聞いてまわった結果、ガートルードは、キャスタブリッジの絞首人が、刑務所の建っている崖《がけ》の下を流れる深いゆるやかな川のほとりに、たった一軒小屋を建てて住んでいることを知った――その川は、彼女は知らなかったが、ずっと下流でスティックルフォードとホームストークの牧草地を灌漑《かんがい》しているのと同じ流れであった。

旅装をとくと、まだ食事もとらぬうちに――気になるいくつかのことを確かめるまでは、ゆっくり落ち着くこともできなかったのだ――ガートルードは教えられた小屋をめざして、川ぞいの小道をたどって行った。刑務所のはずれを通るとき、入り口の門を見下ろす平らな屋根の上に、三本の角ばった線が空を背景に立っているのが目に入った――遠くから眺めたとき、斑点《はんてん》のような人影が動いていたのはここだったのだ。何が建っているのかを知った彼女は、急ぎ足で通りすぎた。そこから百ヤードばかり行くと、道を聞いた男の子が教えてくれた死刑執行人の小屋の前へ出た。同じ川のほとりに建った小屋で、水門のそばだったせいか、水音が絶え間なく轟音《ごうおん》をひびかせていた。

ためらいながら立っていると、入り口の戸があき、年取った男が片手でろうそくの灯をかこいながら出てきた。男は外から戸に鍵《かぎ》をかけると、小屋の端についた木の梯《はし》子段《ごだん》のほうへゆき、それをのぼりはじめた。どうやら彼の寝室へ通じているようであった。ガートルードはあわてて男のあとを追ったが、梯子段の下まで来たときには、相手はすでに上までのぼりきっていた。彼女は堰《せき》の水音に消されまいと大声で呼びかけた。男はこちらを見下ろして言った、「何ぞ用かね？」

「ちょっとお話ししたいことがあるんですけど」

心もとないろうそくの光が、ふり仰いだ彼女の哀願するような青ざめた顔に落ち、デイヴィーズは（それが絞首人の名だったが）梯子段を降りてきた。「寝ようと思っとったんだが。早寝早起きは何とやらというからね。しかしあんたみたいなお客さんのためなら、ちっとばかし遅くなっても苦しゅうないて。さ、おはいんなされ」男はそう言って、先ほどしめた戸をまたあけ、先に立って部屋の中へ入った。

片手間に植木屋をやっている彼の仕事道具が片隅に立てかけてあったが、鄙《ひな》びたガートルードの風体《ふうてい》を見てとってか、「野良《のら》仕事をたのみに来なすったんなら、せっかくだがだめだね。お偉い方の頼みだろうがなかろうが、キャスタブリッジを離れるわけにゆかんのでな——あっしは。こう見えても、司法官吏が本職だからね」と、偉そうに言ってみせた。

「ええ、よく分かっていますわ！　あしたでしたわね！」

「ああ、やっぱしな、そんなことだろうと思っとった！　そんで、あしたがどうしましたね？　縄の結び目に手心を加えてもらいたくて来なすったんなら無駄だよ——身内だというのがしじゅう来なさるが、あっしはいつも言ってやるんだ、どんな結び方をしたとこで、耳の下へ巻かれりゃどのみち同じだってね。そいじゃ、あした仏になろうってのは、あんたの身内かね？　さもなきゃ」（とガートルードの身なりを見て）

「おたくに雇われてた男かね？」

「いいえ。それで処刑の時刻は？」

「いつもと同じさね——正十二時、ロンドンからくる郵便馬車が着くとすぐだ。執行猶予《ゆうよ》の令状がくるかもしれんので、いつもその馬車を待つしきたりでね」

「まあ——執行猶予だなんて——困るわ、そんなこと！」と、ガートルードは思わず口走った。

「さよう——ヘッ、ヘッ！——こちとらも商売上、ご同様だがね！　しかしな、刑が猶予になっていい若いもんがあるとすりゃ、さしずめこんどの男なんざそれだろうて。年だって十八になったばかし、たまたま干し草の山に火がついたとき現場にいたちゅうだけなんだから。だけどまあ、猶予の気づかいはあるまいて。近ごろそういう被害がめっぽう多いんで、これを機会にいい見せしめにしようってんだから」

「実はあたし」と、ガートルードは弁明をした——「病気を治すおまじないに、その男にさわりたいんですの、よく効くからって人にすすめられたものですから」

「ああ、そうだったかね！　それで分かった。むかしはそういう頼みでくる人もあったもんだ。しかしまさかあんたが、血の向きを変えなきゃならんお方とは思えなんだ。どんな病気かね？　おおかた、こんなことでなおる病気じゃないんじゃないかね」

「腕ですの」ガートルードは不承ぶしょういじけた肌を出して見せた。

「ふうむ！——すっかりしなびきっとるわ！」絞首人はしげしげと腕を見ながら言った。

「そうですの」

「なるほど」と、男は興味ぶかげに言葉をつづけた——「いや、こいつぁまったく打ってつけの患者だ！　この傷の色はどうだ、あの療治にゃ実におあつらえむきだ。どのどなたか知らんが、あんたをここへよこしたのは偉い人だて」

「手はずはすっかりととのえていただけますわね？」ガートルードは固唾《かたず》をのんで聞いた。

「ほんとは刑務所長のとこへ医者といっしょに行って、住所氏名を名乗って願い出るんだがな——たしかむかしはそんなふうにやってたようだ。しかし、ま、いいだろう、ほんの駄賃ていどでなんとか計らって進ぜよう」

「まあ、助かりますわ！　ぜひそうお願いしますわ、人に知られたくないものですから」

「恋人《いいひと》にはないしょちゅうわけだね、え？」

「いいえ——夫ですの」

「そうかね！　よし分かった。死体にさわらしてあげよう」

「で、それは今どこにありますの？」彼女は身ぶるいしながら聞いた。

「それ？──ああ、囚人のことかね。奴《やつ》ならまだ生きとるよ。あの上の暗がりにちっちゃな窓が見えるだろ、あの窓の中だ」彼は崖の上に建っている刑務所を指さした。

彼女はふと夫や友人のことを考えた。「そう、そうでしたわね。それで、どういう段どりでゆけばいいんでしょう？」

男はガートルードを戸口のところまでつれて行った。「それ、この道をのぼってったところの壁に小さなくぐり戸があるからな、そこで一時前に待ってなさるがいい。あっしが内側からあけるから。どうせこちとらは、死体の縄を切り落とすまでは昼めしにも帰れんのだ。そいじゃ、今夜はこれで。時間をまちがえんようにな。人に見られたくないなら、ヴェールでもかぶって来なさるがいい。いや──あっしにも昔あんたみたいな娘があったもんだ！」

ガートルードは男の小屋を出、翌日くぐり戸がたやすく見つかるよう小道をのぼって行った。くぐり戸の輪郭はすぐに目についた──刑務所を囲んでいる外塀についたせまい入り口だった。非常に急なのぼり坂だったため、くぐり戸のところまでのぼりきると、彼女はちょっと息をつくため立ち止まった。川岸の小屋のほうをふり返ってみると、絞首人がまた小屋の外の梯子段をのぼってゆくのが見えた。彼は梯子段をのぼりつめた屋根裏部屋か小部屋のような中に入り、やがて明かりを消した。

町の大時計が十時を打ち、ガートルードはもと来た道を「白鹿屋」のほうへ引き返した。

IX めぐり会い

土曜日の一時であった。ガートルード・ロッジは、すでに述べたような手順で刑務所内に入れてもらい、二番目の関門を入った待合室にすわっていた。切石積みの古めかしい拱道《アーチ》の下についた、当時としてはかなり近代的な感じの門で、「郡刑務所、一七九三年設立」と刻まれていた。前の日彼女がヒースの荒野から見た刑務所の正面がこれだった。すぐそばには、絞首台の立っている屋上につづくのぼり口があった。

町には人があふれ、市場《マーケット》も一時閉ざされるほどだったが、ガートルードはほとんどだれにも会わなかった。約束の時刻までは宿屋の部屋に閉じこもっていたし、約束の場所へは、見物人の集まっている崖下の広場を避けた道を通ってきたからだった。

しかしここまで来てもまだ群衆のざわめきが聞こえ、ときおりその中から、「言い残す言葉はないか、早く懺悔《ざんげ》を！」とかすれたしゃがれ声が聞こえた。執行猶予の令状もこず、処刑は終わった。しかし群衆は、死体の下ろされるのを見ようとしてまだ立ち去らなかった。

やがて、辛抱強く待っていたガートルードの頭の上で足音が聞こえたかと思うと、手が彼女をさし招いた。指図どおりに彼女は待合室を出て、門番小屋の奥の舗装した内庭を横切ったが、膝《ひざ》がふるえ歩くのも容易ではなかった。片方の腕を袖口《そでぐち》から出し、わずかに肩かけでおおっていた。

行きついたところには二脚の架台《うま》がおいてあったが、何に使うのかを考える暇もないうち、どこか後ろのほうで階段を降りてくる重い足音が聞こえた。ふり返ってみるだけの勇気も気力もなく、その場に根が生えたように立ちつくしていると、荒削りの棺が四人の男にかつがれ、彼女のすぐ肩のところを通ってゆくのが分かった。棺には蓋《ふた》がなく、田舎者らしい野良着をつけ、コールテンのズボンをはいた若い男の死体が横たわっていた。死体はいそいで棺の中へ投げ込まれたらしく、野良着の裾《すそ》が外へたれていた。棺は一時、先ほどの架台《うま》の上におかれた。

すでにガートルードの目の前は灰色の霧でもかかったようになり、それとかぶっていたヴェールのために、ほとんどもう何も見えなかった——あたかも半ば死んだようになり、かろうじて一種の静電気にささえられている感じだった。

「さあ！」とすぐ耳もとで声が聞こえ、彼女はそれが自分に言われた言葉だとやっと意識した。

ここを先途《せんど》と力をふりしぼり、ガートルードは前へ歩み出た。それと同時に、後ろから近づいてくる何人かの足音が聞こえた。ガートルードはいまわしい腕をむき出しにした。デイヴィーズは死体の顔のおおいを取り、ガートルードの腕をつかむと、それを死んだ男の首筋に、ちょうど熟していない黒苺《くろいちご》のような色のすじが一本首のまわりを取り巻いている個所に、押しつけるようにした。

ガートルードの口から悲鳴がもれた——まじない師の予言していた「血の逆流」が起こったのだ。だがその時、もう一つ別な悲鳴が刑務所内の空気を引き裂いた——ガートルードの口から出た声ではなかった。彼女は思わずぎょっとしてふり向いた。

彼女のすぐ後ろには、顔をひきつらせ、目を真っ赤に泣きはらしたローダ・ブルックが立っていた。そしてそのローダの後ろには、ガートルード自身の夫が立っている。眉をしかめ、目をうるませているが、涙は出ていなかった。

「こいつめ！　何をしてるんだ、こんなところで？」と、彼はかすれた声で言った。

「なんという女だろう——わたしたちの仲を裂いて、こんどは子どもとのあいだを邪魔するなんて！」とローダは叫んだ。「悪魔が夢の中で見せたのはこれだったんだわ！　とうとう夢に出てきたときの本性を現わしたね！」そう言うなり、相手のむき出しの腕をつかむと、むりやり壁のほうへ引きずって行った。ローダ・ブルックがつかんでいた手をゆるめたとたんに、若くかよわいガートルードは夫の足元に崩れてしまった。夫が抱き起こしたときには、彼女は気を失っていた。

二人の姿をひと目見ただけで、死んだ若者がローダの息子だったことはガートルードにも十分にわかった。当時、死刑になった囚人の身内には特権が与えられており、希望によっては遺体を引き取り家族の手で葬《ほうむ》ることができた。ロッジがローダといっしょに検屍《けんし》を待っていたのもこのためだった。彼は若者が捕えられるとすぐローダから呼ばれ、それ以後もたびたび呼び出されていた。裁判のあいだは法廷まで出向いても行った。近ごろ「休暇」と称して彼が家をあけていたのは、このためだったのだ。みじめなこの父と母は世間の目を避けたいと願い、自分たちで遺体を引き取りに来ていたのだ。遺体を包んで運ぶための経帷子《きようかたびら》と馬車が外に待たせてあった。

ガートルードの容態は悪く、近くの外科医を呼んだほうがよかろうということになった。彼女は刑務所内から町へ運ばれたが、とうとう生きた姿では家へ帰れなかった。

か弱い彼女の生命は、おそらく萎《な》えた腕に吸い取られてしまったのであろうか、まる一昼夜耐えてきていたはげしい肉体的精神的緊張のうえにまたあらたなショックを受け、ついに潰《つい》えてしまった。血はたしかに「逆流」したが——あまり激しすぎたのだ。彼女はそれから三日後、町で息を引き取った。

彼女の夫の姿は、その後二度とキャスタブリッジでは見られなかった。以前にはあれほどたびたび訪れたアングルベリの古い市場へも、ただ一度姿を見せたきりで、とにかくめったに人中に現われなくなってしまった。事件直後はふさぎ込み、悔恨に沈んでいたが、やがてそのうちまた立ち直り、もの静かな思慮深い男になった。若い妻の葬儀をすますとすぐ、彼はホームストークとその隣り村にある農場を人手に渡す準備をし、家畜を一頭残らず売り払ってしまってから、同じ州の反対側のはずれにあるポート・ブレディの町へ移り、それから二年後なんの苦しみもなく枯木が倒れるように死ぬまで、ひとり寂しく間借り生活を送った。彼が決して少なくない財産をそっくり少年感化院に寄付していたことは、ようやく彼の死後になって分かった。ただし、先妻のローダ・ブルックの居所が分かり、彼女がそれを望んだ場合には、少額の年金を支払ってやることが条件になっていた。

ローダの行方はしばらく知れなかったが、やがてまた昔の教区に姿を現わした——

しかし自分のために残された金はどうしても受け取らなかった。搾乳場での単調な乳しぼりの仕事がまたはじめられ、その後長い歳月にわたってつづけられた。だが、やがて彼女の腰は曲がり、かつての豊かな黒髪も白く変わり、長いあいだ牝牛《めうし》の体でこすられたためか、額のあたりが薄くなった。ときたま昔の出来事を知る土地の人たちは、仕事の手を休めてつくづくと彼女を見守り、いったいあの皺《しわ》に包まれた無感動な額の陰にどんな暗い思いが、どくどくとほとばしり出る乳のリズムに合わせて脈打っているのだろう、と怪しむのだった。

一八八八年一月

羊飼の見た事件

What the Shepherd Saw

第一夜

この物語は本当にあったことなのだと請け合ってくれた人のいい治安判事は——ああ、あの人も今では故人となってしまったが——いつもきまって、皎々《こうこう》たる月明の夜忍びよる怪しき人影一つ、といった調子の古めかしい前置《まくら》きをおいて物語をはじめたものだ。もっともそのあとさえうまくつづけられれば、これは案外今日《こんにち》でも通用するうまい話の切出し方かもしれない。

クリスマスどきの月が（とこれも治安判事のせりふだが）冷たいおもてを高原に向け、高原はその輝きを近くで見守るものの目にだけ見分けられる、ごく細かなきらめく粒子として照り返していた。その目というのは（判事の説明によると）、まだこの仕事には若すぎる一人の羊飼の若者の目であった。若者は、羊が産期に入ったころ牧羊者たちのよく使う移動小屋の中に立ち、ぼんやりとのぞき穴から外の景色を眺めていた。

その場所は「子産みの地《ラミング》」と呼ばれ、マールベリ草原として知られる起伏の多いひろびろとした牧場の、かくまわれた一角になっていた。ロンドンからオールドブリッカムをへてバース、ブリストルの方角へ、中部ウェセックスを横切る有料道路をたどるならば、まっすぐに通り抜けるはずの草原である。この小屋の建っているあたりでは土地も高く、乾燥し、北のほうをのぞけばひろびろとひらけ、何マイルにもわたってゆるやかな起伏が望まれた。北側には、たくましい枝を張った野生のままの針エニシダが丈高くつらなり、その前面にも一かたまり、ほかから離れた茂みがあった。茂みの中は空間になっていて、先ほど述べた小屋の置き場所としてうまく利用されていた。おかげで小屋はすっかり風から遮蔽《しゃへい》され、狭い出入り口からでなければ、ほとんど外からも見えなかった。しかし、小屋の中にはいった番人が羊を見張っていられるように、小さな二つの窓のまわりだけは枝が払ってあった。

後ろ手では、針エニシダの茂みでできた風よけが、これもおなじ針エニシダの刺《とげ》のある枝をからませたまっすぐな棒杭《ぼうぐい》の柵《さく》で人為的に補強され、その囲いの中には、有名なマールベリ草原産の牝羊《めひつじ》が八百頭ほど入れられていた。

南のほう、若い羊飼がぼんやりと眺めている方角には、まんべんなく月の光を浴びた高原にぬっくりと一つ、人目につくものがそそり立っていた。それは昔ドゥルイド僧の建てた三石塔で、三個の長方形の石が二つは縦に、もう一つはまぐさ石として横におかれ、ちょうど門の形を作っていた。どの石も一万年のあいだ、風雪にあるいはすりへらされ、ひっかかれ、洗われ、削りとられ、割られなどして痛めつけられていた。しかしいま月光に美しく銀色に染められた巨石は形も美しく、すりへった醜さは少しも感じさせなかった。この遺跡は、この地方では「地獄門」と呼ばれていた。

やがて、一人の年取った羊飼が羊たちのいる方角から小屋の中へ入ってきて、暗闇《くらやみ》を見まわし、「どうだ、ねむてえか?」と、不機嫌な口調で少年に聞いた。

若者は、いくらかおどおどしたように、眠くはないと答えた。

「そんなら、ええか、わしはちょっくら帰《け》えって、二、三時間休んでくっからな。いまんとこ、用もねえようだ。羊の奴《やつ》らは夜の明けまで、もう何も世話はいらねえし――いるわけもねえ。だけど旦那《だんな》の言いつけで、どっちか片っぽは残ってなきゃなんねえ。ええか、わしは帰《け》えるからな。おめえはひるま眠りゃいいが、わしはそうもゆかねえで。それに、何かあったら、わしんとこまで十分たあかからねえ。ろうそくをやるわけにはゆかねえが、ちょうどクリスマス週間で世間じゃみんな休みだ、おめえも夜っぴて目をさましてることはねえや、椅子《いす》にすわって眠ったたっていい。だけどな、地獄門の影が手で計《はか》って二《ふた》わたし動くより長えあいだ、いっときに眠っちゃなんねえぞ、羊の見張りがかんじんだでな」

少年ははっきりした返事をしなかったが、老人は柄の曲がった杖《つえ》で暖炉《だんろ》の火をかき立て、相棒の少年を残したまま戸をしめ、姿を消した。

このようなことは、羊の産期に入って以来ほとんど毎晩のことだったため、少年も今さら言いつけられた役目に驚きもせず、しばらくのあいだ暖炉の火に藁《わら》をくべてはひとり楽しんでいた。やがて少年は外に出て、牝羊や生まれたばかりの仔羊《こひつじ》の様子を見てくると、また小屋に戻り、腰をおろし、そのうちぐっすり寝入ってしまった。これが少年のいつものやり方で、今週は特に居眠りをしていいおゆるしが出てはいたが、実のところこれまでも毎晩おなじことをやってきており、すっかり眠りこけたあげく夜明けの三時、四時ごろになって、老人の曲がった杖でいやというほど背中をどやされ、目をさますことも再三だった。

少年が目をさましたのは、十一時ごろだったろうか。呼ばれた様子も、叩《たた》かれた様子もなく目がさめたのが自分ながら意外で、呼ばれた気配はないがいずれはだれかが呼んだに違いないと思いなおし、少年は小屋の窓から羊のほうをのぞいてみた。羊の群れは先ほど見まわりに行ったときと変わらず静かに横たわり、ほとんど鳴き声も聞こえず、あたりの光景をかき乱す人影もなかった。こんどは反対側の窓からのぞいてみた――するとそこでは様子が違っていた。細かな霜の結晶は、月光のもとで変わりなくきらめいている。ところどころにある針エニシダの茂みが、その霜の上に降《お》り敷いた黒い斑点《はんてん》のように見える。そして前景には、三石塔の無気味な姿。しかしその三石塔の前に、一人の男が立っていた。

羊飼でも農場の作男でもないことは、一目見れば明らかであった――黒っぽい服を着込み、痩《や》せ形で、身のこなしが洗練されていたからだ。男は三石塔の前を行きつ戻りつしていた。

こんな時刻に、見なれぬ人間がどうしてこんな場所にいるのかと、まだ羊飼の若者が怪しむ暇もないうちに、もう一つ別の人影が開けた草地を横切り、三石塔と、小屋を隠している針エニシダの木立のほうへ近づいてくるのが見えた。こんどは女だった。女の姿を見つけるや否《いな》や、男はいそいで駆け寄り、ちょうど小屋の前で出迎え、考える隙《すき》も与えず女を抱きしめた。

女は相手の腕をほどき、いくらか毅然《きぜん》とした態度で身を引いた。

「来てくださいましたね、ハリエット――ありがとう!」と、男は熱を込めて言った。

「でも、こんなことをされるためではありませんわ」女は気にさわったような口ぶりで答え、そのあとやさしく言いそえた――「まいりましたわ、フレッド、あなたがぜひにとおっしゃるから！　どうしてあんなお手紙をお書きになりましたの？　もしこないと、ひどく悪いことをしたような書きぶりでしたわ。どうやってここまでおいでになりましたの？」

「親父《おやじ》のところからずっと歩いてきました」

「それで、ご用というのは？　あれ以来いかがお暮らし？」

「ひどいものです。そんなことはお聞きにならなくてもおわかりでしょうに。この高原を去ってから、たくさんの土地と顔を見てきました。しかし、いつも考えていたのはあなたのことばかりです」

「それをおっしゃるために、こんな妙な呼出し方をなさいましたの？」

そよ風が、小声でつぶやく答えとそのあとの言葉をいくつか吹き消してしまったが、そのうちまた男の声が聞きとれた――「ハリエット――ぼくたちのあいだでは、隠し立てなしにしましょう！　ぼくは、公爵《こうしゃく》があなたにあまりやさしくないという噂《うわさ》を聞いたんです」

「気は短い人だけど、いい夫ですわ」

「ひどい口をきくし、ときには出てゆけと言って威《おど》すそうじゃありませんか」

「一度だけよ、フレッド！　ほんとに、たった一度だけよ、そんなことは。くり返して言いますけど、公爵はとても理解のある夫です。それよりあなたのほうこそ悪い人よ、わたしを今夜みたいに騙《だま》してつれ出すなんて。いったいどういうわけですの？」

「ハリエット、それはあなたの本心から出た正直なお気持ちでしょうか？　公爵との生活が味気ないもので――あなたがいくらやさしい気持ちでつくしても、気むずかしい公爵のおかげで暗い毎日を送っておられるということは、世間ではだれでも知っていることじゃありませんか？　ぼくは、少しでもお役に立てるかと思ってきたんです。そりゃ、あなたは公爵夫人、ぼくはただのフレッド・オグボーンです。ですが、お力になれないともかぎりません……。ああ、あなたのその美しいお声だけだって、公爵をもっとやさしくさせていいはずです、そのうえ、美しいお顔がそえられているというのに！」

「オグボーン大尉《たいい》さん！」と彼女は、冗談にまぎらせた不安をありありと見せて言った――「それが幼なじみのわたしになさるふるまいですの？　そんな口のききようはなさらないで。それから、そんなふうにわたしをごらんになるのも！　おっしゃりたいのは、ほんとにそれだけですの？　やはり来てはいけなかったのね。軽はずみでしたわ」

また風が出て、話のやりとりをしばらくのあいだ絶ち切った。

「分かりました。もうあなたはぼくにとって死んだも同然、存在しないということが」そう言って、また次のようにつづけるのが聞こえた――「オグボーン大尉、とおっしゃった今の言葉で、それがよく分かりました。ぼくは今でも、昔あなたを慕っていたときそのままの気持ちで、少しも変わらずあなたを愛しています。しかしあなたは、もう昔のあなたではなくなってしまわれた――昔のあなたは、何でもぼくに打ち明けてくださった。それが今は、よそゆきの言葉で本心を隠してしまわれる。どうせもうかまいません――もう二度とお目にかかれないでしょうから」

「なにもそんな悲しい声でおっしゃらなくてもいいじゃありませんの、おばかさん。ふつうに会ってくだされぱいいのよ――そうでしょ？　でも、もちろん、今夜みたいなのは困りますわ。今夜だって出てこられなかったはずですのよ、たまたま公爵がお留守で、わたしの気まぐれを止めるものがだれもいなかったからいいようなものの」

「いつ戻られるんですか、公爵は？」

「あさってか、しあさってね」

「じゃ、あすの晩もう一度会ってください」

「いいえ、フレッド、それはだめ」

「あすの晩がだめなら、あさっての晩でも。公爵の戻る前に、どちらかひと晩をぼくにください。さあ、お約束を！　あすかあさっての晩、最後のお別れに会ってくださいますね！」彼は公爵夫人の手を取った。

「だめよ、フレッド――手を放してちょうだい！　そんなにわたしの手を握って、どういうおつもり？　もし昔のことを楯《たて》に、女の今の立場を少しも考えてくださらないのが愛情なら、さしずめあなたのも愛情でしょうね、フレデリック（訳注　フレッドの正式の名）。あなたへの同情をいいことに、わたしをこんなところへ誘い出して手を握ったりなさるなんて、思いやりのある仕打ちとはいえませんわ」

「ともかく、もう一度だけ会ってください！　そのために二千マイルの道のりをやってきたんです」

「いいえ、だめ！　後ろ指をさす人だっているでしょうし――どんなことになるか！　もうお会いできません。昔を覚えててくださるのなら、どうかそんなむりはおっしゃらないで」

「それじゃ、二つだけ打ち明けてください――かつてぼくを愛してくださったことがあるということ、それから今のご主人には思いやりがなくて、そのため昔ぼくを愛していてくださったころのことを、よく思い出されるということを」

「ええ――二つとも認めますわ」と、彼女は消え入りそうな声で答えた――「でも、こんなことを打ち明けてしまうと、わたしの立場は苦しくなりますわ。それに、だからといって、今でもそうだということは成り立ちませんのよ」

「そんなことはおっしゃらないでください。現にこうして来てくださったじゃありませんか――来てくださった理由は、ぼくの考えたいように考えさせておいてください。ご迷惑になるはずもありません。どうかもう一度だけいらしてください！」

男はまだ相手の手を握り、腰を抱きかかえていた。「いいですわ。それじゃ、これだけで勘弁してちょうだい――あすかあさっての晩、もう一度お目にかかるということで。さ、お放しになって」

彼はやっと女を放し、二人は別れた。公爵夫人は、遠くに見えるシェイクフォレストの城館《やかた》のほうへ、足ばやに丘を駆けおりて行った。その後ろ姿が見えなくなるまでじっと見送っていた男も、やがて背を見せて反対の方角へ歩み去った。そしてあたりは、ふたたび空《うつ》ろな静けさに戻った。

しかし、それもほんの束《つか》の間《ま》であった。二人の姿がすっかり見えなくなったとき、もう一つの人影がその場に現われたのだ。その姿は三石塔の陰から現われた。先ほどの男よりもがっしりした体格の男で、乗馬用の長靴をはき、拍車をつけていた。このことから、二つの事実がすぐに明らかとなった——まず、この男が大尉と公爵夫人のやりとりを見守っていたということであり、もう一つは、おそらく二人の動作は、抱《ほう》擁《よう》もふくめすっかり見ていたであろうが、なにぶんにも離れすぎていたため、女の気の進まぬ返事のほうは——おそらくは一語も——聞きとれず、そのため男の目には、よく気の合った恋人同士のしめしあわせた逢瀬《おうせ》と映ったに違いないということだ。しかし羊飼の少年がこれだけのことを推量できるまでには、なお数年の月日が必要であった。

第三の人影は、深い物思いに沈んでいるように、じっとしばらく身動きせずに立っていた。やがて先ほどの男女が立っていたところまで歩み寄ると、地面を眺めていたが、そのうちその場から離れ、さっきの二人とはまったく違った別の方角へ立ち去った。行き先は街道のほうであった。数分後には、早足で駆けてゆく馬の蹄《ひづめ》の音が霜に凍《い》てついた街道にひびき、やがてしだいに遠く消えてゆくのが聞こえたはずである。

羊飼の少年は、まだもっと役者の登場してくるのを待っているように、三石塔のほうを向いて小屋の中に身をひそめていたが、もうそれきり人影は現われなかった。どれほどのぞき穴に小さな顔を押しつけて立っていたか、少年は自分でも分からなかった。しかし、不意に背中を叩かれて、彼は夢見ごこちから乱暴にさまされた。小突かれた感じから、いつも叩かれつけていた少年は、それが老羊飼の曲がった杖の柄だと知った。

「やいビル・ミルズ、りっぱな目と手足をもってくさって、恥ずかしくねえだか——火をすっかり消しちまったでねえか、消さねえようにとあれだけ言っておいたに！　おまえにまちげえでもねえかと心配で、風にふかれた薊《あざみ》の綿毛みてえに、ろくすっぽおちついて寝てもいられやしねえ、まったくの話が！　こまった奴め、いったいどうしたってんだ、ええ？」

「どうもしないよ」

「羊はわしの出てったときのまんまで、異常はねえな？」

「うん」

「中へ入れてやんなきゃなんねえ仔羊は？」

「ないよ」

老羊飼は炉の火を新しく燃しつけ、角燈《カンテラ》を持って羊の見まわりに出かけた。月が沈みかけていたのだ。そしてまもなく戻ってきた。

「なんてえこった——異常はねえって話を真にうけてりゃ、どうだ、ふたごを産んで気を失いかけてる牝羊がいるかと思いきや、別のはほんのちょっぴりの世話がたりねえで、死にかけてるでねえか！　あれほど言っておいたにな、ビル・ミルズ、何か事があったら知らせにこいってよ。まったくなんてえことをしてくれただ」

「だって、休みだから寝てていいって言っただろ、だから寝てたんだ」

「目上の人間にそんな口のききようをするもんでねえ、小僧のくせに、そんなこっちゃ末は絞首台《こうしゅだい》ゆきだぞ！　なにもずっと眠ってばかしいたわけじゃねえだろ、そんなとこの穴からのぞいてるとこをみりゃ！　さ、もう帰《けえ》っていい、また朝めしまでに戻ってくんだぞ。わしは年寄りだ、年寄りは世間から大事にされる資格があるちゅうもんだ。だがまあええ――なんとか自分で、できるだけ体を休めるようにせにゃならんて！」

羊飼の老人は、そう言ってごろりと小屋の中に横になった。少年は丘を下り、村のほうへ帰って行った。

第二夜

次の日の夜が近づくにつれ、羊飼の少年の態度からは、彼が前の晩に目撃した密会と、むりやり女から奪われた再会の約束のことを考えているのが、はっきりと読みとれた。羊の世話の取り決めに関するかぎり、その晩も前夜のくり返しにすぎなかった。十時をすぎ十一時近くなると、老羊飼はまた例によって、昼間得られなかった休息時間の埋合わせに、何とか家でぐっすり眠れるだけ寝てこようと、引き揚げてしまった。少年はたった一人小屋に残された。

霜の降《お》りぐあいも前の晩と変わらなかった。ただ前夜にくらべ、いくらかひどいようだった。月も常に変わらず輝いていたが、その運行は四十五分ばかり遅れていた。少年の様子も、今夜はいっこうに眠気を感じないことをのぞけば、前の晩とまるで変わらなかった。ただ、眠くはなかったが、妙に恐ろしかった。しかし、小屋にいないところを羊飼の老人に見つけられる危険を冒すよりは、恐ろしくとも見知らぬ男女の密会を見守っているほうが、まだしもましな気がした。

遠いシェイクフォレスト城館《やかた》の時計はまだ十一時を打っていなかったが、早くも少年の目には、この真夜中の劇の第二幕のはじまるのが見えた。だがこの幕は、恋人や公爵夫人ではなく、第三の人物――長靴をはき、拍車をつけたたくましい男――の登場ではじめられた。男は、前の晩立ち去ったと同じ東のほうから姿を現わした。彼は三石塔のまわりをぐるりと一度まわり、ついで小屋を隠している木立のほうへ歩み寄ってきた。月の光がまともにその顔を照らし、男の正体を明かした――公爵だった。恐怖が羊飼の少年をとらえた――公爵は土地の人びとにとって、神々の王ジュピターそのものであり、その怒りを買うことは飢えと家の喪失と死を意味し、顔をふり仰ぐだけでも人びとは気おくれを覚え、すくんでしまった。少年は外へ明かりが洩《も》れぬようストーブの蓋《ふた》を閉じ、小屋の隅に積んであった藁の中へいそいでもぐり込んだ。

公爵は針エニシダの茂みのそばまできて、前夜彼の妻が大尉と話をかわしていた場所に立った。彼は隠れ場を捜しているかのように、針エニシダのあたりを調べていたが、やがてそのうち小屋を見つけた。まずまわりをぐるりとひと回りしてから、中をのぞき込んだ。どうやら誰もいない様子に、公爵は小屋の中へ入り込み、後ろ手に戸をしめると、つい先ほどまで少年が顔を押しつけていた小さな丸窓の前に陣取った。

身を隠すのが公爵の目的であったとすれば、それは決して早すぎはしなかった。公爵がそこに陣取るとほとんど同時に十一時が鳴り、前夜の舞台を飾った痩せぎすな青年が、丘原の北のほうから足ばやに姿を現わした。あいびきの場所は、前夜の対面の際思わず走り出たため、地獄門のあるところから針エニシダの茂みのほうへ移っていた。青年の足は本能的にそこへ向かい、前の晩とおなじ場所で公爵夫人を待ち受けた。

だが今夜は、恐ろしい運命がこの青年と、そしてふるえおののいている羊飼の少年に用意されていた。青年が姿を現わすと、公爵は息づかいを荒らげ、その激しい呼吸は、うずくまっている少年の耳にもはっきりと聞きとれた。青年が立ちどまるとほとんど同時に、油断なく見張っていた公爵はそっと小屋の戸を押し開き、針エニシダをまわって、フレッド大尉の目の前に立ちはだかった。

「おのれ、よくも妻をはずかしめおったな、そんな奴にふさわしい殺し方をしてくれるわ！」という声が小屋の板張りを通し、激しいうつろな囁《ささや》きとなって羊飼の耳に聞こえてきた。

鈍い無口な少年も、さすがに興奮をおさえきれず、危険を承知で立ち上がり、窓から外をのぞいてみた。しかし、男たちは小屋の横手へまわってしまっていたので、針エニシダの枝に遮られて何も見えなかった。その後の短い時間に何が起こったのか、少年にははっきりと分からなかった。何かはげしく取っ組み合っている人影の一部が見え、やがてどさりと草の上へ倒れる物音がしたかと思うと、また元の静けさに戻った。

二、三分後、小屋の角をまわってくる公爵の姿が見えた。すでに動かなくなった第二の男の襟首をつかんで曳《ひ》きずっている。公爵は野原を横切り、三石塔のほうへ男を曳きずって行った。三石塔の廃墟《はいきょ》の後ろには、凹凸の多い窪地《くぼち》があり、針エニシダやいじけたサンザシが生い茂り、今はもう死に絶えたか他《ほか》へ移ったかして姿を見せない穴熊《あなぐま》の古い穴がいくつもあいていた。公爵は重い荷を曳きずってその窪地に消えたが、すぐにまた姿を現わした。ふたたび現われたとき、彼はもう何も曳きずっていなかった。

公爵は小屋の横に戻ってくると、草で何かを拭《ぬぐ》い、また見張りについたが、今度は先ほどのように小屋の中からではなく、小屋の外の、陰になったところに身をひそめた。「さて、もう一人のほうだ！」と彼は言った。

公爵がいまあいびきの片割れ――彼の妻である公爵夫人――を、考えるだに恐ろしい目的で待ち受けていることは、世なれない羊飼の少年の目にも明らかだった。果断な性格らしい公爵は、何の躊躇《ちゅうちょ》もなく復讐《ふくしゅう》をとことんまでやってのけるだろう。その上――少年は知る由《よし》もなかったが――気むずかしい公爵が密会のいわばだんまり劇だけを目撃し、誇張された印象に煩悶《はんもん》していたことを合わせ考えれば、それはいっそうあり得ることだった。

嫉妬《しっと》に狂った公爵は長いあいだ待っていたが、ついに相手は現われなかった。罪深い夫人が当然約束を守るだろうという期待を裏切られ、失望めいた気持ちを覚えたのであろうか、公爵がときたま意外そうな声をあげるのが、小屋の中にひそんでいる少年の耳にも聞こえた。公爵はときおり針エニシダの陰から月明かりの中へ歩み出て、時を読もうと時計をかかげて見ていた。

さすがに十一時半ごろになると、公爵も待つことをあきらめたらしかった。彼はもう一度三石塔の窪地へゆき、そこに十五分ばかり身をひそめていたが、やがてそこから足ばやに、やや左手にある下り坂の肩まで歩いて行ったかと思うと、馬にまたがって戻ってきた。どうやら馬は、坂の下のどこか秘密の場所につないであったらしい。小屋と三石塔のあいだの草原を横切り、夫人のこなかったことをもう一度最後に確かめようとするように付近をひとわたり見渡してから、公爵はゆっくりとシェイクフォレスト館のほうへ馬で下って行った。

若い羊飼は、向こうの窪地に横たわっているもののことを考えた——もはや上役の老人の曲がった杖の恐ろしさも、少年をこれ以上ひとりで丘の上にとどまらせておくほど強くはなかった。どんなに恐ろしい相手であろうと、生き身の人間のほうが死人相手よりはましだった。馬に乗った公爵の消えた方向に野兎《のうさぎ》のような速さで駆け出した少年は、二番目の下り坂のところで、復讐の鬼となった公爵に追いついた(ちょうど広い西街道が、私園の古い入り口のすぐ手前を横切っているあたりだった——が、その入り口も今では閉ざされ、番小屋も取り払われている。いちばん便利な入り口と考えられていたので、当時は閉ざされた理由をいぶかられたものだ）。

馬の蹄の音が聞こえる距離まで近づくと、羊飼のビル・ミルズもいくらか気分が楽になった。偉い地位の人だというので畏《おそ》れる気持ちはあったが、相手の犯した恐ろしい行為ゆえに道づれになることに道義的嫌悪《けんお》を感じるということはなかった。権力のあるお偉い方は、自分の所有地内では何でも好き放題ふるまう権利があるものと思い込んでいたのだ。公爵は祖先代々から伝わる木立の下を、落ち着いて馬を進めて行った。車寄せの堅い道にさしかかった馬の蹄は、カツカツと鋭い音をひびかせ、やがて邸《やしき》の玄関口に近づいた。玄関の上には四角に切り込みのある欄干がついており、砂利を敷きつめたテラスに鋸目《のこぎりめ》のある影を投げていた。こういった外形だけはビル・ミルズ少年も見なれていたが、一歩中の様子はまだ一度も見たことがなかった。

馬に乗った公爵が館《やかた》に近づくと、小さな小塔《タレット》の扉がすばやく開かれ、一人の婦人が姿を現わした。乗り手の姿を見ると、女は出迎えのため月光の中に走り出た。

「まあ――お帰りでしたの？　ちょうど丘を越えたあたりで、ヒーロー号の蹄の音が聞こえたので、すぐに分かりましたわ。あらかじめ伺っていれば、もっと遠くまでお出迎えに出ましたのに――」

「わしが戻ってきて嬉《うれ》しいか、え？」

「どうしてまたそんなことを？」

「いや、人と会うにはいい晩だからな」

「ほんとに、いい晩ですこと」

公爵は馬を降り、彼女のそばに立った。「いったいどうしたんだね、こんな夜遅くまで聴耳《ききみみ》を立てていたりして、しかもわしの帰りを待っていたんでないというのは？」

「ごもっともですわ！　じつは妙なお話がありますの、今すぐお話ししますけど。でも、どうしてご予定よりひと晩早くお帰りになりまして？　残念でしたわ――ほんとに！」――と、おどけて頭を振りながら彼女は言葉をつづけた――「だって、あなたをびっくりさせてさし上げようと思って、かがり火を焚《た》くように言いつけてありましたの――あしたお帰りになったとき火をつけるつもりで。でも、もうむだになってしまいましたわ。ほら、あすこに積んであるのが見えますでしょ？」

小高い林間の空地のほうを見やった公爵の目には、積み上げられた薪《まき》の山が見えた。彼は態度を柔らげ、当惑した様子で視線を地面に落としてつぶやいた――「で、おまえの話したい妙な話というのは何だね、そのおかげで眠れなかったというのは？」

「実は――かなり重大なお話なんですの。前にもお話ししたと思いますけど、いとこのフレッド・オグボーン——といっても、今ではオグボーン大尉ですけど——あの子は小さいころ、六つも年上のわたしをたいへん慕っていました。はっきり言いますと、わたしに夢中でしたの」

「そんな話は聞かんがね」

「じゃお妹さんにお話ししたんでしたかしら——ええ、そうでしたわ。で、ともかくもう何年も会ってませんでしたから、昔わたしを慕ってくれていたことなど、当然すっかり忘れていました。ところがおととい、宛名《あてな》のない妙な手紙が舞い込んできて、あけてみますとそのいとこからなんですの、どんなにかびっくりしましたわ。それに中を読んでみて、すっかりたまげてしまいました。カナダから父親の家へ帰ってきているとかで、何とかしてすぐにも会ってくれと懇願していますの。書いてあった言葉をすっかり覚えてますわ、いずれあとで中へ入ってからお目にかけますけど。『おなつかしいハリエット様』という書出しでした——

長らくごぶさたしたあげく、いきなり姿を現わし、またとっぴなお願いなどを持ち出し、さぞや驚かれることと存じます。ですが、もしぼくの人生と将来をいくらかでもお考えくださるなら、どうかこのお願いをお聞き届けくださいますよう。お願いというのは、親愛なるハリエット様、今夜十一時ごろ、お邸から一マイルばかり離れたマールベリ草原のドゥルイド石のそばで、ぼくと会ってくださることです。今はただ、ぜひおいでくださるようにとお願いするのみで、それ以上何も申し上げられません。万事はおいでくださった際、くわしくお話しいたします。ただともかく、お目にかかりたく存じます。おひとりでおいでください。こんなことをお願いしますのも、ぼくの幸福が――ああ、どんなにかすっかり――この一事にかかっているからなのです。心がはやり、もうこれ以上書くことはできません。ではいずれ。

フレッド

文面はそれだけでした。もちろん、あとから考えると、行くことなんかなかったんですけど、まだその時はそこまで考えおよばなくて。わたしはあの子の短気な性格を思い出し、何かつらいことでも身にふりかかっているのではないかと心配しましたの――力になってくれる友だちもなく、苦しみを打ち明ける相手は、このわたしのほかだれもいないんじゃないかって。それでわたし、じゅうぶんに着込んで、指定の時刻にマールベリ草原へ行ってみました。なかなか勇気があるとお思いになりません？」

「たいしたものだ」

「向こうへ行ってみますと——少し冷えてまいりましたわ、歩きながらお話ししましょうか？」しかし公爵は動かなかった。「それで向こうへ行ってみますと、もちろん先方はわたしの記憶にあった少年ではなく、すっかり一人前の将校の姿で現われました。その姿を見て、わたしは来たことを後悔しました。彼がどんなふるまいをしたかは、とてもお話しできません。いったい何の用があったのか、今でもよく分かりませんの。ただわたしに会うだけが目的だったような気もしますし。なにしろこうしっかりわたしの手と腰をおさえて、もう一度会うと約束するまではどうしても離してくれませんの。その態度があまり激しくて気味わるいので、わたし、場所が寂しいだけにこわくなって、とうとうまた来ると約束してしまいました。そしてやっとその手をのがれ——家まで駆けて帰って——そのときはそれですみましたの。でも今夜約束の時間が迫ってくると（むろんそんな約束を守るつもりはありませんでしたけど）、わたしが約束を破ったのを知ってここまで押しかけてくるんじゃないかと心配で。眠れなかったのはそのせいですの。あなた、何もおっしゃいませんのね！」

「長い旅から帰ったばかりだからな」

「それじゃ中へ入りましょう。でもどうしておひとりで、従者をつれずにお帰りでしたの？」

「なに、わしの気まぐれだ」

二人は邸のほうへ歩き出し、一瞬話がとぎれたが、やがて夫人が言った――「わたし、あることを思いつきましたの、あなたには申し上げにくいんですけど。彼はもし今夜わたしがこなければ、明日の晩も来て待っていると言ってました。それで、明日の晩わたしといっしょに、あの丘まで行っていただけませんかしら――彼が来てるかどうかを確かめるために。もし来ていれば、いつまでも昔の気持ちにこだわって、堂々と邸へ訪ねてこずに、妙な呼出しをかけたりするおろかさ加減をさとしてやってくださいまし」

「どうして、来てるかどうかを確かめなきゃならんのかね？」と、公爵は不機嫌そうに聞いた。

「だって、なんとかしてやらなきゃなりませんもの。かわいそうなフレッド！　もしあなたからよく言い聞かせ、わたしたちの夫婦仲をはっきりと話していただけば、あの子も得心するだろうと思います。原因はともかく、きっとひどくみじめな気持ちでいるに違いありません、それくらいの親切をしてやって当然ですわ。すっかり頭までおかしくなってるようですもの」

二人はすでに戸口のところまで来ており、呼鈴を鳴らして待った。邸じゅうが眠っているように思えたが、やがて一人の男が現われて馬をつれ去った。公爵夫妻は中へ入った。

第三夜

ほかにどうしようもなかった。ビル・ミルズ少年には、その翌晩もいつもと同じように老羊飼のいないあいだ見張りについているか、それとも職を失い食うに困るかしかなかった。「地獄門」の陰に横たわっているもののことを、精いっぱい肝を太くして考えようと努めたが、恐ろしさはどうにもならなかった。したがって、霜の降《お》りた草原をやってくる公爵と夫人の姿を見たときには、恐ろしいながらもいくらか救われた気持ちだった。夫人は公爵の数ヤード先を軽い足取りで歩いていた。

「二度もわざわざやってくる物好きもあるまいよ!」公爵はそれ以上歩きたくない様子で、その場に立ち止まり言い張った。

「いいえ、おそらくやってきて、夜どおし待っていると思います。二度もそんな目にあわしては、いくら何でも酷ですわ」

「来てはいないよ。さ、もう引き返そう」

「ほんとに、来ていないようですわね。何かあったんじゃないかしら。もし万一のことがあったら、わたしとても自分が許せませんわ！」

「なあに、そんなことはないさ。ほかに約束でもあったんだろう」公爵の声は心もとなかった。

「いいえ、それは考えられませんわ」

「でなきゃ、あまり道のりが遠すぎると思ったんだろう」

「それも考えられませんわ」

「じゃ、思いなおしてやめたんだろう」

「そうですわね、思いなおしてやめたのかもしれません。でも、ここには全然来ていないとすると――『地獄門』の後ろの窪地にでもいるのかもしれませんわ。行って見てきましょうよ。驚かしてやるのも薬になりますわ」

「なんであんなところにいるもんか」

「あなたのせいで、ひっそり身をひそめているのかもしれませんわ」

「な、なに――わしのせいとは！」

「じゃいらして。ほんとにあなたったら、今夜はまるで気の進まない小学生みたいにぐずぐずしてらっしゃいますのね、それにいっこう煮えきらなくて！　きっとあのかわいそうな子のことを妬《や》いてらっしゃるのね、ばかばかしいこと」

「行くよ！　行くよ！　うるさく言わんでくれ、ハリエット！」二人は草原を越えて行った。

公爵夫妻がどうするか気になった羊飼の少年は、小屋をぬけ出し、見つからぬよう三石塔のそばまで行こうとして、針エニシダの帯の陰を小走りに駆けて行った。しかし、数ヤードばかり茂みのとぎれたところを駆け抜けるとき、一瞬その姿を見られてしまった。

「それ、とうとう見つけましたわ！」と、公爵夫人が言った。

「見つけた？　どこにだ？」

「『地獄門』のそばですわ。あそこの人影がお分かりになりません？　さあさ、恋人気どりのおいとこさん、かわいそうに今度こそ叱《しか》られてよ」夫人は半ば憐《あわ》れむような笑い声を立てた。「あら、どうかなさいまして？」彼女は夫のほうを向きながら言った。

「あれは違う！　あの男のはずがない！」公爵の声はしわがれていた。

「ほんとに、違うようですわ。あの人にしては小さすぎますものね。男の子ですわ」

「そうだろう、わしの思ったとおりだ！　おい小僧、こっちへこい」

羊飼の少年はおずおずと進み出た。

「何をしてるんだ、おまえはここで？」

「羊めの番をしております、公爵さま」

「そうか、わしを知ってるんだな！　毎晩ここで羊の番をしているのか？」

「したりしなかったりでございます、公爵さま」

「それじゃおまえ、ゆうべか今夜、ここで何を見たか話してごらん。だれかを待っているとか、歩きまわっている人を見なかったかい？」と、夫人のほうが聞いた。

少年は黙りこくっていた。

「何も見ちゃおらんよ」と、夫の公爵がさえぎった。その目は威嚇《いかく》するようにきっと少年を睨《にら》みつけ、まるで火の玉のようにギラギラ輝いて見えた。「さ、もう行こう。長くいては夜風が体に毒だ」

二人が行ってしまうと、少年は小屋と羊のところへ戻ったが、もう最初ほど恐ろしくはなかった――事情が分かったので、埋められた男への恐怖もしだいに薄らいできたのだ。しかし少年がひとり取り残されていたのも長くはなかった。シェイクフォレスト館まで歩いてゆき戻ってこられるくらいの時間がたつと、館の方角から公爵のがっしりとした姿が現われた。今度は夫人をつれずただ一人だった。

羊の中にまじった少年の姿をすぐさま見つけ、まっすぐに歩み寄ってきたところを見ると、公爵も少年に劣らず目ざとい目を持っているようだった。

「さっきわしの話しかけた羊飼の若者はおまえかね？」

「さようでございます、公爵さま」

「いいか、わしの言うことをよく聞くんだぞ。ここふた晩のあいだにここで何を見たかと奥が聞いたとき、おまえは何も答えなかった。おなじことをわしからもう一度聞くが、こわがらずに答えるがいい。ここで番をしていたふた晩のあいだに、何か妙なものを見たかね？」

「公爵さま、わたしはまずしい不注意な少年で、自分で見たこともろくにおぼえておりません」

「かさねて聞くが」と、公爵はぐっと近寄ってきた――「ここで番をしていたふた晩のあいだに、何か変わったものを見なかったかね？」

「おお、公爵さま！　わたしはまだほんの羊飼の下働き、おやじはお邸のしがない植木職でございました。おふくろは裏庭で石炭がらをひろわせていただいております。番をしていてもひとりになると眠ってしまい、何も見ておりません！」

公爵は少年の肩をむんずとつかみ、上からまともにおおいかぶさるように、じっと相手を見すえた。「どうだ、ゆうべここで妙なことのあったのを見たろうが?」

「おお、公爵さま、おねがいです、どうか殺さないでください!」羊飼はべったりとひざまずいて叫んだ。「わたしは公爵さまがここを歩いておられたのも、馬でとおられたのも、男の人をまちぶせておられたのも、重いものをひきずっていかれたのも、何ひとつ見てはおりません」

「ふむ!」訊問《じんもん》をつづけていた公爵は恐ろしい形相で言って、つかんでいた手をゆるめた。「おまえがそのようなものを見なかったとわかれば結構だ。ところで、おまえはどちらを選ぶね?——わしがも一度そのようなことをするのを見たいか、それともこれから一生秘密を守るか」

「秘密をまもりますです、公爵さま!」

「しかと守れるかな?」

「おお、公爵さま、どうかおためしください!」

「よろしい。ところで聞くが、おまえは羊の番が気に入っとるのか?」

「とんでもございません。ばけものが出やしないかと気になる人間には、さびしすぎる仕事ですし、それにひどくこきつかわれております」

「そうだろう、年のゆかんおまえにはまだむりだ。なんとかしてやらにゃならんな、も少し楽になるように。ひとつおまえのその野良着《のらぎ》を本ラシャの上着に、重たい長靴をピカピカの短靴に変えてやろう。そして、おまえの聞いたこともないような学問をさせ、学校へ入れ、休みの日にはクリケットをやらせ、一人前の人間に仕立ててやろう。しかし、以前羊飼の見習いをやってたとか、夜このあたりの丘で羊の番をしてたとかいうことは、いっさい口外してはならんぞ、羊飼なんてのはな、上流社会では好かれんのだ」

「どうか信じてくださいまし、公爵さま」

「いいか、おまえがうっかり羊飼時代のことをもらしたが最後――今年だろうが、来年だろうが、学校へ通っているときだろうが、卒業後だろうが、あるいは今から二十年もたって、おまえが馬車に乗ってるときだろうが――その瞬間からわしの援助はなくなり、おまえはたちまちもとの羊飼に転落だ。たしか両親があるとか言っておったな？」

「後家になったおふくろがいるきりでございます、公爵さま」

「ではその母親の面倒もみてやろう、裕福に暮らせるようにしてやるぞ、おまえが喋《しやべ》らないかぎりはな――ところで、何を喋らないのだったかな？」

「羊飼をやってたときのことと、ここで見たもののことでございます」

「よろしい。では万一おまえが喋った場合は？」

「すぐその場で後家ぐらしに逆もどりでございます」

「そのとおりだ――よく分かっとるな。しかしまだ放してやれん。こっちへこい」公爵は少年を三石塔のところまでつれてゆき、ひざまずかせた。

「いいか、ここはむかし神聖な場所だったところだ。いまわれわれの知っている神様よりもずっと以前、この世に知られ語られていた尊《とうと》い神様の一族のために、ここには祭壇が立っておった。したがって、ここでの誓いは二重の誓いになるわけだ。さあ、わしの後について言うがいい――『天にまします諸天使よ――小天使より大天使、権《ごん》天使、能《のう》天使にいたる諸天使よ――われを罰したまえ。われいずこにあろうとも――家にあろうと、庭にあろうと、野なりと、道なりと、教会なりと礼拝堂なりと、祖国なりと外国《とつくに》なりと、陸なりと海なりと、願わくば苦しみを与えたまえ。食するときも飲むときも、若きときも老いゆくときも、生くるときも死ぬときも、内にも外にも、いついつまでも、われを苦しめたまえ――もしわれ羊飼時代のことをもらし、このマールベリ草原にて目撃したることを口外せば。まことにかくあれかし、またかくあらしめたまえ。アーメン』さあ、この石に口づけするがいい」

羊飼の少年はふるえながら言われた言葉をくり返し、命令されたとおり、石に口づけた。

公爵は少年の手を引いてつれ去った。その夜、若い羊飼はシェイクフォレスト館で一夜をすごし、翌日とある遠い村へ個人教育を受けに送られた。その後少年は予備学校へ進み、やがて順当にさる私立中学校《パブリック・スクール》に上がった。

第四夜

この事件があってから数十年後の、ある冬の夕暮れのことであった。かつての羊飼は、今は教育もある世間なみな実務家となり、シェイクフォレスト館の北翼のりっぱな調度をそなえた事務室にすわっていた。年のころは三十八から四十と見受けられたが、実際はそれよりいくつか若かった。ときどき置き忘れた手紙か書類を捜そうとして顔を上げたときに見せる、そのやつれた落着きないまなざしは、この部屋の雰囲気から受ける印象とは裏腹に、彼の心がくつろいでいないことを物語っているようであった。血色の悪さも、田舎の人間にはめずらしかった。見たところ何か書き物をしている様子だったが、まだ一語も書いていなかった。彼はほんの数分そこにすわっていただけで、やがてペンを置き椅子《いす》を後ろへ押しやると、両手を不安そうに椅子の肘《ひじ》にのせ、床を見つめた。

まもなく彼は立ち上がり、部屋を出た。彼は館の中央にある八角形の広間へ通じている廊下をとおり、広間を横切って一つの扉をノックした。かすかな、しかし太い声が、中へ入るようにと答えた。そこは書斎で、中にはただひとり――彼の恩人である公爵がすわっていた。

この長い年月のあいだに、公爵はかつての恰幅《かっぷく》のよさをすっかり失っていた。それどころか、骸骨《がいこつ》もさながらに老いさらばえ、白髪も薄く、透きとおりそうな手をしていた。「おう――ミルズか？」と公爵はつぶやいた。「すわんなさい。何の用だね？」

「何も異常はございません、公爵様。とりたててご報告するほどの来信も、来客もございません」

「そうか――では何だ？　浮かぬ顔だが」

「眠っているものを起こすようなことが起こり、昔が甦《よみがえ》ってまいりました」

「昔など呪《のろ》われるがいい――して昔とは、どの昔だ？」

「二十二年前のクリスマスの週のことでございます――お亡《な》くなりになった奥様の

従弟《いとこ》のフレデリック様が、奥様にマールベリ草原で会ってくれとせがまれた……。わたしはお二人の会われるのを見ました——ちょうどきょうのような夜でございましたが——そしてわたしはご承知のように、それ以上のものを見てしまいました。奥様は一度だけお会いになられましたが、二度目はお会いになられませんでした」

「ミルズ、おまえにある言葉を思い出させようか？——どこかの羊飼の小僧が、あの丘の上で誓った誓いの言葉を」

「その必要はございません。あの少年はずっとその誓いと約束を守ってまいりました。あの夜以来、羊飼時代のことはひとことも彼の口からもれたことはございません——公爵様に対しましても。ですが、それ以上のことをお聞きになりたいお気持ちはございませんでしょうか、公爵様？」

「わしはもう何も聞きとうない」公爵は不機嫌そうに言った。

「よろしゅうございます。ではお耳には入れますまい。ですがいくらわたしが口を閉じておりましても、あの一件をこれ以上秘密にしておけないときが近づいているようでございます——どうやらごくまぢかまで」

「もう何も聞きとうない！」と、公爵はくり返した。

「わたしが裏切るだろうというご心配なら無用でございます」と、家令はいくらか刺《とげ》のある言い方をした。「わたしは公爵様からお目をかけていただいた人間でございます——とても他の保護者では、これほど親切にはしていただけなかったでしょう。服をくださり、教育を受けさせ、このお邸に働き口までくださいました。そのご恩を忘れてはおりません。ですが、だからといってどうでしょう——わたしが口を割らなかったために、公爵様は得でもなさったでしょうか？　そうは思いません。オグボーン大尉の失踪《しっそう》ではずいぶん世間も騒いだものですが、わたしはひとことも喋りませんでした。大尉の死体はとうとう見つからずじまいでした。二十二年のあいだ、わたしは公爵様が大尉をどうなさったのかと不思議でなりませんでした。それが今になってやっとわかりました。きょうの午後起こったある事件のおかげで、あのときの状景をまざまざと思い出しました。夢ではなかったことを確かめようと、わたしは鋤《すき》を持ってあの場所へ行ってみました。捜しまわったあげく、入り口のふさがった穴熊の穴の中に、何か腐ったもののあるのがわかりました」

「ミルズ、おまえ、奥が気づいていたと思うか？」

「いいえ、奥様はとうとうお亡くなりになるまで、気づかれなかったようでございます」

「で、丘の上はちゃんともとどおりにしてきたろうな？」

「してまいりました」

「どうして今日の午後になって、急に行ってみる気になったのだ？」

「先ほど聞きたくないとおっしゃったことが原因でございます」

公爵は無言であった。あまりに静かな夕暮れのため、遠くで鳴る葬《とむら》いの鐘の音が二人の耳にまで届いた。

「あの鐘は何で鳴っているんだ？」と公爵は聞いた。

「わたしがご報告にまいった事件のためでございます、公爵様」

「おまえはわしを苦しめおる――おまえのいつもの手だ！」と、公爵はぐちっぽく言った。「村でだれが死んだんだ？」

「村でいちばんの年寄り――羊飼の老人でございます」

「とうとう死におったか――いくつだったたね？」

「九十四でございます」

「わしはまだ七十だからな。まだ二十と四年はあるわけだ！」

「マールベリ草原でまだ羊の番をしていたころ、わたしはあの老人の下で働いておりました。そしてわたしが公爵様と言葉をかわしたあのふた晩目、老人は丘の上にいたのでございます。ちょうどあの時、丘の上にいたのでございます。ですがわたしは気がつきませんでした――公爵様もご同様に」

「ああ、なんということだ！　それでどうした――さっきの言葉は譲歩する――さ、話してくれ！」公爵は驚いて立ち上がりながら言った。

「今日の午後、老人が危篤《きとく》だということを聞きました。わたしがあの昔のことを思い出し――先ほど申し上げましたものを丘の上まで捜しにゆく気になったのもそのためでした。で、戻ってまいりますと、老人が二十年以上のあいだ――なんでも『公爵様への気がねから』とか――彼の胸一つにたたんでおいた秘密を、牧師に会って告白したがっているという噂《うわさ》を聞きました。二十二年前のある十二月の夜、羊の様子を見に帰ってきたとき、マールベリ草原で目撃したある事件についてだという話です。わたしはよく考えてみました。老人はあの夜、羊の番をわたしにまかせていました。ですが、わたしが寝込んでしまわぬよう、いつも思いがけないときに戻ってくる習慣でした。あの晩も、あとで様子を見にくるからと約束しておきながら、とうとう老人は姿を見せませんでした。きっと戻ってくるには戻ってきたのですが――身をひそめていなければならない理由を見出《みいだ》したに違いありません。そこまでは明らかです。ところで、牧師は二時間ほど前、老人のところへまいりました。それ以上はわたしもまだ聞いておりません」

「それだけ聞けば十分だ。あす夜が明けたらすぐ牧師に会おう」

「どうなさるおつもりで？」

「牧師の口をふさいでやるのだ、二十四年間――わしが羊飼とおなじように九十四の歳《とし》で死ぬまで」

「公爵様――喋るなとご命令の出ておりますかぎり、わたしはたとえ首をくくられようと口を割りはいたしません。わたしは公爵様のものだとお約束いたしました、お約束どおりわたしは公爵様のものでございます。ですが、わたしがこれほど意地をとおしたところで、何のお役に立ちましょう？」

「とにかくその牧師の口をふさいでやるのだ！」公爵は昔の荒々しい力の名残りを見せて叫んだ。「さ、ミルズ、おまえはもう帰って寝るがいい、牧師の件はこのわしがなんとかする」

会見は終わり、家令は引きさがった。たしかに彼の言葉どおり、二十二年前を髣髴《ほうふつ》させるような夜であった。宵の口の出来事のおかげで、せっかくの降誕祭の季節を楽しい善意にあふれたものとして考えたい気持ちも、すっかり潰《つい》えてしまっていた。ミルズは邸園の遠い端にある自分の家へ帰った。友人と呼べるほどの友人もほとんどなく、そこでわびしい生活を送っていたのだ。十一時になると寝支度をしたが――まだ床《とこ》にはつかなかった。彼は腰をおろし、物思いにふけった。十二時が鳴った。夜空にかかる色あせた月を眺めていた彼は、ふと訳のわからぬ衝動に駆られ、帽子をかぶると外へ出た。ウィリアム（訳注 ビルの正式の名）・ミルズはどんどん歩きつづけ、やがて二十数年のあいだ、このような夜ふけについぞ訪れたことのなかったマールベリ草原の頂までたどりついた。

彼は、昔羊飼の番小屋が建っていたとおぼしい場所まで行ってみた。もう今は産羊もこの地では行なわれておらず、彼をさんざんこき使った老羊飼も、その日浮世の労働から解放されていた。しかし三石塔だけは、昔に変わらずしらじらと立っていた。家令はあいだに横たわる芝原を横切り、たわむれに三石塔の石に口づけした。落ち着かず、自責に悩むミルズだったが、異教の神殿の石に口づけしたあの恐ろしい誓いを思い出すと、思わず微笑のこみ上げてくるのをおさえきれなかった。しかし彼はそれを正式な誓約というより、幸福こそあまりともなわなかったが非常な世俗的利益をもたらしてくれる一つの約束として、これまで守ってきたのだ。だが長い歳月にはいつか反抗的な感情も芽ばえ、今夜の知らせも何かほっとしたような気持ちで受け取っていた。

「地獄門」によりかかり、こうした物思いにふけっているうち、彼は今この丘にいるのが自分だけでないことに気づいた。白いものをまとった人影が、足音を立てず大股《おおまた》に彼の前方を横切ってゆくのだ。ミルズはその場に立ちつくした。やがてすぐそばまで近づいてきたその人影は、夜着をまとった余人ならぬ公爵であった――どうやら眠ったまま歩いているらしかった。ミルズは老公爵を驚かさぬよう、石の陰にぴたりと身をひそめた。公爵はそのままままっすぐ窪地へ下りてゆき、ひざまずくと、穴熊のように両手で土を掻《か》きはじめた。やがて数分後、公爵は立ち上がり、大きく溜《た》め息をついて、来たときの道を引き返して行った。

怪我《けが》でもされてはと気づかいながらも、さりとて目をさまさせるのもいやだったミルズは、足音を忍ばせて後をつけて行った。公爵は間違わずに小道をたどり、邸園に入ると邸のほうへ歩いてゆき、開いたままになっていた窓から中へ入り込んだ――おそらくそこから出てきたのであろう。ミルズは公爵が中へ入ったあと、そっと窓をしめ、邸じゅうを驚かせることもあるまいと思い、朝になってすべてが明らかになるのを待とうと、住まいのほうへ引き上げた。

しかしミルズは、夜の明けるまで気が気ではなかった。公爵の健康が心配だったというより、翌日に迫っている事態が気がかりだったのだ。朝早く、彼は館へ行ってみた。鎧戸《よろいど》が下り、扉をあけた玄関番の顔には何かただならぬ気配があった。家令は公爵の安否を聞いた。

答えた門番の声は沈んでいた――「おいたわしいことでございます、公爵様はお亡くなりになりました！　ゆうべ何時ごろですか、お部屋をお出になられ、どこやら歩きまわってこられたのですが、二階に戻ろうとして足を踏みはずされ、階下《した》へ落ちてしまわれました」

家令のミルズは、牧師がまだ言い出さぬうちに、丘の上でのいきさつをいっさい物語った。公爵が亡くなったときにはそうしようと、前々からそのつもりでいたのだ。その結果自分の身に降りかかってきた不利益も、彼は喜んで受けた。しかし彼の人生も、その後長くはつづかなかった。まだ四十九にもならなかったが、彼は南アフリカ植民地で、一介の農夫としてその一生を終えてしまった。

マールベリ地方のすばらしい産羊の群れは、今も昔に変わらずその名をあまねく知られ、眺める者の目にはあらゆる点で昔と同じように見える。だが、治安判事から聞いたこの物語が現実にあった当時の羊の群れは、現在の羊の群れからは羊の世代にして何代もへだたっている。「子産《ラミング》みの地」が産羊に使われなくなって以来すでに久しいが、しかしその名だけは、未《いま》だにこの地域の名前として残っている。産羊地として使われなくなった原因の一つは、当時うってつけの風よけになっていた丈の高い針エニシダの茂みが、取り払われてしまったことにあるのかもしれない。あるいはまた、もう一つの事情がその原因だったのだろうか。というのは、今もそのあたりに住む羊飼たちは、クリスマス週間の夜になると、きまって三石塔のまわりに飛びかう物の影が現われ、凶器のきらめきと、重いものを窪地に曳《ひ》きずってゆく男の影が見えるというのだ。しかしそれも、別段たしかな証拠があるわけではない。

一八八一年　クリスマス

アリシアの日記

Alicia's Diary

Ⅰ　姉と妹

七月七日――たとえようもない悲しい気持ちで、わたしはただ家の中を歩きまわるばかり――妹のキャロラインが母とつれ立って今日から旅に出かけ、これから数週間は二人の姿が見られないからだ。かかりが少なくてすむというのでヴェルサイユに住んでいる、うちとは古くからおつき合いのあるマーレット家から、ぜひ一度来てくれるようにと前々から招きを受けていたので、この際キャロラインにフランスとパリを少し見せておくのもいいだろうというお母様のふくみもあって、招待に応じることになったのだ。しかしわたしは、妹のこんどの旅行をあまり歓迎しない。あの子の取り柄でもあり、ここでの静かな生活のおかげで身についたあどけない純真さや淑《しと》やかさが、いくらか失われてしまうのではないかと恐れるからだ。出発前あの子が自分の小馬に示した気づかいは、いじらしいばかりだった。とうとうこのわたしが毎日馬小屋へ行って、小馬にもしものことがないよう気をつけるという約束をさせられてしまった。

キャロラインが異国の旅に出かけ、わたしがあとに残るとは！　ふだんとはちょうど逆の立場である――運の善《よ》し悪《あ》しはともかく、いつもたいてい、出かけるのはわたしのほうと決まっていたのだから。お母様も若いキャロラインの熱心さには、さぞかし悲鳴を上げられることだろう。きっと妹は、あちこちへつれて行ってくれとせがむに違いない――むろん、パリへはしじゅうだが、そのほか歴史愛好者たちのかならず行く名所旧跡のたぐいとか、宮殿や牢獄《ろうごく》、歴代王家の墓所、共同墓地や美術館や王室のご猟林なども見逃さないだろう。もうそういった場所へは、たいてい何度も行ったことのあるお母様にとっては、お気の毒にキャロラインほど名所歩きも楽しいものではあるまい。わたしもいっしょに行ってあげればよかった。わたしなら、キャロラインを喜ばせるため足をすりへらすのも、苦にはならないだろうから。しかし、こんなくやみを言ったところではじまらない――訪ねてくる教区の人たちに応対したり、お茶を入れてあげたりする者がだれもいないまま、お父様を一人だけ残しておくことはとうていできないからだ。

七月十五日――キャロラインより便り。こちらで予想していたようなことは何一つ書いてこないのが妙だ――ただつまらないことばかりをくわしく書いてよこした。どうやらパリの華やかさに目がくらんでしまったようだ――行きずりに垣間見《かいまみ》るだけなので、華やかさにいっそう錦《にしき》がそえられて見えるのだろう。パリにしたところで、いったんその中に住んでみれば、いろいろと暗い面もあることが分かるのだが。マーレット家のつき合いがこれほど広いとは思わなかった。もしお母様の言っておられたように、経済的な理由からヴェルサイユに移ったのなら、隣近所の知合いをああ年じゅう歓待しているかぎり、経済面での効果もさしてあがるまい。それにあそこでは、客を英国人だけに限ることもないようだ。お母様がたいへん興味を持っているとキャロラインの手紙にある、このド・ラ・フェストさんというのはどういう人なのだろう?

七月十八日――妹よりふたたび来信。この手紙で、シャルル・ド・ラ・フェストさんというのは「マーレット家のおおぜいの知合いの一人にすぎない」ことや、生まれはフランスで、今のところ一時的にまたヴェルサイユにいるが、ずっと長く英国にいた人だということ、それに風景や海洋画を描く有能な画家で、パリのサロンにも出品し、おそらくロンドンでも個展を開いたことがあるということも分かった。画風や題材が、フランス好みというよりむしろ英国風に近いためか、パリではやや異端視され気味だそうである。わたしにはまだこの方の年齢も、独身か既婚かも分からない。妹の言葉の調子や様子から察すると、ときには世帯《しょたい》持ちの中年の男性のようにも思え、またときにはまるで逆のようにも思える。しかし根なし草のような生活ぶりからすると、おそらく独身なのだろう。あちこちかなり旅行もして見聞も広く、英文学については妹以上にくわしいとのことだ。

七月二十一日——妹より便り。疑問に思うこと——「あたしたちとマーレット家のお友だち」と妹が名前もあげず曰《いわ》くありげに書いているのは、今までの便りに出てきた「ド・ラ・フェストさん」という方と同一人物だろうか？　お仕事から察すると、どうやら同じ人のように思われる。それならば、なぜ急にこうして言葉の調子を変えてきたのだろう？……と、ここまで書いて、わたしは少なくも十五分ばかりのあいだ、考え込んでしまっていた。ひょっとしてわたしの大事な妹が、この青年と恋におちたのだとしたら——青年であることはもう疑う余地もないが——だとすると、これはなんとも厄介な、危険なことだ！　お母様が十分目を光らせていてくださるよう、願わずにはいられない。しかしお母様は、残念ながら事のなりゆきにはいっこううとい方だ。ことキャロラインに関しては、むしろわたしのほうが母親として適任なくらい。もしわたしがあちらにいれば、どんなにか油断なくその相手を観察し、男の意図を見抜いてみせるのだが。

気性から言えば、わたしのほうがキャロラインよりもずっと勝気にできている。これまでにも些細《ささい》な心配や、大きな悲しみのあるたびごとに、どれほど妹の力になってやったことか！　はじめて覚える不思議な感動に、あの子はすっかり混乱しているのではないだろうか？　どうやらわたしは何の証拠もなしに、妹が熱烈な恋におちたものと勝手に決め込んでしまったようだ。その相手の人にしても、ほんの行きずりのお友だちで、もうこれきり噂《うわさ》を聞くこともないかもしれない。

七月二十四日——やはりわたしの予想どおり、その方は独身だった。「もしド・ラ・フェストさんが結婚されるとしたら、たぶん……」などと妹の手紙にある。どうやら二人は親密の度を加えているようだ。また、「あたしの髪油が、おひげの先をそろえるのに具合がいいんですって」などと、まったく無邪気に書いてよこしている。こんなことを書けば二人の仲が知れてしまうことにも、まるで気づかないようだ。それにしてもお母様は——いったい何をしておられるのだろう？　このことを知っておられるのだろうか?　もし知っておられるなら、なぜお父様への便りの中にお書きにならないのだろう?……今キャロラインの小馬の様子を見に行ってきたところ。小馬の世話が行き届いているかどうか、一日も怠らず気をつけてくれとくり返し頼まれていたので、それを守ったまでのこと。ところが出かける前にはあれほど気にかけていながら、もう手紙では一度もかわいそうな馬のことなど言ってこない。愛馬の面影も、ほかのものにとって代わられてしまったようだ。

八月三日――小馬を忘れたキャロラインは、当然今度は姉を忘れかけてきたらしい。この前便りがあってから、もうきょうで十日、お母様からの手紙がなかったら、はたして妹が生きているのやら死んでいるのやらも分からないところだ。

Ⅱ　意外な知らせ

八月五日――どっとたくさんの便りが舞い込む。妹から一通、お母様から一通、そして二人からお父様にも一通ずつ。

最近の妹の消息から察して、もしやと思っていたことが事実となって現われた。キャロラインとド・ラ・フェスト氏とのあいだに婚約、というかそれに近いものが交《か》わされ、キャロライン自身の非常な喜びようは言うまでもなく、お母様もすっかり満足しておられるようだし、またマーレット家にしても同様のようだ。あちらの方々もお母様も、相手の青年のことは何もかもご存じらしい――わたしのほうはまだ何も知らないのに。何といってもわたしはキャロラインの姉なのだ、相手の青年のことをもう少しくわしく知らせてくれてもよさそうに思う。すっかり驚いておられるお父様の気持ちも、わたしには分かる気がする。人のいい方だからはっきりとはおっしゃらないが、話がこれほど本決まりになる前にひとことも相談を受けなかったことについては、内心こころよからず思っておられるに違いない。せっかくのいい縁談が（ほんとうによいお話ならば）わたしたちの意見で邪魔されてよいというのではない。ただ何しろあまりにも急な発表だ。こういう結果になるだろうくらいのことは、お母様にも少し前から分かっていたに違いないのだし、また当のキャロラインにしても、ド・ラ・フェストさんのことをマーレット家の知合いにすぎないなどと、妙な言い方をしたり、また最近のようにまるきり名前を抜かしてしまったりせずに、はっきり自分の恋人だと言ってきてよさそうなものだった。お父様は、別にフランス人だからといってはっきり反対されているわけではないが、それでも「娘の婿《むこ》は英国人か、でなければもっとまともな国籍の人間であってほしい」と言っておられる。しかし、人種や、国や、宗派の違いなどは日ましにすたれていく世の中だし、愛国心は一種の悪徳とも言えるくらいだから、結局当人の人格いかんが今の場合われわれの考えなくてはならないすべてではないだろうか——と、こうわたしは意見を述べておいた。いよいよ二人が結婚した場合、相手の方は今までどおりヴェルサイユで暮らすおつもりなのだろうか、それとも英国へこられるのだろうか？

八月七日——追いかけるように、キャロラインからふたたび来信。前に書いたようなわたしの疑問に、先まわりをして答えてきている。それによると、彼女の「シャルルさん」は今のところヴェルサイユに住まっておられるが、仕事のためどうしてもそこにいなければならないというわけでもなく、思想や芸術や文明の中心からあまり遠くないかぎり、どこでも彼女の好きな土地に住んでいいとのこと。お母様も妹も、式を挙《あ》げるのは来年まで待つ考えのようだ。あの方は風景画や運河《カナル》の絵を毎年出品しておられるという。というからには、おそらく人気もあり、収入も二人が気楽に暮らしてゆけるくらいはあるのだろう。でなければ、はじめ予定なさっていたより少しよけい、お父様があの二人に財産を分けておやりになり、それだけわたしの分《ぶん》を削ってくだされぱいいわけだ——姉のわたしのほうが、当然先にそういう必要に迫られるはずだったのだが。

「人好きのする態度、魅力的な風貌《ふうぼう》、そしてりっぱな人格の持ち主」というのが、どういう人となりの人かと聞いたわたしの問いに対し、妹のよこした返事である。しかしこれではあまりにもあいまいすぎる。顔の色でも、声でも、癖でも、物の考え方でもいい、何か一つでもはっきりした事実を知りたかった。しかしむろんあの子には、まだ具体的な特質を見る目はない——相手を色眼鏡なしに見ることはできないからだ。そのシャルルさんとやらが、後光にでも輝いているように見えるのだ——今までもこれからも二度とほかの男には、外国人であろうと、英国人であろうと、また植民地の人間であろうと、輝く気づかいのない後光に。年から言ってもわたしより二つ若く、性質の点では五つくらい年下に見える子どもっぽいキャロラインが、わたしより先に婚約してしまうとは。しかしこんなことは、われわれの見聞きしている以上に世間では数多くあるに違いない。

八月十六日——興味のある便り。妹の言によると、シャルルさんは、どうせ来年挙げる式なら今年にしてもいいだろうと弁じたて、お母様をほとんどその意見に改宗させてしまったらしい。わたしとしても、ただお父様がその相手の人物や挙式の時期その他について、考えをお決めになる機会がまだ一度もないままだということをのぞけば、ほかに式を延ばす理由は何もない。が、当のお父様はなりゆきに甘んじておられる。ともかく当人たち二人は、この問題の相談のため帰国の予定で、キャロラインはわたしと会うまで、積極的な準備はひかえておくことに決めたようだ。お父様とわたしの承諾が得られれば、式の日取りは三カ月後の十一月にしたいとか、式はこの村で挙げ、介添役にはむろんわたしがなってくれとか、そのほかいろいろ細かいことを彼女は書いてきている。外国の紳士が神様のように天界から舞いおり、自分を拾い上げるなり意気揚々と天翔《あまか》けて飛び去る――というロマンチックな一幕を、自分が主役となって村の古い教会堂の内陣で見せるとき、村の人たちはどんなに驚くだろうか、と彼女は無邪気な夢を描いている。ただ一つ悲しいのはわたしと別れねばならないことだが、それもわたしが新居を訪ね、つづけて何カ月も滞在してくれれば慰められる――とのこと。かわいい妹よ、あなたの無邪気なおしゃべりは聞くだに心楽しいが、しかしあなたの喜びのもとを考えると、わたしは寂しい気持ちをおさえることができない。当然これからはもう今までのように、あなたの案内役であり相談相手であり、もっとも親しい友人であったりはできなくなるわけだ。

さいわいド・ラ・フェストさんは、キャロラインのように感受性の強い傷つきやすい子の保護者として、申し分ないように思われるのはありがたい。しかしまだわたしは、妹の目を通してしかあの人を見ていないことを忘れてはならない。妹のためぜひわたし自身が当人に会い、十分よく観察して、これほど貴重な宝物をあずかろうという男の、本当の人となりを見きわめておきたい。婚約の取り決めは、たしかにやや焦《あせ》りすぎだった。その点では、わたしもお父様とまったく同意見。しかし、あわただしく結ばれた結婚がしあわせになっている例はこれまでいくつもあることだし、何よりもお母様がすっかり満足されているようだ。

八月二十日──恐ろしい知らせが今朝《けさ》になってとどき、わたしたちはたいへん心配している。わたしは今の今まで──もう夜の十一時半になるが──何ひとつ落ち着いて考えることができないでいた。こうしていま日記を書こうとしているのも、胸さわぎのあまりとてもじっとすわっていることができないし、ただ待つ以外どうにも手の下しようがないからだ。じつはお母様がヴェルサイユで重い病気になられたのだ──一両日中に引き揚げてこられるはずだったのだが、とても今の病状では動かすわけにもゆかないだろうし、出発は当分延期もやむをえまい。なにしろあのように肥《ふと》った人なので、溢血《いっけつ》と聞くと不安を覚えずにいられない。それにキャロラインやマーレット家の人たちにしても、決して誇張して知らせてきたのでないことはたしかだ。手紙を受け取ると、お父様はすぐさまお母様のもとへ行かれる決心をされ、わたしは終日お父様を送り出す準備に忙しかった。どうしても何日かは家を空けられるので、いろいろその前に留守中の手はずをととのえておかねばならなかったのだ――いちばん大切なのは、次の日曜に礼拝を代わってくれる人を見つけることだったが、こうせっぱつまってからでは、なかなか捜すのも容易ではなかった。しかし、ようやくご老体のダグデイルさんが引き受けてくださることになり、聖書の朗読は伝道師のハイアムさんが手伝うことに落ち着いた。

お母様のお帰りを待ちわびるじれったい気持ちからのがれるため、わたしもお父様といっしょに行きたかったが、だれか一人は残らねばならず、となるとさしずめわたしがいちばん行かなくてもよいということになる。終列車に間に合うよう、駅までジョージが馬車でお父様を送って行った。そのあと真夜中に出る連絡船に乗り、明朝何時かにアーヴルへ着かれるはずだ。海がきらいで、ことに夜の船旅はことのほかきらっておられるお父様だ。無事に着かれるだろうとは思うが、家にばかりとじこもっておられ、ちょっとした故障にもまいってしまわれるお父様だけに、不安を覚える。しかも用向きが用向きだ、どのみち悲しい旅であろう。やはり、このわたしが行くべきだったような気もする。

八月二十一日――昨夜は気が重く、日記をつけながらついうとうととしてしまった。もうお父様は今ごろパリにお着きになったに違いない。何か手紙が来たようだ……

（追記）――お父様はもうすでにお発《た》ちになっただろうかと、手紙はしきりに訴えている。お母様はしだいに衰弱しておられる様子。いったいキャロラインはどうなるのだろう？　ああ、ひと目でもお母様にお会いしたい。なぜお父様といっしょに行かなかったのだろう。

（追記）――椅子《いす》から立ち上がり、窓ぎわから窓ぎわへと歩きまわり、またすわっては一行書きつける。もしお母様が亡《な》くなりでもすれば、かわいそうにキャロラインの縁談はどうなるのか、見当もつかない。どうかお父様がうまく間に合ってお着きになり、お母様と話をされて、キャロラインと（まだお父様もわたしも会ったことのない）ド・ラ・フェストさんのことについて、お母様の口からいろいろと指示をお聞きになれるようにと願わずにはいられない。この危急の場合、何かの役に立つかもしれないわたしが、こうして気をもみながら家に残っているとは！

八月二十三日――お母様の魂が昇天されたという、悲しい知らせをもたらすお父様からの便り。かわいそうにキャロラインは悲嘆に暮れている――あの子はいつもわたしなどよりお母様の甘えっ子だったのだ。お父様が臨終に間に合ってお着きになり、お母様自身の口から、妹の式をできるだけ早く挙げてくれという、たっての願いを聞かれたというのがせめてもの慰めである。ド・ラ・フェストさんはすっかりお母様のお眼鏡にかなっていたようだ。こうなった以上は、お父様としてももう何もおっしゃらずに、あの方を婿《むこ》として受け入れられるのが尊い義務のように思われる。

Ⅲ　愁眉《しゅうび》をひらく

九月十日――もう二週間以上、日記に何も書き入れなかった。あまりにも悲しい出来事ばかりがつづき、いちいち書きしるす気力もなかったのだ。しかし、悩みを書きしるすことが、落ち着いて事件のあとをふり返ってみるよい手段と思われるときが、早晩やってくるものだ……。

お母様の遺骸《いがい》は故国《くに》へ運ばれ、この土地の教区に埋《う》められた。これはお母様自身の願いというよりお父様の希望で、お父様はぜひ先祖代々の納骨堂に、先妻と並べて葬《ほうむ》りたいと思われたのだ。わたしは納骨堂の扉がしめられる前に、二人が——一人の男性に愛された二人の女性が——並んで葬られているのを見た。妹と並んで立っているうちに、ふとわたしは夢でも見ているような気持ちになり、キャロラインとこのわたしもまた一人の男性に愛され、こうしていっしょに葬られるのではないかと奇妙なことを考えていた——もちろん、姉妹同士のわたしたちだから、そんなことはあり得ないのだが(訳注 後出、三四六ページの本文参照)。やっと物思いからわれにかえると、キャロラインがわたしの手をとり、もう帰る時刻だと声をかけてきた。

九月十四日——結婚は無期延期となった。キャロラインはまるで夢遊病の発作の途中で目をさました娘のように、自分が今どこにいるのか、どんな立場にあるのかも分からないようだ。押し黙ったまま歩きまわるばかりで、もうこのわたしにも、以前のようにあの子の心の中が読み取れない。妹は自分からド・ラ・フェストさんに手紙を書き、はじめの計画どおり式をこの秋に挙げることはとてもむりだと伝えた。いずれは挙げる式ならば、あまりこのように先にのばすと、何か気が抜けるような気がする。しかしそうかといって、よい解決策も思いつかない。

十月二十日――キャロラインを慰めてやることに手いっぱいで、日記のほうはすっかりごぶさたになってしまった。あの子の生活は、わたしなどよりずっとお母様に近かった。わたしと違って、ひとり立ちの生活ができるほど長く家を離れて暮らしたこともないので、今はじめての不幸と、それにともなういろいろな事件に襲われると、たちまち雨に打たれた百合《ゆり》の花のようにうなだれてしまう。しかしたとえ受けた傷が深くとも、すぐに痛手の癒《い》える性格ゆえ、悲しみのつらさももう峠を越えたようだ。

お父様は、あまり式を長くのばすのはよくないというお考え。ヴェルサイユ滞在中にド・ラ・フェストさんと近づきになり、ほんの短いあいだのあわただしいおつき合いだったようだが、すっかり先方の気立てと態度にほれ込んでしまい、今度の縁談には大いに乗り気になっておられる。キャロラインの許婚《いいなずけ》が、近づく人たちすべての気に入られてしまうというのは不思議なくらいだ。妹の見せてくれた写真からすると、ある程度それもうなずける風貌の持ち主のようだ――しかし、ただ見てくれがいいというだけでなく、それ以上の何かがそなわっているに違いない。おそらく一種の魔力というか、人を惹《ひ》きつける力といったものだろうが――キャロラインがはっきり細かな点まで説明できなかったあの性格である。また同じく写真で見た感じでは、顔と頭の格好は実によくととのい、口の輪郭は口ひげにかくれてよく見えないが、への字に曲がった眉《まゆ》は心から自然を愛しそれを絵に描く人らしいロマンチックな気質をよく表わしている。このような顔立ちの持ち主は、きっとやさしく思いやりのある、誠実な人に違いないと思う。

十月三十日――お母様の死を悼《いた》む悲しみがやわらぐにつれ、ド・ラ・フェストさんを慕う妹の気持ちも、また元の一途《いちず》な激しさを取り戻しはじめた。明けても暮れても考えることはあの方のことばかり、そのうえ長い論文もどきの手紙をせっせと書いている。以前の約束ほど早く訪ねてこれなくなったという知らせが来たときの、妹の気の落としようは見るも痛々しかった。どんな方かぜひ会って見たいと思っていたわたしも、やはりこの知らせには失望。しかし、秋の今じぶんでないとつかめない空のたたずまいを絵にするため、オランダへ行く手はずをととのえてしまったので、英国への旅はやむを得ず先へのばし、来年はじめになるということ。ただわたし自身の気持ちとしては、妹がつい先ごろ母親を失ったばかりということや、待ちこがれていた結婚が不幸にも延期になったことや、またひたむきな妹の愛情などを汲《く》んでおやりになって、事情を曲げてもおいでくださるべきだったと思う。だが、なんとも言えない。とにかくあの方のお仕事の成功がまず第一だ。それに朗らかで楽天的な妹のことだ、日取りが少々先になってもじきに苦にはならなくなるだろう。

Ⅳ 遠来の客

二月十六日――冬じゅうあまりにも単調な生活がつづいたため、何ひとつ書きしるすこともなく、自然日記も中断の形になっていた。今またキャロラインの将来について書き入れるため、ふたたび日記をつづけることにする。お母様の亡くなった直後は、妹も悲嘆のあまり、どれくらい式をのばすのかというド・ラ・フェストさんの問いにはっきり答えられなかったようである。その後この問題は、あの方が秋になってこられた際に話し合うことになっていたが、おいでにならなかったので、今週まで手つかずのままになっていた。ところが今週になってキャロラインは、別段先方から催促されたわけでもなかったが、いとも無邪気な信頼ぶりでこちらから手紙を書き、いつでも式の日取りを決める用意があるし、お越しになりしだいすぐにも決めたい旨《むね》を書き送った。そして今になって妹は、女の自分からこんなことを持ち出したりして出すぎていると思われはしまいかと、少々気に病んでいる。しかし、以前あの方から寄せられた問合わせにまだお答えしないままなのだから、こちらとしては義理を果たしたていどに考えてよいのではないだろうか。実を言うと、最近あの方から結婚問題の停頓《ていとん》についてはいっこう何も言ってこなくなり――つまり手みじかに言えば、今はひところのように妹を早くわがものにしたいという熱意にそれほど燃えておられる様子がなく、そのため妹はいささか気を落としているというのが実状。おそらくあの方は、これまでどおり妹を愛しておられると思う――あのように愛らしい妹なのだ、当然愛しておられるに違いない。世の男というものは、愛する相手がすぐ目の前にいないと、えてしてこうなるものだ――つい怠慢になるのだ。キャロラインも辛抱して、あのように秀《すぐ》れた才能を持った人には、いろいろと大切な用があることを忘れてはならない。感心に妹もよくその辺のことはわきまえており、こういう立場におかれたどんな娘にも負けないくらいの辛抱強さを持っていることをつけ加えておかねばならない。あの方は、遅くも四月はじめには訪ねたいと言っておられる。とにかく、おいでになればお目にかかれるわけだ。

四月五日——キャロラインは悲しんでいるようだが、ド・ラ・フェストさんの書いてこられたことはしごくもっともだと思う。海が非常に荒れている今どき、はるばる海峡を越えて英国までこられ、すぐまたお帰りになるというのは、五月になればお仕事の関係でロンドンまでこられる用があり、そのとき行き帰りのついでにたやすく訪ねていただけることを考えると、意味のないような気がする。キャロラインもいずれ家庭に入れば、もう少し現実に即した物の考えをするようになるのだろうが、まだ今のところは子どもも子どもしていて、道理を説いてもなかなか納得してくれない。しかし、婚礼衣裳《いしょう》の準備や何かに追われて、あわただしく日はたってしまうだろう。十分余裕をみて間に合わせるため、支度《したく》のほうは今すぐにもはじめなくてはならない。いずれにしても、半喪服の状態で結婚するのはいけないことだ。お母様も、もしこのことを草葉の陰でお知りになったら、きっと賛成はなさらないだろうし、いつもはあれほど聞き分けのよいキャロラインが、このことにかぎってひどく我を張るのも不可解だ。

四月三十日——今月も燕《つばめ》の翼にのったようにすぎてしまった。なぜとはなく家じゅう――妹ばかりかこのわたしまでも――すっかり興奮してしまっている。十日後にはいよいよあの方がおいでになるということだ。

五月九日　午後四時——胸さわぎのあまりペンを持つこともできないくらいだが、部屋を出てゆく前にどうしてもひとこと書きつけておきたい。ばかばかしいほどわたしがとり乱してしまったのは、予期していたことが思いがけない形で現われたためだが、どうやらわたしもキャロラインだけを女学生じみていると笑えないようだ。

ド・ラ・フェストさんはわれわれのつもりでは、明日まではまだこられないはずだった。それがもう来てしまわれた——たった今お着きになったのだ。お父様は、まさかあの方がきょう見えるとは思わず、遠くの献堂式に参列のため郵便の配達前に出かけられてしまい、家事はいっさいわたしにまかされていた。したがって、シャルルさんからの手紙をあけてみて、画室《スタジオ》の仕事が予想外に早く片づいたので、この手紙のあとを追って数時間後には伺《うかが》うという文面に接したときには、キャロラインもわたしも少なからずうろたえてしまった。とりあえず手紙に書いてある列車を出迎えに幌《ほろ》つき馬車をさしむけ、戻ってくる車輪のひびきを、新しく絃《げん》を張った二つの竪琴《たてごと》のように待ちこがれた。とうとう砂利道を踏む車の音が聞こえた。ところがそこで、だれが迎えに出るかという問題が起こった。厳密に言えばわたしの役割だったが、妙に気おくれを感じてしまった。どうしてもその勇気が出ず、キャロラインこそ行くべきだと言い張った。ところが妹も、いつもは客が来たといえばすぐに戸口へ飛んでゆくくせに、このときばかりは出て行こうとせず、客間に胸をときめかせながらひそんでいる。しんと静まり返った玄関や人気《ひとけ》もなさそうな邸《やしき》をごらんになったとき、まさかあの方もその同じ瞬間、見かけのすぐ内側では邸じゅうが好奇心に脈打っていようとは思われなかっただろう。わたしは階段をのぼりつめた、下からはだれにも見えない踊り場の後ろに立って、玄関の広間を歩いてくる（お父様のよりいくらか軽い）あの方の足音を聞き、それからあの方が客間へ入って行かれ、召使がそのあと扉をしめて出て行くらしい物音を聞いた。

二人は水入らずで、どんなにかすばらしい恋人同士の再会を味わったことだろう！　黒い喪服から見上げるキャロラインの愛くるしい顔――さぞやあの方の心を動かしたに違いない。妹は思うさま泣いていたようだ、泣き声がわたしの耳にも聞こえた。あとで見ればきっと目を泣きはらしていることだろう。かわいそうに、むりもないことだ、嬉《うれ》し泣きには違いないのだが。今これを書いているあいだにも、妹がどんなことをお話ししているか、わたしには見当がつく――何故《なぜ》か事でも起こって、来ていただけなくなるのではないかと心配だったとか、おいでがのびのびになったことをやさしく笑いながらなじったり、など。あの方のトランクが二つ、今階段の踊り場を通ってお部屋へ運ばれている。もうわたしも降りて行ったほうがいいだろうか。

（追記）――とうとうお目にかかった！　しかしあまりにも思いがけないお会いのしように、じれったい気持ち。あの方のトランクが運び込まれるとすぐ、わたしは下へ降りてゆこうとして部屋を出た。ところが、階段の最初の段に足をかけようとしたとき、ふと下の玄関におかれた品物が目についた。ちょっと足を止めて見ると、スケッチ用のテントや画架《イーゼル》を組み立てるカンバスと棒の束だった。ちょうどそのとき、客間の扉があいて、婚約者同士が出てきた。庭に出てみようと話し合っており、妹が帽子をかぶりに行っているあいだ、あの方は待っておられた。わたしのつもりでは、どうせわたしなどがいては煙ったいだろうと思い、こちらの姿を見られないようにやり過すつもりだったが、すでに踊り場に出すぎていて引っ込みがつかなかった。あの方はこちらを見上げ、じっとわたしを見つめたまま立っておられた――まるで夢でも見ておられるように、じっと目をすえて。それでわたしも、降りてゆくのが当然だったのに、そのまま茫然《ぼうぜん》とぎごちなく立ちすくんでしまった。やがてやっと気を取りなおし、下へ降りてゆく決心をしたときには、もう妹の呼ぶ声が聞こえ、二人はつれ立って庭へ通じる戸口から出て行った。ふとそのあとを追おうかという気もしたが、考えなおして部屋へ戻り、こうして何行かを書きつけておく。今のわたしはこうするだけで精いっぱいだ……

あの方は想像以上に美男子だった。きっと風采《ふうさい》の魅力以上のものがそなわっているに違いないと思っていたわたしの予想に、狂いはなかった。先ほどちらとお見受けしただけでも、そのことはよく分かる。キャロラインはどんなにかしあわせに違いない。がそれはともかく、そろそろ下へ行って、あの二人が戻ってくるまでに客間にお茶の用意をしておかねばならない。

(午後十一時)――ド・ラ・フェストさんとお近づきになった。そのためか、わたしという人間までが以前とは変わったような気がする。なぜかは自分でも分からないが、あの方とお話をしていると考えもひろくなり、啓発され、竹馬にでも乗ったように視界がひろがるようだ。りっぱな知的な額《ひたい》と、申し分のない眉を持った方で、髪と目は黒く、身のこなしも生き生きとして、人を惹きつける声をしておられる。とてもやさしい声で――男としてはあまりやさしすぎるかもしれないが、でもよく考えてみると、やはりあのままでいいように思う。わたしたちはあの方の絵のことを話題にしていた――芸術というものが、あれほどの犠牲とやさしい心づかいを要求するものだということや、また芸術の分野には選ぶべき道が二つあって、その一つは俗悪なお金もうけの道であり、他の一つは高い目標をめざして進む道だが、あとの道を選べば当然長いあいだ大衆からは理解されないなど、わたしは今まで知らなかった。あの方が後者を選ばれたことは、あの方を理解している人びとには言うまでもないこと。あのような方に見出されたキャロラインは、しあわせと言わねばならない。結婚が少々延びたり遅れたりしたからといって、嘆くにはあたらない——やむを得ぬ事情でそうなったのだから。はたして妹の性格を、知的にも情的にもご自分に十分釣り合った、豊かなものと思っておられるかどうかは分からないが、あの方はときどき、妹の単純な物の考え方に失望しておられるようだ。ほんとうにあの方は今でも、妹への愛情を心から感じておられるのだろうか——ご自分で感じていると思い込んでおられるような、またこれから先、一生のあいだ持ちつづけたいと願っておられるような愛情を。

ほんのしばらくわたしと二人だけになったとき、あの方は妙なことを言い出された——話でも手紙でも、キャロラインはわたしのことにはほとんど触れたことがなかったので、この家にわたしのような人間がいようとは、まるで知らなかったというのだ。しかし、話や手紙で自分のことが主になるのは当然であろう。あの方としてはいくらか不意を打たれておられたわけで、そのためであろう、最近ほとんど人なかに出たことのないわたしをどぎまぎさせるような目つきで、じっとわたしのほうを見つめておられるのに気づいたことが二、三度あった。そのうち向こうでもわたしの視線に気づいて、はっと物思いからさめ、いくらかうろたえて目をそらしてしまわれた。そのため、こちらの狼狽《ろうばい》を気取《けど》られずにすんだのはさいわいだった。こうしてみると、あの方もわたし同様、あまり人なれした方ではないようだ。

五月十日――今夜もまた夕食後客間で、風景画のいろんな画派についてド・ラ・フエストさんとおもしろいお話をした――お父様は居眠りをしておしまいになり、キャロラインとわたしだけが聞き手だった。わたしはあの方を相手に話し込むつもりもなかったので、本箱からラスキンの『近代画家論』を持ち出し、話は恋人同士にまかせておいた。ところがあの方はどうしてもわたしを聞き手に入れようとされ、とうとう本をわきへ置かなくてはならなくなった。それでも、わたしはなんとかキャロラインを話の中に引き入れようと努めた。それにしても妹の絵に対する意見は、ほほえましいくらいお粗末で幼稚だ。

明日はもし天気がよければ、三人でウェリイボーンの森へ出かけ、今夜さかんに並べたてておられた色彩の原理を、シャルルさんが実地に見せてくださることになっている。わたしはあの方の注意を独占して、キャロラインをのけ者にしたりすまいと決心している。皆で森の奥深くへ入ったときを見はからって一行から遅れ、こっそりぬけ出て、あの二人だけを別に帰らせるつもり。あの方がわたしにいんぎんをつくされるのも、結局キャロラインのごく身近な人間の歓心を買い、できることなら彼女自身からよく思われたいためであろう。

五月十一日(夜ふけて)――寝つかれぬまま、捨てばちな気持ちでろうそくをつけ、ペンを取り上げた。この落着かない気持ちは、今日起こった出来事のためで、最初はわたしもこうして紙に書きつけたり、自分以外の人間に打ち明けたりするつもりはなかった。わたしたちは――計画どおりキャロラインとシャルルさんとわたしの三人で――ウェリイボーンの森へ出かけ、シャルルさんを中にはさんで、森の中の緑濃い小道づたいに歩いて行った。やがてふと気がついてみると、例によってあの方とわたしだけが話し手で、キャロラインはおとなしく許嫁《いいなずけ》に寄りそって歩きながら、小鳥や栗鼠《りす》を眺めてひとりで楽しんでいた。そのことに気がつくと、わたしは折をみて一行から遅れ、木立のあいだにこっそり隠れ、家へ帰る別の小道があるはずの方角へ歩いて行った。やがてその小道へ出ると、静かに考えごとをしながら歩いて行ったが、ちょうど曲がり角まで来たとき、気がかりそうな微笑を浮かべてじっと立っているド・ラ・フェストさんにばったり出くわしてしまった。

「妹はどこにおりますの？」とわたしは言った。

「すぐ向こうですよ」と、あの方はおっしゃる——「気がついてみると、うしろからついてこられたあなたが見えないんで、てっきり方角を間違えられたと思いましてね、キャロラインはあちらへ、ぼくはこちらへと手わけして捜しにきたんですよ」

わたしたちは今度はキャロラインを捜しに戻ったが、どこにも見つからず、とどのつまりはあの方とわたしが二人きりで、森の中を一時間以上もさまよい歩くことになってしまった。家に帰ってみると、当の妹はしばらくわたしたちを捜したあと、あきらめて少し前に帰っていた。妹の姿が見えないあいだ、あの方がいっこう本気になって捜そうとされないことに気づかなければ、わたしもこれほど気に悩《や》むことはないのだが。わたしが何度もくり返して、妹はどこへ迷い込んだのかしらと言ったのに答えて、あの方は、「なあに、心配はいりませんよ。この森ならどこからでも帰る道を知ってるって言ってましたから。それより、さっきからのお話をつづけましょう。ぼくはこうして尊敬できる方といっしょにいられるのを、どんなにか光栄に思っています」とか、そのほかまだいろいろ、それに似たことを言われた。わたしは愚かにも、いくらか心の動揺を見せてしまった――どうしてもう少し自分の気持ちがおさえられなかったのか、自分でも分からない。どうやらわたしの冷静でなかったことは、あの方にも気取られたらしい。キャロラインはいつもの単純な信頼から、今日の出来事を気にもかけていないが、わたしの気持ちは晴れない。

V 苦境

五月十五日――毎日あのことを考えれば考えるほど、わたしの疑念の正しいという確信は深まるばかりだ。あの方はわたしに興味を持ちすぎておられる――つまり、ありていに言えば、わたしに恋をしておられる。いやそれとも、言葉の品を落とさぬよう、わたしに思いを寄せておられるとでも言おうか。一方キャロラインへの愛情は、まるでご自分の妹に対するもののようだ。悲しいことだが事実である。どうしてこのようなことになったのか、わたしにも分からないが、とにかく心配でならない。

こうと分かったのも、数多くの些細な経緯《いきさつ》がつみ重なった末のことで、考えれば考えるほど事態はおだやかならぬものに思えてくる。この苦しい立場からわたしを救い出せるのは、ただ天の神様があるばかりだ。あの方をそそのかし、妹を裏切るように仕向けた覚えはない。それどころか、わたしはつとめてあの方から遠ざかり、二人の話に加わるよう誘われても断わりつづけてきたのだが――すべて何の甲斐《かい》もなかった。あの方がおいでになってからというもの、何か宿命のようなものがいっさいを支配し、このような悲劇的な転倒を引き起こしたような気がする。もしあの方のお着きになる前に事の予測がついていたなら、この明らかな裏切りを避けるため、いちばんいやな友だちのところへでも、どんなにか喜んで出かけて行ったものを。だが、何も知らぬわたしは、いそいそとあの方を迎えてしまった――それどころか、妹のためを思ってことさら愛想よくふるまってしまったのだ。

もはや、わたしの疑念に誤りの余地はない。疑いがはっきり事実と分かるまでは、自分の心にもあえて認めようとしなかったのだが、かりにこれまで何の疑いも抱《いだ》かなかったとしても、あの方のきょうのふるまいを見れば、もうそれだけで十分だっただろう。わたしの写真が何枚か郵便で届いたので、朝食の席で順にまわし、皆で批評し合ったものである。そのあとわたしは写真をちょっと脇《わき》机の上にのせ、自分の部屋へ帰って一時間ほどたつまで思い出さなかった。やがてそれを取りに戻ると、入り口のほうに背を向けたシャルルさんがテーブルのそばに立ち、写真の上にかがみ込んでおられる。あの方はその中の一枚を取り上げると、それを唇に持ってゆかれた。
このふるまいを目《ま》のあたり見てしまったわたしはすっかり恐ろしくなり、見つからぬようこっそりその場をのがれた。同じ結論へと向かう何気ない、しかし意味ありげなふるまいはこれまでにもいろいろとあったが、これこそその頂点をなすものだった。こうなった今わたしにとっての問題は、どう身を処すべきかということだ。家を出るということがまず第一に考えられるが、キャロラインやお父様にはどう言いつくろえばいいのだろう。そのうえ、シャルルさんを捨てばちな気持ちに追いやることによって、破滅の到来を早めることにならないとも限らない。それを考えると、当分のあいだはなりゆきを見守るより仕方がなさそうだ。あの方が身近におられると思うと、それだけで奇妙に胸がさわぎ、わたしにはもうあの方と顔を合わす気力すらほとんど残っていない。この苦しい紛糾《ふんきゅう》は、どういう結末に終わるのだろうか？

五月十九日——起こるべきことはついに起こった！　あの方を避けていたことが、かえって最悪の事態の到来——愛の告白——を早めてしまった。わたしは菜園の隅に生えている八重咲きセンノウを摘みに、たまたま裏へ出て行った。ところが、わたしが菜園に入ったかと思うと、外で足音が聞こえた。木戸が開いてしまる音にふり返ってみると、あの方がすぐ入り口のところに立っておられる。菜園は四方が塀で囲まれ、ちょうど庭師も留守だったため、まったく外の世界とは切り離されていた。あの方はアスパラガスの苗床のそばの小道づたいに近づいてこられ、わたしに追いついた。「アリシアさん、ぼくがなぜ来たかお分かりでしょう?」と、あの方はふるえ声で言われた。

わたしは返事をせず、うつむいてしまった——言葉の調子ですでに分かっていたからだ。

「そうなんです」と、あの方は言葉をつづけて言われた——「ぼくが愛しているのはあなたなんです。妹さんに対する気持ちも一種の愛情には違いありませんが、弱い者をかばうような、後見人のような愛情で——それ以上のものではありません。なんとおっしゃられようが、ぼくにもどうもなりません。ぼくは妹さんに対する自分の気持ちを誤解していました。自分で自分の気持ちが読めなかった責任も、重々承知しています。このことに気づいて以来、日夜ぼくは自分の気持ちとたたかってきました。ですが、もう隠しきれません。のっぴきならなくなってからお会いするくらいなら、最初からお会いしないほうがどんなによかったか。ここへうかがった最初の日、はじめてあなたの姿をお見かけしたとき、ぼくは心の中で、『この人こそ、男としての自分が待っていた女性だ』と言ったものです。それ以来、不思議な魅力がぼくの心をあなたに釘《くぎ》づけにしてしまいました。ただひとこと、お返事をください！」

「まあ、ド・ラ・フェストさん！」とわたしは叫んだ。それ以上何と言ったか、自分でも覚えてはいないが、わたしのみじめな気持ちがおそらくはっきりと顔に出たのであろう、あの方は「何とかこのことを妹さんに打ち明けなくてはなりません。妹さんの愛情も誤解していたかもしれませんし。ともかく、すべてはあなたのお気持ちひとつです」と言われた。

「自分でも自分の気持ちがわかりませんの」とわたしは答えた——「ただ、恐ろしい裏切りのように思えるだけで。あなたとこうしてごいっしょにいる一瞬一瞬が、ことをこじらせるばかりだと思います！……。どうか妹との約束を守ってやってくださいまし——傷つきやすい心を持った子ですし、それにほんとうに心底からあなたをお慕いしていますもの。そりゃ、あの子の思い違いであってくれたらとも思います……。でもこんなことが知れたら、きっと妹は死んでしまいますわ！」

あの方は深く溜《た》め息をつかれた。「妹さんは、ぼくなんかの妻になってはいけない人です。ぼく自身のしあわせはともかく、ぼくなどと結びつけられるのは妹さんにとって残酷というものです」

あなたの口からそのような言葉を聞くのは耐えられない、と言って、わたしは涙ながらにあちらへ行ってくれと頼んだ。あの方はおとなしく従われ、出てゆかれたあと菜園の木戸のしまる音が聞こえた。この愛の告白の結末は、そしてキャロラインの行く末はどうなるのだろうか？

五月二十日——きのうはずいぶんたくさん書き記したが、それでもまだ全部を書いたわけではない。じつは、わたしは確信にそむき、あまりにも明確なみずからの判断にそむいてまで、万一の僥倖《ぎょうこう》を願っていた。事実をいま告白するのはつらいことだが、書き記すことによって胸の痛みもやわらぐことだろう。そうなのだ、わたしはあの方を愛している——おそろしい事実だが、もはやこれ以上回避も、言いのがれも、否定もできない。もちろんだれにも、決して打ち明けるべきものではないが。わたしはキャロラインの婚約者《フィアンセ》を愛し、愛されている。それはちょっと話を交わしただけで生まれた、きのうきょうの情熱ではない。わたしの意志とは無関係に、はじめてお会いした瞬間から生まれたものなのだ。きのうの話合いは、二人のあいだの気持ちにむしろ水をさすものだったが、すっかり炎を消してしまうには到《いた》らなかった。願わくば神よ、この恐ろしい裏切りを許したまわんことを。

五月二十五日――すべて漠として、われわれの進む方角もさだかではない。あの方は少なくとも見かけだけは、森の中のテントでの写生に忙しい様子で、気ままに出入りをされている。妹とこっそり逢《あ》っておられるのかどうか分からないが、どうやらそういうこともなさそうだ。妹は寂しく待ち、あの方は姿をお見せにならない。わたしのつれない仕打ちが少しは薬になったのか、あるいは妹との約束を守ろうと努力なさるつもりかどうかも、まるで分からない。ああ、このわたしに神様のような強制力と、殉教者のような犠牲心とがそなわっていさえすれば！

五月三十一日――すべては――というか、この悲劇の一幕は――あっけなく幕切れとなってしまった。あの方は去ってしまわれたのだ。キャロラインとの婚約はどうなさるつもりか、日取りも未定のまま。お父様はそのようなことで人にむりじいをしたり、かかり合いになったりすることのおきらいな方だし。実際、こうした事態になると、女二人の力ではどうにもならない。恋する男というのは好きなときにやってきて、好きなときに消えていいものらしい。困ったことに、お父様はあまりにお上品で、ひとことも抗議がましいこともおっしゃらなければ、質問もなさらない。そのうえ、ド・ラ・フェストさんは亡くなったお母様のお眼鏡にかなった方だけに、お父様に対しても一種の絶対的な力を持っておられ、お父様としてはそういう人のことをとやかく言うのは、お母様の思い出に申しわけないと考えておられるようだ。わたしはこれも自分の義務と思い、お別れのまぎわに、思わずふるえてくる声で婚約のことをお聞きしてみた。

「お母様が亡くなられてからは、万事がはっきりしていないのです——何もかも！」とあの方は暗い面持ちで言われた。ただそのひとことだけである。おそらくこのウェリイボーンの牧師館があの方の姿をお見かけするのも、これが最後であろう。

六月七日——ド・ラ・フェストさんから便り——一通は妹に、一通はわたしに。妹へくださったのはあまり暖か味のこもったものではなかったのであろう、読んでも妹の顔は晴れなかった。わたしへのは、ふつうの便箋《びんせん》にしたためたありきたりな挨拶《あいさつ》ていどのもので、読み終わったあとわたしはキャロラインに手渡した。しかし、封筒の底にはもう一枚、だれにも見せられない紙片が入っていた。この紙切れがあの方からのほんとうのお手紙だったのだ——わたしは自室にひとりでこもり、ほてりと寒さを交互に覚えながら、それをふるえる手にとって走り読みした。手紙はみじめなあの方の立場を訴え、こうなったことは悲しいがどうにも仕方がない、と書いてある。あの方の心変わりをまねくだけなら、いったいどうしてお会いしてしまったのだろう。ああ！

六月二十一日――いとしいキャロラインは、食欲も、元気も、健康もなくしてしまった。のばされた願いごとは心の病を招く（訳注　旧約聖書、箴言《しんげん》第十三章よりの引用）とか。妹宛《あ》てにくるお手紙はますます冷たいものになる――たとえ一度以上便りをよこされたにしても。わたしのほうにはもうあれきり書いてこられない――書いてもむだなことをご存じなのだ。とにかく、われわれ三人が三つ巴《どもえ》に巻き込まれたこの状態は、まったく憂鬱《ゆううつ》というほかはない。人間の心は、どうしてこうも厄介なのだろう。

Ⅵ　画　策

九月十九日――気がかりな三カ月がたち――ついにわたしは、あの方宛てに手紙を書くという最後の手段をとることになった。気がかりというのは主にキャロラインの病状なのだが、あの子はしだいに体が衰弱し、二度と元の健康を取り戻せるかどうかあやぶまれるほどだったが、今日になって一段と容態が悪化した。病状は決して楽観を許さない。医者は心の痛手が原因で重態だとはっきり言っている——もう今となっては、たとえその原因が除かれたとしても、回復はおぼつかないということだ。もっと早く、シャルルさんに知らせるべきではなかっただろうか？　しかし、妹からとめられているものを、どうしてわたしにできよう？　だが妹も、自尊心からそう言ったにすぎないのだ——無視してしかるべきだったかもしれない。

九月二十六日——シャルルさんがおいでになり、妹に会われた。すっかり驚かれ、良心の責めを感じ、後悔しておられる。妹のそばにいて元気づけてくださるのが何よりだと、わたしは申し上げた。もし妹がよくなった場合、どう話をおつけになるつもりか分からないが、今のところ妹にはほとんど何もおっしゃらない。というか、うっかりした口はきけないのだ——あの方の言葉ひとつで、容態にひびくほど興奮しかねないのだから。

九月二十八日——二度とこうした苦しみを味わいませんようにと思わず祈りたくな

るほど、義務と利己心の板ばさみになって苦しんだあげく、あの方にどうか今すぐこの場で、病床の妹と結婚してやってほしいと頼み込んだ。あの子ももう長くは迷惑をかけないだろうし、そうやって式を挙《あ》げていただければ、何にもまして末期《まつご》の慰めになるだろうとお話しした。シャルルさんは、喜んでそうするし、自分でも同じことを考えていたのだが、ただ一つ困ったことがあるとおっしゃった――つまり、英国の法律によると、妹があの方の妻として死んだ場合、その姉であるわたしとは再婚が許されないのだ。わたしはそれを聞いて愕然《がくぜん》としてしまった。あの方は言葉をつづけて、「それでも、今すぐ式を挙げることで妹さんの命が助かるとはっきり分かっているものなら、別に非も唱えません。いずれ時がたち、あなたからも遠く離れていれば、妹さんのように気立てのやさしい人といっしょに暮らせて、ぼくも結構満足でしょうからね。しかし一方――こういうこともあり得るわけですが――式を挙げても、そのほかどんな手を尽してみても、妹さんの命を助けられなかった場合は、ぼくはそのために妹さんはもちろん、あなたまでを失うわけです」と言われた。わたしには返事ができなかった。

九月二十九日――あの方は今朝まで、前のような理由を楯《たて》に、頑としてわたしの提案をしりぞけておられたが、やがてふとわたしはある考えを思いついたので、さっそく提案してみた。考えというのは、妹の愛情を汲んでおやりになって、せめて型だけの結婚——つまり、法的な効力をもった結びつきではなく、ただ病みほうけた妹の気持ちを満たしてやるだけの結婚を、承知していただこうというのである。例は今までにもあることだし、あの方の妻になれたという気持ちが、きっと何よりも妹のこころを慰めるだろう。これならば、もし妹が天国に召されたとしても、将来わたしがあの方の正式の妻となる権利は失わないですむ——もしまだそのときになっても、結婚が望ましければの話だが。また妹が助かった場合は、病気のすっかり癒えるのを待って、あの方から結婚契約の不備だったことを話していただき、もう一度式を挙げ直《なお》せばいい。そしてわたしは、やがて白髪と皺《しわ》があの方の不幸な恋を遠い昔がたりにしてしまうまで、二人の邪魔にならぬよう身を引いていればいいのだし、喜んでそうしたいと思っている……わたしはこうすっかりお話ししたが、反対されてしまった。

九月三十日——重ねてあの方の決心をうながしてみた。考えてみようとおっしゃる。もうまどろこしいことを言っていられる場合ではないので、もう一歩決心をうながすため、わたしは妹が死んで一年たったときには、必ずシャルルさんと結婚するという堅い約束をしてもよいと申し出た。

（追記）――心乱れる話合い。何でもわたしの提案どおりに従うが、考えられる三つの可能な場合とそれにともなうわれわれの行動を、次のようにはっきり書いておいてくれと言われる――

一、キャロラインがこの世を去った場合は、一年たつのを待ってわたしはシャルルさんと結婚すること

二、もし万一妹が全快した場合は、病床で挙げた式の性質をはっきりキャロラインに説明する責任をこのわたしが引き受け、あの式は結婚特別許可証もないまま、さしあたって彼女を慰めてやりたいというわたしの提案で行なわれたものであり、あらためて公《おおやけ》の式を教会で挙げる必要がある旨を伝えること

三、これは考えられないことだが、もし万が一にも妹の愛情がさめ、式のやりなおしを拒否した場合は、わたしはこの国を出てどこか外国でシャルルさんと落ち合い、そこで式を挙げ、キャロラインがだれか別のところに嫁ぐなり、シャルルさんに対する愛情を昔の思い出と考えるようになるまでは、英国で暮らさないことに同意すること

わたしはこれらの条件をよく考えた末、そのままぜんぶ承諾することにした。

（午後十一時）――結局、この計画にはあまり感心できない。一つには、まさかお父様は反対なさらないだろうという気がしたので、いま床《とこ》につく前お父様の意向をさぐってみたのだ。ところがお父様は、そんな非現実的なやり方にはぜったい賛成できない、意図はどんなによいにせよ、またいくら妹が死に瀕《ひん》しているにせよ、そのようなことは正しくないと言われる。わたしは悲しい気持ちで床につく。

十月一日――どうしてもお父様のお考えは間違っていると思う。傷ついたキャロラインのこころの慰めとなり、また正式な結婚はシャルルさんが頑として拒んでおられるのだし――かりに承知されたところで、結婚特別許可証を手に入れることが困難でとても実現はむりであってみれば、どうしてこれが正しくないと言えよう？　あの方を慕う気持ちが妹の病因となっていることを、お父様はご存じないし、また信じようともなさらない。がしかし、それが事実であり、結婚の誓いを形式だけ唱えるだけでも、どれほどか妹はしあわせに思うだろうことをわたしはよく知っている――ためしにそのような結婚のことを妹の耳にささやいたところ、効果は非常なものだった。このとキャロラインの問題では、もう今後お父様には何も打ち明けられない。妹を理解しておられないのだから。

（正午）——たまたまお父様のお留守だったのをさいわい、今朝ほどお父様に用があって訪ねてきた思慮深い青年に、わたしの秘密計画を打ち明けた。前にもちょっとふれたことのある、セオフィラス・ハイアムという隣り町で伝道師をしている方で、近々牧師になられる人だ。わたしはみじめな妹の状態と、わたしの対応策をお話しした。喜んで力を貸すし——わたしのためなら何でもしてくださる、という返事（実は、この方はわたしに思いをかけていらっしゃるのだ）。妹への思いやりから出た行為に、何で悪いことがあろうとおっしゃる。計画をさっそく実行するため、午後からもう一度、お父様のお帰りにならないうちに来てくださる予定。シャルルさんにもすでにその旨を伝え、待機してくださる約束。いよいよキャロラインに打ち明けねばならない。

（午後十一時）——興奮のあまり、今まで結果を書き記すこともできなかった。とうとう計画をやりとげたのだ。罪を犯したようなうしろめたさは感じるが、それでも嬉しい。むろん、お父様にはまだ何も話せない。キャロラインはあれ以来、やつれて透きとおるような顔に神々《こうごう》しいばかりの表情を浮かべている。これでほんとうに妹が一命を取りとめ、二人のあいだに正式な結婚が必要となっても、驚くには当たらない。そうなれば、お父様にも一部始終を打ち明けていいし、このすばらしい成功をごらんになっては、今さら非難もなさるまい。また一方、お気の毒なシャルルさんにしても、妹のかわりにこの取り柄のないわたしを妻になさる望みは残しておいでになるわけだ、もし妹が――。ああしかし、わたしには冷静にそのもしを考えることはできないし、もう書くこともあるまい。シャルルさんは式がすむと、すぐ南欧へ向けてお発《た》ちになった。あの方もはじめのうちはずいぶん興奮し、癇《かん》を高ぶらせ、気でも触れたようになっておられたが、わたしがいろいろ取りなしているうちにだんだん落ち着いてこられた。おかげで、お別れの接吻《せっぷん》をいただくという罰を受けねばならなかったが、ただの接吻ではないその意味を考えると、やましい気がしてならない。けれどもあまりに思いがけない出来事で、一瞬の後にはもう行っておしまいになっていた。

十月六日――妹は目に見えてよくなっている。シャルルさんがやむなく急に帰ることになったという知らせも、いたって機嫌よく受けとめた。見かけだけの回復かもしれない、と医者は言うが、今度のことはお父様にもだれにも秘密にしておくのだと言いふくめられたことが、かえって妹に生きる張合いを与える結果になったようだ。

十月八日――ますます快方に向かういっぽう。妹の――たった一人の妹の命を助けてやれて（もしほんとうに助かったとすれば）、わたしは嬉しい。もっとも、わたしはもうシャルルさんの妻になることをあきらめねばならないが。

Ⅶ　失《しっ》　踪《そう》

二月五日——長いあいだ、まるで筆をとることもできなかったが、やっとまた少しずつ書きつけられるところまできた。四カ月を要したキャロラインの回復は、はじめのうち遅々としていたが後には速さを増し、実にめざましかった。だが回復とともに、おそろしい複雑な事態が待ち受けていたのだ!

おお、なんというもつれた網を織りなすことか
偽りにひとたび手をそむれば（訳注　ウォルター・スコットの詩「マーミオン」よりの引用）

シャルルさんは今おられるヴェニスから、恨みがましい便りをよこされた。今もまだわたしのほうを愛しているのに、いつわりの結婚をどうして現実に果たせよう?——と言っておられる。それはそうだが、そのまま果たさずに放っておけるものだろ

うか？　まだ妹には何も話してないので、いまだにあの子は「良《よ》きにつけ、悪《あ》しきにつけ、死が二人をわかつまでは」の誓いのとおり、あの方の妻になったものと思い込んでいる。わたしにとっても、またわれわれ三人にとっても、困ったことになったものだ。死のおそろしい接近の前には、だれもが判断力の均衡を失い、目の前の危機を救うためにはどんなことでもやりかねない――ただわれわれの同情をそそり、永遠にわれわれから引き裂かれそうな者のことのみを考えて。

あのときほんとうに妹と結婚していてくだされば、今ごろはすべて片がついていたのだが。あの方はあまり気をまわしすぎた――たしかに妹は死んでいたかもしれない、そうすればシャルルさんの判断は正しかったということになっていただろう。もし妹が死んでいたなら、今ごろわたしは涙にかき暮れていただろう。しかし、今のように嵐《あらし》に翻弄《ほんろう》されてはいなかったはずだ……。わたしの動揺の底にあるのは、シャルルさんは結局わたしを妻に求められるだろうということだ。すべては一条《ひとすじ》の糸にかかっている。今かりに、あの結婚はお芝居だったと妹に話したとしよう。騙《だま》されたと思った妹がわたしとシャルルさんに腹を立てたとしたら――そしたらどうなるだろう？　あるいはまた、腹も立てず、いっさいを水に流してくれたとしたら――そうなると、あの方はどうしても妹と結婚しなくてはならないし、またわたしも名誉にかけて、たとえどう反対なさろうとぜひそうしていただくようにあの方を説き、同時に妹のほうにもなんとか話をつけて、うまく事をその方向へ運ばなくてはならない。実は先月（そのころからあの子も、そういう知らせを聞かせても心配ないほど元気になったので）妹に話すつもりだったのだ。しかしわたしには力が――精神力が欠けていた。どうしても手紙を書き、シャルルさんに助けにきていただかなくてはならない。

三月十四日――やむを得ぬ事情で、と言ってゆかれた約束の五カ月がすぎても、まだ帰っておいでにならないのはどうしたわけかと、妹はたえず不思議がっている。さらにそれよりも、便りの少ないのが不審でならない様子。最近よこされた手紙も冷たいし、あの結婚にしても自分がきっと死ぬだろうと思って、憐《あわ》れみから挙げてくださったまでのことで、たぶん今ごろ後悔しておられるのではないか――とあの子は言う。これほど事実の近くをさまよいながら、まだ真相を見きわめられないでいる妹の言葉を聞くと、身を切られるような思いがする。

小さいことだが、悩みはまだほかにもある。例の若い伝道師のことだが、あの方も自分の演じた役割のことで良心の責めを感じておられるらしい。分別をたてに、あまりにも小器用に立ちまわろうとして報いを受けた女があるとすれば、さしずめこのわたしがそれだ！

四月二日——妹はほとんど全快したも同様。まだ以前ほどではないが、頬にもほんのりと赤みがさしてきている。しかし、何か「あたしのいとしい夫」の気持ちをそこねるようなことをしてしまったのだろうかと、まだ不審がっているので、やむを得ず真相の一端を話して聞かせることにした——といっても、ごくさしさわりのない一部分だけで、あの当時はシャルルさんもまだ十分準備ができていなかったのだが、妹の病気のために式を早めることになり、一時はそれを苦にしておられたようだが、むろん新居の用意ができしだいすぐにも帰ってこられるだろう、というふうに話した。いっぽうわたしは、あの方に宛てて手きびしい調子の手紙を書き、すぐにも来てこの恐ろしい苦境からわたしを救ってくださるようにとお願いした。この手紙のどこを捜されようが、愛情のあの字も見つからないだろう。

四月十日——驚いたことに、最近わたしが滞在先のヴェニスに出した手紙にも、また妹の便りにも、まるで返事がない。妹はご病気ではないかと思っている。わたしにはどうしてもそうは思えないが、お返事ぐらいくださってもよさそうに思う。ことによると、押しつけがましいわたしの手紙の言葉がお気にさわったのかもしれない。そんなこともあり得ると思うと、わたしは悲しい。どうしてこのわたしに、あの方を怒らせるような真似《まね》などできよう！　だがもういい。どうしても事実を妹に打ち明けねばならない。さもないと、事情を知らぬままに、取返しのつかない不面目《ふめんぼく》なことをしでかしてくれないとも限らない。今もあの子は、もしシャルルさんがこの自分をごらんになって、あたしが明け暮れあの方を――ただあの方だけを――こんなにも思いつめているとお知りになったら、押しかけ女房のように奥様になってしまったこともきっと許してくださるだろう、と悲しそうに言うのだ。なんとかわいく、いじらしいことだろう。わたしは涙を隠すことができなかった。

四月十五日――家じゅうてんやわんやの騒ぎ。お父様は腹を立て悲しんでおられ、わたしは茫然としている。キャロラインが姿を消したのだ――黙って家出をしてしまったのだ。行き先は察しがつくような気がする。こうなると、悪いのはわたしひとり、あの子にはまるで罪がないように見える。ああ、もっと早く話しておけばよかった！

（午後一時）――まだ何の手がかりもない。行儀見習いにきていた小さな小間使も、キャロラインといっしょに姿を消したことが分かった。ひとり旅は心細いと思ってか、道づれにさそい出したに違いない。きっと思いつめたあげく、あの方を捜しに飛び出したのだ。行き先はヴェニスであろう。夫と思い込んでいる人のもとへ行くのでなければ、ほかに家出の理由もない。今にして思えば、ここ数日来、あの子のそぶりになんとなくそんな兆《きざ》しが見えていた。ちょうど渡り鳥に、旅立とうとする気配がそれとなく感じられるように。しかし妹が誰の助けも借りず、わたしにも相談せず、こんな思いきった手段をとろうとは思わなかった。今はただ事実をそのまま書きつけることしかできない――いろいろ考えている余裕がないのだ。それにしても、手助けどころかむしろ足手まといになりそうな小娘をつれて、あの子がはるばるヨーロッパ大陸を越えてゆくとは！　悪者のいい餌食《えじき》になりにゆくようなものだ。

（夜八時）やはりわたしの思ったとおりだった。妹はあの方のところへ行ったのだ。明け方バッドマス・リージスであの子の投函《とうかん》していった手紙が、午後になって届いた――それも運よく、召使の一人がきょう町へ行った折に手紙の有無を聞いてくれたおかげで、さもなければ、明日までまだ手に入らないところだった。手紙には、どうしてもあの方のところへ行きたかったという決意と、とめだてされるといやなのでこっそり出発した旨《むね》が書いてあるだけで、道順のことは何一つ記してない。あのおとなしい子が、これほど落ち着いていきなり思い切った行動に出るとは、まったく驚くほかはない。ひょっとすると、あの方はもうヴェニスをお発ちになったあとかもしれない――そうなると妹は何週間も、いや悪くすると全然、お会いできないことになる。

お父様はこのことをお聞きになると、早速わたしに、夜の定期船に連絡している列車に馬車が間に合うよう、今夜九時までにすっかり支度をしておけと言いつけられた。その支度も終わり、まだ出発までに一時間ほど間があるので、待つ間のもどかしい気持ちをまぎらすためにペンをとる。お父様は、是が非でも妹に追いつかねばならんと言われ、シャルルさんのことをひどく悪しざまにおっしゃる。もちろん妹のことも、恋に目がくらんで恋人のもとへ走るはしたない女だと思っておられる。かといって、このわたしの口からどうしてお父様に言えよう、あの子はそんな女ではなく、ある意味ではもっとりっぱな人間なのだが――この出奔《しゅっぽん》を一途《いちず》な恋の出来心ですませられない危険なものにしてしまったのは、いささか思慮にかけていた、と。われわれはパリ経由で行く予定だが、おそらく妹にはパリで追いつけるだろう。お父様が玄関の広間を行ったり来たり、気ぜわしく歩いておられる足音が聞こえる。もうこれ以上は書いていられない。

VIII　後を追って

四月十六日。夕刻、パリ、某ホテルにて——当地で妹に追いつくことは望めなくなった。しかし、案の定キャロラインはここに泊ったのだ。パリではここ以外のホテルを知らないのだから。われわれは明朝また旅をつづける。

四月十八日。ヴェニス——朝からのいろいろな事件や気がかりのために、疲れ果て気分が重い。それでいて、一時間ばかり部屋のソファに横になりなんとか眠ろうとしてみたが、どうしても眠れない。これを機会に、きょうまでの日記をいそいでつけておくことにする。そうでもすれば、頭の中に始終ひっかかっているわずらわしい考えが、少しはさっぱりすることだろう。

わたしたちは今朝、夜がすっかり明けはなたれてから着いたが、町に近づくにつれ海に囲まれたヴェニスの建物が朝日に照り映え、まるでなめらかな青海原にコルク製の町が筏《いかだ》のように浮かんでいるように見えた。しかしこの美しい光景も汽車の窓からちらと見えただけで、まもなく列車は途中の河を横切って停車場にすべり込んだ。駅の表へ出ると、ずらりと並んだ黒いゴンドラの群れと船頭の呼び声にお父様はすっかり面くらわれたのか、櫂《かい》の二つついた舟を一隻《せき》雇いたいと言ったはずが、舟を二隻かと船頭たちに勘違いされ、二人とも別々のゴンドラに乗せられてしまった。やっとのことでそれを直してもらうと、わたしたちは早速、スキャヴォニ河岸《がし》のホテルへ舟を漕《こ》がせた。この前お手紙をくださったときド・ラ・フェストさんの泊っておられた宿であるが、道筋は大運河を少し行ってリアルト橋の下をくぐり、小さな水路をいくつか通って「嘆きの橋」（訳注　法廷から刑務所へ引かれてゆく囚人の渡った橋で、この名がついている）の下に出ると——ああ、その名のわれわれの気分にふさわしいことよ！——そこからあとはまた海へ出る。あたりの風景は、目もさめるようなすばらしい色合いを見せていたが、はじめて見るのがこういう事情のときとは、酷なめぐり合わせである。

ホテルへ入るとすぐ——このあたりの大部分の宿がそうであるように、旅館と下宿をかねた古めかしい宿であったが——わたしは玄関にかけてある枠に入った泊り客リストのところへ駆け寄り、中にシャルルさんの名前があることを確かめた。しかし、われわれの目的はキャロラインだった。わたしは受付のボーイに——あの子が「ド・ラ・フェスト夫人」の名で旅をしているだろうと察したので——そういう名前の婦人はいないかと、お父様には聞こえないようにたずねてみた（お気の毒に、お父様は玄関先で、「英国の婦人」を見かけなかったかとうろうろ聞いてまわっておられる。まるでここいらに、英国婦人などほとんどいないかのように）。

「つい先ほどお見えになったばかりでございます」とボーイは答えた。「奥様《マダム》は今朝ほど、ずいぶん早い汽車でお見えになりました。まだ旦那様《ムッシュウ》がおやすみでしたので、お起こししないようにとおっしゃいまして、ただいまご自分のお部屋においでででございます」

窓からわれわれの姿を見かけたのか、それともわたしの声を聞きつけたのか、ちょうどそのとき大理石の階段に足音が聞こえ、妹自身が上から降りてきた。

「キャロライン！　どうしてこんなことをしてくれたの！」と、思わずわたしは叫んで駆け寄った。

妹は答えず、下を向いて感情を隠そうとしていたが、やがて気持ちをおさえたらしく、すぐにも嘘《うそ》とわかるそらぞらしい口調で言った——

「これから主人のところへ行きますの。まだ会ってませんの。ついさっき着いたばかりで」

妹は自分のとった行動についてそれ以上何も説明しようとせず、そのまま立ち去るような気配を見せた。どこか二人きりで話のできる部屋へ来てくれるよう頼んでみたが、にべもなく首を振る。しかし、すぐそばの食堂がたまたまその時刻にはだれもいなかったので、そこへ妹を引っぱり込み、扉をしめた。どう説明を切り出し、どう言い終えたかも覚えていないが、とにかくわたしは手短かにしどろもどろ、例の結婚が本当のものではなかったことを話して聞かせた。

「ほんとじゃなかったんですって？」と、あの子は茫然《ぼうぜん》としている。

「そうなの。お姉さんの言ったとおりだということが、今に分かるわ」

あの子はまだそれでも、わたしの言葉の意味を信じかねていた。「あの人の妻ではないんですって？　そんなこと、考えられないわ。妻でないんなら、じゃ、あたしは何なの？」

わたしはさらにくわしく話して聞かせ、なぜああした処置をとったかを、できるだけはっきりくり返し説明した。しかし妹も納得ゆかなかっただろうが、わたしはそれ以上に、自分で自分の気持ちを納得させるのにどんなにか苦しんだ。

いっさいの事情が分かった瞬間の妹の感情の激変は、見るもいたいたしかった。やがていくらか悲しみの発作が静まると、今度はあの方とわたしのことで食ってかかってきた。

「どうしてこんな騙し討ちに会わなきゃならないの？」と、あれほどすなおな子からは想像もできないほど、おうへいな態度でわたしを詰問《きつもん》するのだ。「理由はともかく、そんな嘘をついて許されると思うの？　ほんとに、ほんとになんて恐ろしい罠《わな》にかけられたのかしら！」

「あなたの命があぶないと思ったからなのよ」とわたしはつぶやいたが、妹の耳には入らなかった。妹は椅子《いす》にぐったりとすわり、顔をおおった。そこへお父様が入ってこられた。「やあ、ここにいたのか！　どこへ行ったかと思ったよ。おや、キャロラインもいるじゃないか！」

「で、お父さん、あなたもこのおかしな親切ごかしをしてくださった一味ですの？」

「何の一味だって？」

そこでいっさいがばれてしまった。妹の病気を軽くしたいと思い、いつかお父様の意向を打診してみた例の計画が実行されたことを、お父様にはじめて知らされた。たちまちお父様はキャロラインの側についてしまわれた。妹を思うまごころからやったことだと、いくらくり返し説明してもかえって逆効果であった。そのうちキャロラインは立ち上がると、ぷいと部屋を出て行ってしまった。お父様はそのあとを追われ、ひとり思案にくれるわたしだけが取り残された。

わたしは早くシャルルさんを捜し出したい一心で、二人がどこへ行ったかには気をとめていなかった。宿のボーイたちが、ド・ラ・フェストさんはついさっき外でタバコを吸っておられたと言って、その中の一人が捜しに行ってくれたので、わたしもあとからついて行った。が、まだ何歩もゆかぬうちに、あの方がわたしのあとからホテルを出てこられた。きっとびっくりなさるだろうと思っていたが、わたしの顔を見ても驚かれた様子はない。ただ、わたしがどぎまぎするほど別の感情を示された。わたしも同じような気持ちをおもてに出してしまったかもしれないが、じっとすべての感情をおさえ、気持ちの静まるのを待って早速、妹の来ていることをお話しした。あの方はただひとこと、「知ってます」と、低い声で言われた。

「ご存じでしたの、シャルルさん」とわたしは聞いた。

「今さっき聞いたところです」

「ね、シャルルさん」と、わたしは言葉をつづけた——「正式な結婚を今までのばしてしまわれたので——わたしたちの立場がとても苦しくなってしまいましたわ。どうしてお返事をくださいませんでしたの？」

「お目にかかって、じかにお返事しようと思ってたんです——その問題のことでどう妹さんにお話ししたものか、分からなかったものですから、それからあなたにも。ところで妹さんはどうされました？」

「父といっしょに出て行ってしまいましたわ。あなたには腹を立て、わたしのことは軽蔑《けいべつ》して」

返事はなかった。わたしは二人の乗ったゴンドラが行ったと思う方角を指し、あとを追ってみてはと提案した。わたしたちの乗ったのは船頭が二人の舟だったため、まもなく先に行った二人の姿が前に見えてきた。向こうの舟には覆《おお》いがなかったが、わたしたちのには屋根《フェルツェ》がついていたので、向こうからこちらの姿の見える気づかいはなかった。妹たちの舟は王室公園《ジアルディーノ・リアーリ》の少し先の狭い水路に滑り込み、わたしたちがそのぬらぬらした石塀のあいだを進んでゆくころには、もう三月二十二日街のはずれ近くに出る石段のところで、ゴンドラから降りている姿が見えた。われわれが同じ場所に着いたときには、二人は何かしきりに話し合いながら、その通りを行きつ戻りつしていた。舟を降りると、シャルルさんは石段の下に立ち、じっと二人のほうを見守っておられた。その姿をまたわたしが見守っていた。もの思いに沈んでおられるように見えた。

「行って声でもかけてやってくださいませんか」と、たまりかねてわたしは言った。

あの方は承知され、そちらのほうへ歩いてゆかれたが、いっこうにいそぐ様子もなく、張出し窓の陰にかくれて、沈んだ調子で話し合っている二人の様子をうかがっておられた。そのうちやっとわたしのほうをふり向かれたので、前方を指さしてみせると、すなおに出てゆかれ、二人と面と向かい合われた。キャロラインは頰を染め、人を見下したようなお辞儀をあの方にして見せると背を向け、お父様の腕を荒々しく摑《つか》むなり、うむを言わせずぐいぐい向こうへ引っぱって行ってしまった。二人の姿は、大運河に沿った建物の裏手に通じている狭い露路《カレ》に消えた。

ド・ラ・フェストさんはゆっくり戻ってこられた。わたしの横に乗り込んでこられたとき、わたしには自分の立場がはっきりと感じられ、胸の鼓動が聞こえるかと思ったくらいだった。第三の条件が起こってきたのだ――わたしにとっても、あの方にとっても、もっとも予期しなかった条件が。妹はあの方を拒否したのだ。あの方はわたしに求婚なさるのも自由なのだ。

わたしたちはいっしょに舟で帰った。舟が角を曲がって大運河に入るころまで、あの方はすっかり何か考え込んでおられるようだったが、ふと沈黙を破られた。「妹さんは食堂《サラマンジエ》で、あなたにずいぶんひどいことを言ってましたね。あれほど親身に看病をしてもらったあなたに、あんな口のききようをするという法はありませんよ」

「ええ、でも、あの子にしてみればむりもないと思いますわ」とわたしは答えた――「あそこではじめていっさいを聞かされ、それまでは何も知らなかったんですもの」

「妹さんもなかなか威厳があり——とても印象的でしたね」と、あの方は小声で言われた。「もっとも、あなたにはかなわないが」

「でも、どうしてわたしたちの話をご存じですの？」と聞くと、すっかり何もかも見聞きしたというお返事。あの食堂は折り戸で奥のほうと仕切られていて、わたしたちが手前のほうに入ったとき奥にすわっておられたので、二人の話は筒抜けだったわけだ。

「でも、アリシアさん」と、あの方は言葉をつづけて、「ぼくは何よりも、すなおに謝られたあなたの妹さん思いの気持ちに打たれました。ところで、あなたをもうぼくの未来の妻と考えてもさしつかえない事情になったわけですが、ご承知でしょうね？」予期していたことではあったが、まだわたしには心組みができていなかった。やっと口ごもりながら、そのお話は今はまだしないでおきましょうと答えた。

「どうしてです？」とあの方は言われた。「今すぐこの場で結婚することだってできるんですよ。あなたもぼくも、妹さんから愛想づかしをされたんですから」

「そんなはずはありませんわ」と、わたしはきっぱり言った。「まだあの子は事実上、はっきりあなたの奥様になってくれという相談を受けてないんですもの——正式に結婚式をやりなおしてくれという。そうしないうちにあなたのお申し出をお受けするのは、たいへんな罪ですわ」

船頭たちがどこへ舟を進めているのか、わたしは気がつかなかったが、おそらくあの方がわたしには聞こえないように指図を与えられたのだろう、絶望的などうにでもなれという気持ちからゴンドラの動きに身をゆだねているうち、わたしは舟が大運河を溯《さかのぼ》ってグリマーニ宮殿付近で脇道《わきみち》にそれ、ある大きな寺院の端近くの石段に漕ぎつけたのに気がついた。

「ここはどこですの？」とわたしは聞いた。

「フラーリ寺院です。あそこで結婚もできますよ。とにかく中へ入って、気持ちを落ち着け、そのうえで今後のことを考えましょう」

寺院の中へ入ってみると、結婚式を挙げる場所なのかどうかはともかく、気のめいるようなところだった。ヴェニスの町が絶えず物語っている言葉——荒廃——が、ある意味ではここに強調されていた。大きな建造物全体が、とてもそれだけの重さをささえきれない大地に、めり込んでゆきつつあるように見えた。蜘蛛《くも》の巣だらけの亀裂《きれつ》が稲妻形に壁を走り、同じような蜘蛛の巣に窓ガラスも曇って、甘ずっぱいむっとする匂《にお》いが側廊に満ちていた。ときたまあの方が、記念碑やそのほかいろいろな物について通りいっぺんの説明をしてくださるほか気まずい沈黙のつづく中を、今にも結婚許可証を取り出されるのではないかとびくびくしながらしばらくいっしょに歩きまわったあと、わたしは聖器保管室へ抜ける南側袖廊《しゅうろう》の入り口へ出た。

そこから、つきあたりの小さな聖壇のほうをちょっとうかがってみると、ただ一つ人影が見えるばかりで、あたりはがらんとしていた。人影はベリーニ（訳注　ジョヴァンニ・ベリーニ　一四二七―一五一六　ヴェネチア派の代表的な画家）の描いた美しい聖像の前にひざまずいていた。その美しい画も、目に入らぬらしかった。ただ悲嘆に暮れたようにすすり泣き、祈りを捧《ささ》げている。妹のキャロラインだった。わたしはシャルルさんを手まねきした。あの方はわたしのそばへこられ、いっしょに中をのぞかれた。

「声をかけてやってくださいな」とわたしは言った――「きっと許すと申しますわ」あの方を戸口から中へそっと押しやると、わたしは袖廊へ戻って本堂を抜け、表口へ出た。するとそこにお父様が立っておられたので、わたしから言葉をかけた。お父様はきつい口調で、大運河にのぞんだ下宿《パンシヨン》に居心地のいい部屋を借りてから、スキヤヴォニ河岸のホテルまでわたしを捜しに戻ったが、わたしはどこかへ出かけたあとだったと言われた。お父様はキャロラインをその下宿までつれて帰ろうと待っておられたのだ。妹は少し落ち着くまで、自分をその下宿において、できるだけそっとしておいてくれと言ったそうだ。

わたしはお父様に、すぎたことをとやかく言ったところではじまらないし、たしかにわたしが間違っていたのだから、これを償う道は今後に――二人の結婚にあるとお話しした。この点ではお父様もまったく同意見で、ド・ラ・フェストさんがいま妹と聖器保管室にいることをお伝えすると、わたしの提案どおり二人はあのまま残し、われわれだけ先に下宿へ帰って彼らを待とうということになった。わたしのためにもひと部屋とっておいてくださったのだ。宿へ帰ると、わたしはお父様のとっておいた運河を見下ろせる部屋へ上がり、窓にもたれて、シャルルさんと妹を乗せてくるはずのゴンドラを待ち受けた。

ほどなく二人は帰ってきた。妹の日傘の色で、舟が右手の角を曲がってくるとすぐにそれと分かった。二人は仕方なく並んですわってはいたが、互いに口もきかず、思いなしか妹の顔色は赤く、あの方は青ざめているようだった。舟が下宿の前の石段に漕ぎつけられると、あの方は妹に手を貸して助け降ろした。わたしは妹が手助けを断わるのではないかと思ったが、そういう様子は見えなかった。やがて、わたしの部屋の前を通る妹の足音が聞こえた。先ほどのゴンドラがあの方を乗せて漕ぎ去った様子もないので、二人の話合いの結果を知りたくて、わたしは下へおりて行った。シャルルさんは玄関口から出てゆかれるところだったが、運河のほうへはゆかず、三月二十二日街に通じている露路《カレ》を通って、歩いて帰るおつもりらしかった。「あなたのことを許すと申しまして？」と、わたしは声をかけた。

「別に聞いてもみませんでした」

「でも、そうなさるのが本当ですわ」

ちょっと間をおいてから、あの方は言われた――「アリシアさん、お互いにはっきりさせておこうじゃありませんか。もし妹さんがぼくの妻になる気だとしたら、あなたはどうしても妹さんのために身を引いて、ぼくのお話ししたようなことはまるきり考えてくださらないおつもりなんですか？」

「そのとおりですわ」と、わたしは冷ややかに言った。「あなたは妹のものですもの――今さらわたしにどうしようもありませんわ」

「そう、それもそうですね。名誉問題になってきますからね」とあの方はお答えになった。「よく分かりました。それでは恋は捨てても名誉のほうを重んじましょう。妹さんの意向を率直に聞いてみて、いいという返事ならば式を挙げます。ただし、ここでなく。英国のお宅で挙げることにしましょう」

「いつごろになさいますの？」

「妹さんをお宅まで送って行って、着いたら一週間以内にしましょう。先へのばしたところで、どうなるわけでもありませんから。しかし、その結果どうなっても責任は持てませんよ」

「それはどういう意味ですの？」しかしあの方はそれには答えず、すたすた行ってしまわれた。しかたなく、わたしも部屋へ戻った。

IX 終局

四月二十日　ミラノにて。午後十時半――帰国の旅をここまでやってきた。このわたしはどう見ても邪魔な存在《デ・トロ》、できるだけ一行から離れて旅をつづけている。宿で夕食をすますと、じっと部屋に閉じこもっていられず、女のひとり歩きという体面も考えず、自分一人で外に出た。アレサンドロ・マンツォーニ通りをぶらぶら歩いているうちに、ふとヴィットリオ・エマヌエリ画廊の大きな建物が目についたので、高いガラス屋根の拱廊《アーケイド》をくぐり、中央にある八角堂のところまできて、そこに備えつけの椅子の一つに腰をおろした。行きかう散歩客の流れに慣れてくると、まもなくわたしは向かい側の椅子に、キャロラインとシャルルさんが腰かけているのに気づいた。わたしがあの方とお話しするようになってから、二人きりでいる妹たちを見るのはこれがはじめてだった。妹のほうでもすぐわたしに気づいたが、目をそらしてしまった。しかしやがて、衝動に身をまかせたのか、はじかれたように椅子から立ち上がると、わたしのほうへやってきた。ヴェニスで会って以来、まだお互いに口をきいていなかった。

「お姉さま」と、妹はわたしの横にすわって言った――「シャルルさんがお姉さまを許してあげるようにって。だからあたし、許してあげますわ」

わたしは目頭の熱くなるのを覚えながら、妹の手を握った。「で、あの方のことも？」

「ええ」と、妹ははにかんで言った。

「それで、けっきょくお話はどうなったの？」

「うちへ帰ったらすぐ結婚することに」

そのときかわした話はほとんどこれだけだった。妹はわたしとつれだって宿まで帰り、シャルルさんは少しおくれてついてこられたが、早く追いついてくだされぱいいのにと心配でならないらしく、あの子は後ろをふり返ってばかりいた。「恋を捨てて名誉」というあの言葉が、耳にこびりついて離れない。が、とにかくそういうわけだ。

キャロラインはまたしあわせそうな様子である。

四月二十五日――シャルルさんも同道、やっとわが家へ帰りついた。物事は静かな中にも次々と、早い速度で進んでゆく。ときには、その流れの無気味なほどの容易さに不安さえ覚える。シャルルさんは近くの町に滞在し、今はただ結婚許可証のおりるのを待っておられるばかりだ。それがおりると、こちらへこられ、内輪だけの式を挙げた後、妹をつれてゆかれるはず。あの方のお顔には、満足というよりむしろあきらめの表情が浮かんでいる。が、あの重大な問題についてはあれ以上ひとこともおっしゃらないし、ひとたび決めた道から少しでも外れようとはなさらない。やがてはあの二人もしあわせになることだろう――ぜひそうあってほしい。しかしわたしは、どうにも重い気持ちを払いのけることができない。

五月六日――結婚式の前夜。キャロラインは有頂天でこそないが、心からしあわせそうだ。妹に関するかぎり、何も気にかかることはない。あの方についても同じだと言いたいのだが。あの方はまるで亡霊のように生気がない。しかしだれひとり、あの方の様子のおかしいことには気づかないようだ。式のため、わたしもここにいなくてはならない羽目になった。わたしさえいなければ、あの方ももっと落ち着かれただろうに。だが、あれこれ考えすぎるのはよくないことかもしれない——お父様は、シャルルさんとキャロラインの二人だって世間なみにしあわせになれるはずだ、とこともなげにおっしゃっている。ともかく、明日になれば万事が決まるのだ。

五月七日——二人は結婚した——たった今、一同教会から帰ってきたところである。今朝シャルルさんの顔色があまり悪かったので、お父様も病気ではないかとたずねられた。「いいえ、ちょっと頭痛がするだけです」というあの方の返事に、わたしたちは教会へ出かけた。万事つつがなく運び、式は終わった。

（午後四時）——もう新婚旅行に出発していていい時間なのに、妙に手間取っている。三十分ばかり前ちょっと外へ出られたシャルルさんが、まだお戻りにならないのだ。キャロラインは玄関で待っている。汽車に乗り遅れはしまいかと、わたしは気が気ではない。ほんの些《さ》細《さい》な故障で、何でもないとは思うが、それでも不安な予感がしてならない……。

九月十四日——四カ月の月日がすぎ去った。まだわずか四カ月！　だが、何年ものような気がする。あの二人の結婚をこの日記に書きつけたのは、わずか十七週間前だったのだろうか？　あの当時にくらべ、わたしはめっきり老《ふ》けこんだような気がする。

忘れようにも忘れられないあの日、わたしたちは今か今かと待っていたが、ついにシャルルさんは帰ってこられなかった。六時になると、かわいそうにキャロラインは言いようもない不安な気持ちで、もう自分の部屋へ引きこもってしまっていたが、灌《かん》漑《がい》牧草地で働いている一人の男がやってきて、お父様に面会を求めた。お父様は書斎でその男に会われたが、やがて呼鈴を鳴らしてわたしをお呼びになった。わたしは二階からおりて行った、そしてあの恐ろしい知らせを聞かされたのだった。シャルルさんはもうこの世にはおられなかった。その水番の男が牧草地の堰《せき》の水門を閉めに行ったところ、足元の淵《ふち》の片隅に帽子が一つ渦に巻かれて浮かんでいるのに気がつき、水の中をのぞき込んでみると、何か妙な物が底に沈んで見えたという。それと察して、水が静まるように水門を低くしてみると、はっきり人の体が見えたとのことだった。くわしいことは当時新聞紙上にのったので、今あらためてここに書く必要もあるまい。シャルルさんは家へ運び込まれたが、すでにこと切れていた。

わたしたちは皆キャロラインのことを気づかった。あの子の痛手は大きかった。しかし不思議なことに、同じ深い嘆きでも、あの子のは思いきり泣いてしまえば気が晴れる性質のものだった。検屍《けんし》で明らかになったことであるが、シャルルさんは前からよくあの牧草地を越え、向こうの丘に住んでいる、むかしはささやかな風景画家だったがその後失明してしまった老人を訪ね、ときたま半クラウン銀貨を恵んでやっていたようである。したがって、その日も同じ目的でそこへ出かけ、暇乞《いとまご》いをするつもりだったのではないかと考えられた。検屍の陪審員たちはこの裏付けをもとに、死因を過失によるものと判定した。そしてだれもが今にいたるまで、シャルルさんはその老人にお金を恵んでやりに行こうとして堰を渡った際、落ちて溺《おぼ》れたものと信じている。ただひとりをのぞいて——わたしにはあれが過失だったとは信じられないのだ。知らせを聞いた当初の驚きがおさまると、わたしはあの方がいよいよ出発という間際《まぎわ》になって、しかも時間の余裕もないのにわざわざ自分で、そのような用向きに出かけられたのはおかしいと思いはじめた。贈り物ならば、だれか使いの者をわずらわせばすむはずではないか。さらによく考えれば考えるほど、あの方がみずから命を絶たれたことは、近くの教会で挙げた結婚式と同じように、当日の予定の一つとしてあらかじめ計画されていたことだという気がする。あのヴェニスの大運河で、「よく分かりました。それでは恋を捨てても名誉のほうを重んじましょう。妹さんさえいいと言われれば、式を挙げます」——とあの忘れることのできない断言をわたしにされたとき、この二つはすでに堅く心に決めておられたことだったのだ。

今ごろになってなぜこのようなことを書きそえたのか、自分でも分からない。ただわたしのこの気まぐれな記録の中で、妹とシャルルさんの恋物語にまつわる部分にだけは、いくらかでも締めくくりをつけておきたいという気がしたのだ。妹は悲しみの中にもよくそれに耐えて日を送っている。いずれはその悲しみも癒《い》えることだろう。だが、わたしは――いや、このわたしのことなどはどうでもかまわない。

X 追記

五年後――偶然この古い日記を見つけ読み返してみたが、まだ人生がわたしの目には今よりも暖かく輝いて見えたころのことが記されていて、興味が深い。この過去の記録に結末をつけるため、ひとことだけつけ加えておきたい気がする。一年ほど前、妹のキャロラインは、前々から熱心に結婚を申し込んでいたセオフィラス・ハイアム氏のところに嫁いでいった。わたしの計画した型だけの結婚に手を貸してくれた、かつての若いはにかみ屋の伝道師であるが、もう今では隣の教区でりっぱに副牧師を勤めている。自分の演じた役割を悔んでおられたが、それも結局恋に終わったわけである。これでもうわたしたちは皆、妹に対して犯した罪を償ったことになる。願わくば妹のふたたび欺《あざむ》かれませぬように。

一八八七年

訳者あとがき

一八四〇年六月二日、ドーセットシア州アパー・ボックハンプトンの小村に生まれ、一九二八年一月十一日マックス・ゲイトの自邸で八十八歳の生涯を閉じるまで、ハーディは十四の長編小説、四巻の短編集、十一巻九百十八編の詩を残している。わずか九歳のとき、村で私塾を開いていた大地主の夫人にあこがれ、十五の時には『ハムレット』を見て、その中で亡霊が最初現われたきり後半姿を消してしまうのをシェイクスピアのために惜しみ、二十歳の時には、すでに彼の生涯を通じての人生哲学ができ上がっていたといわれる。

最初彼は石工であった父親のあとをついで、当時名を知られた建築家の徒弟となり、あちこちの寺院の設計や改築などの助手をしながら、建築家として身を立てるつもりであった。こうして一時は建築の懸賞論文に入賞したりしたこともあったが、やがて建築によっては満たされない詩人としての意欲を感じはじめ、仕事の合間にも抒情詩《じょじょうし》に読みふけり、一八六六年にはすでに創作を文学雑誌に投稿しはじめ（そしてつっ返されはじめ）ていた。しかし詩で文壇に出ることのむずかしさを悟ると、彼は散文に転じ、当時世にもてはやされていたコリンズやディケンズをまねて、大向こう受けをねらった小説を、作家として打って出る方便として書こうとした。その結果生まれた『貴婦人と貧しい男』（The Poor Man and the Lady）の原稿が（現在では失われてないが）さいわいメレディスの目にとまり、それ以後『非常手段』、『緑の木陰』、『青い瞳《ひとみ》』とやつぎばやに作品を世に問い、傑作『テス』、『ジュード』にいたるまで、毀誉《きよ》褒貶《ほうへん》の渦巻く中を、一歩一歩文豪としての地歩を固めていった。晩年になってふたたび詩作へと帰ることになるが、それまでに生み出された二十近くの小説は彼自身の分類によると、次の三つのタイプに分かれる——

Ⅰ、創意に富んだ作品（プロットの興味を主としたもの）

非常手段（Desperate Remedies 1871）

エセルバータの手（The Hand of Ethelberta 1876）

微温の人（A Laodicean 1881）

Ⅱ、ロマンスと幻想を扱った作品

青い瞳（A Pair of Blue Eyes 1873）

ラッパ長（The Trumpet-major 1880）
塔上の二人（Two on a Tower 1882）
愛するものを追って（The Pursuit of the Well-Loved 1892）
貴婦人たち（短編集）（A Group of Noble Dames 1891）

Ⅲ、性格と環境を中心に描いた作品
緑の木陰（Under the Greenwood Tree 1872）
俗塵《ぞくじん》を遠く離れて（Far From the Madding Crowd 1874）
帰郷（The Return of the Native 1878）
カスターブリッジの市長（The Mayor of Casterbridge 1886）
森林地の人々（The Woodlanders 1887）
テス（Tess of the D'Urbervilles 1891）
日陰者ジュード（Jude the Obscure 1895）
ウェセックス物語（短編集）（Wessex Tales 1888）
人生の小さな皮肉（短編集）（Life's Little Ironies 1894）

Ⅳ、諸要素のまざった作品
変わり果てた男（短編集）（A Changed Man 1913）

この短編集に選んだ八編の中《うち》、『妻ゆえに』、『わが子ゆえに』、『良心ゆえに』および『幻想を追う女』の四編は『人生の小さな皮肉』に、『憂鬱《ゆううつ》な軽騎兵』と『呪《のろ》われた腕』は『ウェセックス物語』に、『羊飼の見た事件』と『アリシアの日記』は『変わり果てた男』におさめられているが、彼の作品にはどの一つを取り上げても、彼の私淑したショーペンハウエルの厭世《えんせい》思想が大きく影を落としている。宇宙を支配するものは無自覚で盲目の内在意識であり、これに反抗するものは自ら滅びざるを得ないとする悲劇的宿命感である。不幸な人間たちをあやつるのは、愚鈍なる運命（Crass Casualty）とサイコロを振る「時」（Dicing Time）の二者に他ならないと彼は考える。『エセルバータの手』の中で「女には結婚式にのぞんで赤くなる女と青くなる女とがある」と彼は言っているが、彼の作品に現われる女性にしても、『幻想を追う女』のエラや『アリシアの日記』のアリシア、あるいは『わが子ゆえに』のソフィなど、すべて愚鈍なる運命に翻弄《ほんろう》され青ざめきった女性ばかりである。こうして彼の作品では「偶然」の果たす役割に自然大きな比重がかけられることになる。今日の読者の目には、あるいはその「すれ違い」劇がかなり作為的に映るかもしれないが、しかしそれもハーディにとってはぎりぎりいっぱいの運命との対決であったようだ。

この短編集におさめた作品は、わが国ではいずれも古くから英語教科書にとり上げられ、翻訳なども数多く出ているものばかりである。たとえば『憂鬱な軽騎兵』はすでに明治四十年、戸川秋骨《とがわしゅうこつ》訳で『悪縁』と題して紹介され、大正に入っては『恋無情』というような題名で訳注書が出ている。同様に、『わが子ゆえに』は明治四十一年三月号の『新思潮』誌に佐藤迷羊訳で『未亡人』と題して、また大正年間には『寂寞《せきばく》』、『つかね髪』などの題名で数種類の訳があったし、『幻想を追う女』は明治四十五年の『夢見がちの女』を始めとして、『空想を好む女』、『影』など。『妻ゆえに』は『帰らぬ船』。『アリシアの日記』は『哀恋日記』、『婚約の悶《もだ》え』等、それぞれいかにもその時代時代の雰囲気の感じられる題名で紹介されている。あえてここにまた新たな訳を出すことになったのは、おおむね今までの訳が語学者の手になり、講義口調のものが多かったため、できうるかぎり読みやすく、現代語の感覚に近くこれを紹介しなおし、より広い範囲の読者に親しんでいただこうと思ったからにほかならない。

一九六八年九月　改訳新版を出すにあたって

河野一郎

【解説セッション】村上春樹 × 柴田元幸

ハーディを読んでいると小説が書きたくなる

村上　ぼくはハーディは高校時代からけっこう好きで読んでいました。長編が主ですけどね。最初に読んだのが『帰郷』で、それから映画にもなった『テス』でしょう。そして『カスターブリッジの市長』と、その長編小説の世界に引きずり込まれていったんです。ハーディって中毒になるんですよね。

柴田　中毒、というと？

村上　風景なんですね。風景描写がいいんです。人が風景のなかに融《と》けこんでいます。なんといってもイギリスのドーセットシャーのヒース畑だとかハリエニシダの情景なんか読んでいると、もうそれだけで、その世界にはまっちゃう。ドストエフスキーが描くペテルブルグの風景にはまっちゃうと抜けられなくなるのと同じですね。映画の連続ものを見るのがやめられなくなるみたいに。

柴田　『帰郷』でもヒロインのユースティシアが登場するシーンは、最初にまず風景があって、女性の影がちらっと見えて、そこからだんだん人物として浮かび上がってきますね。

村上　短編でもそうですよね。

柴田　この短編集のなかで一番有名な「呪われた腕」でも、ヒロインの女性が首吊《くびつ》りの場所まで行くその途中の情景を描くのにけっこう気合が入っている。

村上　羊飼いの話も、読んでるだけでそこにある情景がありありと浮かび上がってくるんですよね。うまいなあと思う。

柴田　ハーディは二〇世紀まで生きた人だから、厳かな風景や自然が失われていくなかで書いている。描く風景自体は全然違うけどマーク・トウェインにも似たところがあって、彼の描くアメリカの情景でいいなあと思うのは南北戦争後に彼が書いた、戦前の、なかば失われた風景なんですよね。

村上　ぼくは同じイギリスの作家ではチャールズ・ディケンズとかジェーン・オースティンなんかも大好きで読んでいるんだけれども、彼らの時代っていうのは十九世紀の前半から半ばまでだから、イギリスが揺れ動いている時期ですよね。ハーディが生きた時代はもう少しあとなんですが、第一次大戦までは大きな動きがある時代ではない。

柴田　動きがあるというよりは、失われていく、という感じですね。

村上　そういう小康状態の静けさみたいなものが好きなのかなあ。

柴田　同じヴィクトリア朝作家といっても、ディケンズは新しいロンドンを書いたのに対して、ハーディは時代が少しあとの分、失われていくものを書いている度合いが強い。

村上　ディケンズとかオースティンって読んでいて面白いじゃないですか。筋を追っちゃうというか。ハーディはちょっとそういうのとはちがう。面白くてどんどん続けて読んでしまうというよりは、流れのなかでゆるゆると読み続けちゃうという感じ。

柴田　たしかに。『テス』なんか悲しい話だから読んでいてつらいですけれど、それでも引き込まれます。ストーリーというよりは農作業だとか、「呪われた腕」でいえば農民が乳搾《ちちしぼ》りをする情景があって、そこに風が吹いていて……ついつい読んでしまうのはそういうシーンだったりします。

村上　読んでいると小説を書きたくなる小説と、そうならない小説があるんですけれど、ハーディを読むと書きたい気持ちがかき立てられるんです。ディケンズを読み終えると小説を書きたくなるかっていうと、ならない。オースティンもならない。でもハーディを読み終えると、小説を書いてみたいなあという気持ちになるんですよ。どうしてだろうって不思議に思うんだけど、たぶん「細部」じゃないかと思うんです。細部が心に残るんです。細部って、人をかきたてるんです。ぼくの場合は小説を書きたくなる。ディケンズとかオースティンの作品って、全体として力を持っているんであって、細部がいいっていう作家じゃないでしょう。そのちがいじゃないかなあと思います。映画でも同じです。筋を忘れていても、妙に細部だけ覚えているっていう映画、あるでしょう。

柴田　この短編集に「幻想を追う女」っていう短編がありますけれど、これも会えない詩人に憧《あこが》れるというストーリーそのものよりも、海辺の家の描写であるとか、ベッドのうしろの壁紙に何か書いてあるのが見つかる情景とか、印象的なのはそういう細部ですよね。

村上　結末が暗いことが多いけど、あんまり気にならないんですよね。結末はただあるというだけで、細部を読んでるから。ぼくの場合はということだけど。

超自然の使い方

柴田　ハーディの短編って、二〇ページとか三〇ページで人の一生を書いちゃうじゃないですか。これはいまの書き手はやらないことですよね。

村上　やらないですね。

柴田　なんだかそれは、もったいないなという気がするんです。

村上　いまの書き手にそれができないのは、偶然の邂逅《かいこう》のような超自然的なものをうまく扱えないからだと思う。そういうものがうまく書ければ、人の一生くらい、短いなかでも書けちゃうという気がします。でも整合性を保ったままそれを書くというのは、とてもむずかしい。ハーディの時代は整合性なんてそんなに気にしていなくて、ばったり道端で人と会って、次のシーンではまた偶然に別の人と会ってというのをどんどん書いてしまえば、話を進めていけたわけじゃないですか。ハーディのそういう書き方っていうのは二〇世紀に入ると通用しない。それは作り話であるってことになってきたんです。

柴田　たしかに偶然に頼ってはいけないっていう方向になりますね。ハーディの場合は山道でばったり会ってというのが多い。

村上　ぼくはそういうの好きなんですよね。ずいぶんあとの時代になって、アーヴィングがそういうのはありなんだと言い出したわけです。彼が堂々とそう宣言して、ぼくらはすごく楽になった（笑）。『ガープの世界』の出現でぼくらがどれだけ楽になったことか。ハーディの小説の魅力って、ぼくにとってはそこですね。

柴田　村上さんの短編小説も、人生の一断片《スライス・オブ・ライフ》を切りとるっていうよりは、もうちょっと長いタイムスパンのものも多いですよね。

村上　そうかもしれません。

柴田　「トニー滝谷」（『レキシントンの幽霊』所収）なんかそうですね。お父さんの短めの伝記・プラス・トニー滝谷の半生が描かれます。

村上　「ハナレイ・ベイ」（『東京奇譚集』所収）っていう短い小説を書いたことがあるんだけれど、お母さんが夫と巡り合って、子供が生まれ、サーファーになって死んで、幽霊になるというところまで書いたんだけれど、枚数は短いですよね。あれも超自然や巡り合い、因縁《いんねん》みたいなものがあるから、けっこうすんなり一生を書ける。

柴田　整合的なリアリズムで書こうとすると、短いタイムスパンに限定されちゃうんだ。

村上　学校で教えられるいわゆる文芸科小説、創作科小説にはそういうタイプの作品が多いですよね。まあ、そうとしか教えられないというところもあるんだけど、そういう作品って、上手ですねで終わってしまうことが多い。読み終わって何か書きたいという気持ちにならない。インスパイアされないんだよね。

柴田　ハーディに限らず、イギリスの古い短編集なんか読んでいると、いまの書き方の方がずっと洗練されてるんだろうけど、やれなくなっちゃったことが多くてもったいないと思うんですよね。禁じ手が多くなっていると思います。

村上 「ガープ以降」ってぼくは呼んでいるけど、わりに最近になってそういうのもありだっていう、一種のテーゼができたんです。もちろんみんながそれに従っているわけじゃないけれども、もう一方でアーヴィングが登場し、ガルシア＝マルケスが登場して、物語の自律性が見直されてきたわけです。ハーディが死んで、アーヴィングやガルシア＝マルケスが登場するまでの間というのは、特殊な例外をのぞけば、いわば「整合性の時代」だった。

柴田 モダニズム、ポストモダニズムの時代でもあったから、ストレートに物語を語ってもいけないわけですね。でも整合性はなくちゃいけないという……。

村上 そう。それでみんなリアリズムを解体するという方向に行っちゃったけど、過去から物語をひっぱってきて再生するという方向にはなかなか行かなかった。

柴田 「外す」ということにみんなエネルギーを使った感じですね。メロディーをそのまま弾いてはいけない、壊さないといけないという。

村上 ジャズでいえばセブンス、ナインス、イレブンス、サーティーンスってどんどん、どんどん和音を広げていくっていう方向に行ったけれども、別に普通でいいじゃないかっていうことですよね。もちろん響きは違うんですよ。昔の普通の三音の和音とはちがう響きなんだけれども。無理してむちゃくちゃな和音を使わなくてもいいんじゃないかっていう考え方が出てきた。ハーディの短編を読んでいると、Cに行って、G行って、F行って、Cに戻るだけだったりするんだけど、けっこう読ませるんですよね。

柴田　超自然の使い方なんかは、いまの怪奇小説を読んでいる人からすると原始的なんでしょうね。

村上　そうでしょうね。

柴田　むろんそれなりの複雑さはある。「呪われた腕」では、女の人の腕に痣《あざ》ができます。誰かが彼女を恨んでいるから痣ができるっていうんならわかりやすいんですけれども、夢のなかで誰かが悪意をもって彼女を呪《のろ》っていて、それを振り払った跡として痣が残る。だけれども現実にはその誰かは彼女にぜんぜん悪意を持っていない。

村上　スティーブン・キングだったら、腕の萎《な》え方だけで五ページは書くよね。でもハーディは数行しか書かない。どんな風に萎えているかわからないんですよね。手の形の跡があるっていうだけで。いまの小説だったら、それじゃすまない（笑）。いい時代だったかもしれないですよ。この時代の読者は「腕が萎えてきた」って言われたら、どんな風に萎えたんだろうって想像したと思うんですよね、本をちょっと膝《ひざ》の上で閉じたりして。そういう「間合い」みたいなものが本のなかにあった。いまはなかなかそういう間合いがある本ってない。読者の側に時間的な余裕がなくなってきたのかもしれないけど。ハーディの場合は細部の書き込みはあるんだけど、一方でそういう空白もあるから、読者が自分で細部を補充する。ハリエニシダの描写は長いけど、腕の萎え方の描写はあっさりと短くて、そのバランスが絶妙なんです。

柴田 映画が登場して以降、そうやって細部を示唆《しさ》的に描写して、読むほうがしっかり想像してということがやりづらくなってきているということもあるかもしれない。

細部と描写と作話と

村上 小説っていうのは描写と会話を織り交ぜていくものなんですよね。会話ばっかり続くと小説にならないし、描写ばっかり続いてもやっぱり小説にならなくて、どういうバランスで、どうやって描写と会話を織り交ぜていくかということが、どの時代にあっても小説を書くことの根本的なテーマになります。フィッツジェラルドを読んでいても、すごく長い描写があって、テンポのいい会話があって、そしてまた長い描写がある。チャンドラーでも同じですよね。やたら長い描写がある。家に入ると、その家の描写が三、四ページ続く。でもそれを全部きちんと読む読者っていないと思うんです。読み飛ばしていく。ぼくはいつも思うんだけど、その読み飛ばしていくスペースがないと、小説って落ち着かないんですよ。細部を全部読ませる必要はないんです。とにかくスペースとして必要なわけ。なかばビジュアルな感じとして。ハーディにはそのスペースがある。ハーディにしかできない、ハーディなりのペースで。それをいまの人が真似《まね》をしようと思ってもできないでしょうね。ヒース畑だとかハリエニシダの茂り方を描写しても同じことは書けないし、書いても人は読まないからね。そういう意味では彼は自分の世界をよく知っていたし、それをどう書けばいいかよくわかっていたと思う。ビジュアル的にも、音的にも。だから説得力を持つんでしょうね。

柴田　ぼくは自分では小説を書けないし、感覚としてそう思うというだけですけれども、ジャック・ロンドンやハーディを読んでいると、この目の前の自然を言葉で描写しなくてはいけないという、使命感みたいなものがある気がするんです。ところが映画が出てきた後の作家はもっと「選択的」になる。

村上　ヘミングウェイはそうですよね。

柴田　都会を舞台にすると、描写が記号的になるし。

村上　そしてシニカルになる。建物を描写するのでも、ただ美しいというだけではなくて、アイロニカルになる。だけどハーディの場合は自然に対してシニカルになる必要はまったくなかった。ナチュラルで率直な描写になる。ぼくはそれも好きなのかもしれない。チャンドラーみたいに奇抜な比喩《ひゆ》を使ってどんどん描写していくのも面白いんだけど、ハーディの静かな描写って好きです。勉強になるというか。自分でもそういう自然描写ができるといいだろうなと思うけど、現代ではなかなかむずかしいし、ハーディの場合はごくナチュラルにできていたことだからね。真似はできない。

柴田 アメリカ文学では、自然を描くと神話的になるんですよね。ホーソーン、トウエイン、フォークナー、神話の中身は違うけどみんなそうです。

村上 イギリスの現代の作家はそういう資質を部分的に引き継いでいる気がします。

柴田 カズオ・イシグロはどうでしょう。

村上 彼の場合は描写というよりは、もう少し作話という意識が強い。ハーディみたいに目の前のものを静かに描写して話を進めるというよりは、作話的なものを打ち立てていこうという意思がもっと強い。

柴田 たしかに世界を語るというより、一人称で自分の思いを語るという観が強いですね。

日本人はハーディが好き？

村上　ハーディの作品って、どのくらい日本で紹介されているんですか。

柴田　明治末期から翻訳されていて、「呪われた腕」なども大正時代すでに紹介されています。「ハーディ協会」というのが世界に先駆けて日本で設立されているくらいですから、わりあい受容ははやかったようです。本国のイギリスでも安定して長く読まれている印象です。アンソニー・トロロープのように、自伝が出た影響でがくっと評価が落ちて、ヴィクトリア朝に対するノスタルジアのなかで再評価され、というような浮き沈みはなさそうです。ハーディには運命の大きさと人間のちっぽけさに焦点を当てたような作品も多いので、日本でいちはやく受け入れられたというのは、なんとなくわかります。福澤諭吉がフランクリンの自伝に入れ込んだのは進取の精神、自己創造、個人主義を学ぼうという意志の反映でした。ハーディの場合は西洋にもけっこう日本と似たもの、東洋的なるもの、「諦念《ていねん》」の感覚みたいなものがあるんだという発見の仕方だったんじゃないかと思うんです。日系アメリカ人の小説には「シカタガナイ」という日本語がしょっちゅう出てきます。どうにもならない運命を前にして「仕方がない」で済ませる世界というのは、日本人には納得しやすい世界なのかもしれない。ディケンズの『オリバー・ツイスト』で、オリバー少年が救貧院で「おかわりください」と主張する世界とはちょっとちがう。

村上　教科書にもけっこう載ったのかな。ぼくらの時代はモームが多かったけど、ハーディがよく載ったという時期があったのかもしれない。英語としてはどうなんですか？

柴田　やさしくはないですね。理詰めで端正というより、密度がある感じがします。淡々としているけど、世界をきちんと描いたらこのくらいは重くなるよねという密度です。

村上　本人はずいぶん長生きですよね。

柴田　一八四〇年に生まれて一九二八年に亡《な》くなってますから、八八歳まで生きたということですね。

村上　晩年まで書いていたのかな？

柴田　一八九〇年代にはもう、小説の執筆はやめているんです。詩人としての自分がベストだと考えていたみたいです。小説はお金のために書いているんだという意識があって。とくに雑誌のために書いていた短編はそうですね。詩では食べられないですから。

村上 ぼくは短編ってあんまり読んでいないんです。

柴田 最近はハーディのユーモアであるとか、コミック・スピリットみたいなところに焦点をあてた研究もあるみたいです。今回のこの短編集もどちらかというと暗い作品が多いですし、ハーディといえば真面目《まじめ》で暗いっていう印象があったんですが、いろいろ読み返してみるとコミカルな作品がけっこうあります。

村上 庶民の描き方なんか、けっこうコミカルですよね。話自体は暗い結末ではあるんだけど、人々の会話とか受け答えとか、なかなか楽しめる。

柴田 そういう意味ではちょっとだけカズオ・イシグロと似ているかもしれない。笑える話とかそんなに書かないんだけど、会うとユーモラスな人だし、その印象で作品をみると、本当は笑わせようと思えばいくらでも笑わせられるんだろうなと思います。ハーディのこの短編集にも、ユーモリストという面が隠れている。

風景の中にある人

村上 ハーディの短編って、これがベストだというのを選びにくい。複数の作品でひとつの風景を作っているような感じなので。突出して素晴らしいっていうのをひとつ選ぶのが難しい。たしかに「呪われた腕」はきちんとおちもできているし、そこまで引っ張っていく力もあるし、よく書けているとは思うけれど。でも個人的にどれが一番好きかというのは選べないな。キャラクターも風景の中の一部分という感じだから、ひとりひとりについて論じても仕方ないと思う。

柴田　『嵐が丘』なんかも風景をしっかり書いていきますけど、ちょっと違いますよね。風景だけれども心象風景に近い。まずヒースクリフがいて、キャサリンがいるからこそ、ヒースもあるという。人物と風景が表裏の関係ですよね。

村上　ハーディは風景がまずあって、そのなかに人がいる。人が風景に負けているんですよね。負けているというか、組み込まれてしまっているというか。オースティンにしてもディケンズにしても人が立っている。キャラクターが立っていて、みんな自分を表出するんだけど、ハーディの描く人物は自分を表出しようなんて気がない。その辺がイギリス的だと思うし、はまっちゃうんだよね。

柴田　アメリカ的ではないですね。

村上　でも『キャッチャー・イン・ザ・ライ』のホールデンが『帰郷』を愛読していたりして面白いんですが。

柴田　主人公のユーステイシア・ヴァイのことが好きだっていうんですよね。

村上　アメリカの雑誌にも書いていたのかな。それとも教科書か何かで読んだんだろうか。

柴田　晩年にはアメリカの雑誌に載るようになります。

村上　ホールデンみたいなハイパーな人にはハーディが意外にぴったりはまったのかもね（笑）。ハーディの作品は風景にはまっちゃいたい人にはすごくいいですよ。自分のキャラクターをどんどん立ち上げていきたい、表出したいという人ははまりにくいかも。フェミニストが読むと腹を立てるかもしれないし。

柴田　『テス』なんて腹が立ってしょうがないでしょうね。

村上　オースティンの方が時代としては古いわけだけど、女性がもっと頑張ろうという気概を持っていますもんね。この時代には女性が夫を見つける、決めるというのは一大事業じゃないですか。ハーディの世界ではヒエラルキーは確固たるものとしてあって、そのなかで収入のいい男を見つけるのは至難の業《わざ》で、それはひとつのテーマになっていますけれども。

柴田　逆に上の階級の人と結婚して、それが不幸のもとになってしまうという作品もありますね。

テキストか、分析か

村上　「呪われた腕」なんかはいろんな風に現代的に解釈したり、分析したりできる話です。ちょっと変わった書き方をしていますね。夢の中で女が重くのしかかってきて、それを振りほどこうとした結果、相手の腕をつかんで投げ飛ばしてしまう。彼女は最初は被害者なわけですが、成り行きで結果的には加害者になってしまう。普通の書き方をすれば、被害者と加害者はもう少しきっちり分離して描かれるものです。でもこんな風に「因縁話」的な展開になると、どっちが良くてどっちが悪いのか、読者としてはわからなくなってしまいますよね。そのへんがとても興味深いです。

柴田　「呪われた腕」では、あとから来た若い妻は年上の女性に対して最初は何の悪意も恨みも持っていなかったのに、夢のなかでその若い女性の方が彼女に対して悪意をもった存在に変身して現れて、最終的には若い女が年上の女性に対して悪意をもつことになり、夢が現実になります。もちろんそういうふうに構想はしたんでしょうけど、緻密《ちみつ》に計算して書いたという感じは薄い。

村上　計算してはいないですね。彼はたぶん感じたままに話を書いていったんじゃないのかな。現代的に解釈すれば、女の潜在的な怒りが、夢の中で露《あら》わなかたちをとって顕在化して、暴力によって終わるということになるんだろうけど、それはあくまで「お話」であって、解釈のためのテキストではないですよね。そういうかたちの批評を意識してはいない。ただの因縁話です。

柴田 そしてそれが若い女のほうに、腕の痣として残る。「短編とは記録（record）ではなく夢（dream）みたいなものだ」と本人も言っていますが、短編の方が怪奇的なものや超自然を入れやすいんでしょうね。長編は基本的にリアリズムですから。ディケンズもその点は同じですね。短編ではけっこう幽霊の話を書くのが好きだった。

村上 『クリスマス・キャロル』とかね。読み終えると、ドーセットシャーという土地に興味が湧くんです。行ってみたくなる。ホールデンくんが電話をかけたくなるのと同じように。こんな風に自分のよく知っている土地について何度も書き続ける作家って、日本にもいるでしょうね。

柴田 紀州を書き続けた中上健次にはそういうところがありますね。ただ、フォークナーがヨクナパトーファという架空の土地を書き続けて大きな物語、総合的な世界を作ろうとしましたが、ハーディはそういう方向をめざしてはいないですね。

村上 それはないでしょうね。総合的っていうよりは並列的といってもいいかもしれない。ストーリーが終わっても、終わっている感じがしないんですよね。すうっと流れていく感じで、ここでおしまい、っていうものではない。水彩画的というのかな。流れていくんだよね。最後が悲劇的でも、それほどひどく悲劇性が残らないのはそのせいかもしれない。

（二〇一五年十月二十七日、新潮社クラブにて）

本書は、村上春樹・柴田元幸両氏が選んだ作品を新訳・復刊する新潮文庫《村上柴田翻訳堂》シリーズの一冊として、新潮文庫の一九六八年改訳新版を復刊したものである。

C・マッカラーズ
村上春樹訳
結婚式のメンバー
多感で孤独な少女の姿を、繊細な筆致と音楽的文章で描いた米女性作家の最高傑作。村上春樹が新訳する《村上柴田翻訳堂》シリーズ。

W・サローヤン
柴田元幸訳
僕の名はアラム
アルメニア系移民の少年が、貧しいながらもあたたかな大家族に囲まれ、いま新世界へと歩み出す——。《村上柴田翻訳堂》シリーズ。

カポーティ
村上春樹訳
ティファニーで朝食を
気まぐれで可憐なヒロイン、ホリーが再び世界を魅了する。カポーティ永遠の名作がみずみずしい新訳を得て新世紀に踏み出す。

マーク・トウェイン
柴田元幸訳
ジム・スマイリーの跳び蛙
—マーク・トウェイン傑作選—
現代アメリカ文学の父であり、ユーモア溢れる冒険児だったマーク・トウェインの短編小説とエッセイを、柴田元幸が厳選して新訳！

サリンジャー
村上春樹訳
フラニーとズーイ
どこまでも優しい魂を持った魅力的な小説……『キャッチャー・イン・ザ・ライ』に続くサリンジャーの傑作を、村上春樹が新訳！

P・オースター
柴田元幸訳
オラクル・ナイト
ブルックリンで買った不思議な青いノートに作家が物語を書き出すと……美しい弦楽四重奏のように複数の物語が響きあう長編小説！

A・シリトー
丸谷才一
河野一郎　訳

長距離走者の孤独

優勝を目前にしながら走ることをやめ、感化院長らの期待にみごとに反抗を示した非行少年の孤独と怒りを描く表題作等8編を収録。

マーク・トウェイン
柴田元幸訳

トム・ソーヤーの冒険

海賊ごっこに幽霊屋敷探検、毎日が冒険のトムはある夜墓場で殺人事件を目撃してしまい――少年文学の永遠の名作を名翻訳家が新訳。

S・モーム
金原瑞人訳

月と六ペンス

ロンドンでの安定した仕事、温かな家庭。すべてを捨て、パリへ旅立った男が挑んだものとは――。歴史的大ベストセラーの新訳！

ワイルド
福田恆存訳

ドリアン・グレイの肖像

快楽主義者ヘンリー卿の感化で背徳の生活にふける美青年ドリアン。彼の重ねる罪悪はすべて肖像に現われ次第に醜く変っていく……。

延原　謙　訳

ドイル傑作集（Ⅲ）
―恐怖編―

航空史の初期に、飛行士が遭遇した怪物との死闘「大空の恐怖」、中世の残虐な拷問を扱った「革の漏斗」など自由な空想による6編。

ディケンズ
中野好夫訳

デイヴィッド・コパフィールド
（一～四）

逆境にあっても人間への信頼を失わず、作家として大成したデイヴィッドと彼をめぐる精彩にみちた人間群像！　英文豪の自伝的長編。

J・アーヴィング
筒井正明訳

ガープの世界
全米図書賞受賞（上・下）

巧みなストーリーテリングで、暴力と死に満ちた世界をコミカルに描く、現代アメリカ文学の旗手J・アーヴィングの自伝的長編。

G・G＝マルケス
野谷文昭訳

予告された殺人の記録

閉鎖的な田舎町で三十年ほど前に起きた幻想とも見紛う事件。その凝縮された時空に共同体の崩壊過程を重層的に捉えた、熟成の中篇。

B・クロウ
村上春樹訳

さよならバードランド
—あるジャズ・ミュージシャンの回想—

ジャズの黄金時代、ベース片手にニューヨークを渡り歩いた著者が見た、パーカー、マイルズ、モンクなど「巨人」たちの極楽世界。

B・クロウ
村上春樹訳

ジャズ・アネクドーツ

ジャズ・ミュージシャンが残した抱腹絶倒、荒唐無稽のエピソード集。L・アームストロング、M・デイヴィスなど名手の伝説も集めて。

J・フジーリ
村上春樹訳

ペット・サウンズ

恋愛への憧れと挫折、抑圧的な父親との確執……。ビーチ・ボーイズの最高傑作に隠された、天才ブライアン・ウィルソンの苦悩。

フィツジェラルド
野崎　孝　訳

フィツジェラルド短編集

絢爛たる'20年代、ニューヨークに一世を風靡し、時代と共に凋落していった著者。「金持の御曹子」「バビロン再訪」等、傑作6編。

B・ユアグロー
柴田元幸訳
一人の男が飛行機から飛び降りる
あなたが昨夜見た夢が、どこかに書かれている！　牛の体内にもぐり込んだ男から、魚を先祖にもつ女の物語まで、一四九本の超短編。

R・ブラウン
柴田元幸訳
体の贈り物
食べること、歩くこと、泣けることはかくも切なく愛しい。重い病に侵され、失われゆくものと残されるもの。共感と感動の連作小説。

P・オースター
柴田元幸訳
ガラスの街
透明感あふれる音楽的な文章と意表をつくストーリー――オースター翻訳の第一人者によるデビュー小説の新訳、待望の文庫化！

P・オースター
柴田元幸訳
幽霊たち
探偵ブルーが、ホワイトから依頼された、ブラックという男の、奇妙な見張り。探偵小説？　哲学小説？　'80年代アメリカ文学の代表作。

P・オースター
柴田元幸訳
孤独の発明
父が遺した夥しい写真に導かれ、私は曖昧な記憶を探り始めた。見えない父の実像を求めて……。父子関係をめぐる著者の原点的作品。

P・オースター
柴田元幸訳
ムーン・パレス
日本翻訳大賞受賞
世界との絆を失った僕は、人生から転落しはじめた……。奇想天外な物語が躍動し、月のイメージが深い余韻を残す絶品の青春小説。

新潮文庫最新刊

村上春樹文
大橋歩画
村上ラヂオ3
―サラダ好きのライオン―
不思議な体験から人生の深淵に触れるエピソードまで、小説家の抽斗《ひきだし》にはまだまだ話題がいっぱい！「小確幸」エッセイ52編。

角田光代著
私のなかの彼女
書くことに祖母は何を求めたんだろう。母の呪詛。恋人の抑圧。仕事の壁。全てに抗いもがきながら、自分の道を探す新しい私の物語。

安東能明著
伴連れ
警察手帳紛失という大失態を演じた高野朋美刑事は、数々な事件の中で捜査員として覚醒してゆく――。警察小説はここまで深化した。

石井光太著
蛍の森
村落で発生した老人の連続失踪事件。その裏に隠されていたのは余りにも凄絶な人権蹂躙の闇だった。ハンセン病差別を描く長編小説。

宇江佐真理著
雪まろげ
―古手屋喜十 為事覚え―
店先に捨てられていた赤子を拾って養子にした古着屋の喜十。ある日突然、赤子のきょうだいが現れて……。ホロリ涙の人情捕物帳。

藤原緋沙子著
雪の果て
―人情江戸彩時記―
奸計に遭い、脱藩して江戸に潜伏する貞次郎。想い人の消息を耳にするのだが……。涙なしでは読めない人情時代小説傑作四編収録。

Title : THE WITHERED ARM, SELECTED SHORT STORIES
Author : Thomas Hardy

呪《のろ》われた腕《うで》

—ハーディ傑作選—

新潮文庫　む-6-3

平成二十八年五月一日発行

訳者　河《こう》野《の》一《いち》郎《ろう》

発行者　佐藤隆信

発行所　株式会社新潮社

郵便番号　一六二—八七一一
東京都新宿区矢来町七一
電話　編集部(〇三)三二六六—五四四〇
　　　読者係(〇三)三二六六—五一一一
http://www.shinchosha.co.jp

価格はカバーに表示してあります。

乱丁・落丁本は、ご面倒ですが小社読者係宛ご送付ください。送料小社負担にてお取替えいたします。

印刷・錦明印刷株式会社　製本・錦明印刷株式会社

ISBN978-4-10-210806-2 C0197